有爱的青春陪伴者

图书在版编目（CIP）数据

千劫眉. 2, 神武衣冠 / 藤萍著. -- 南京：江苏凤凰文艺出版社，2024.10. -- ISBN 978-7-5594-8931-9
Ⅰ. I247.5
中国国家版本馆CIP数据核字第2024W74N03号

千劫眉. 2, 神武衣冠

藤萍 著

责任编辑	王昕宁
特约编辑	廖 妍 文佳慧
出版发行	江苏凤凰文艺出版社
	南京市中央路165号，邮编：210009
网 址	http://www.jswenyi.com
印 刷	长沙鸿发印务实业有限公司
开 本	880mm×1230mm 1/32
印 张	8.5
字 数	200千字
版 次	2024年10月第1版
印 次	2024年10月第1次印刷
书 号	ISBN 978-7-5594-8931-9
定 价	49.80元

江苏凤凰文艺版图书凡印刷、装订错误，可向出版社调换，联系电话025-83280257

目 录

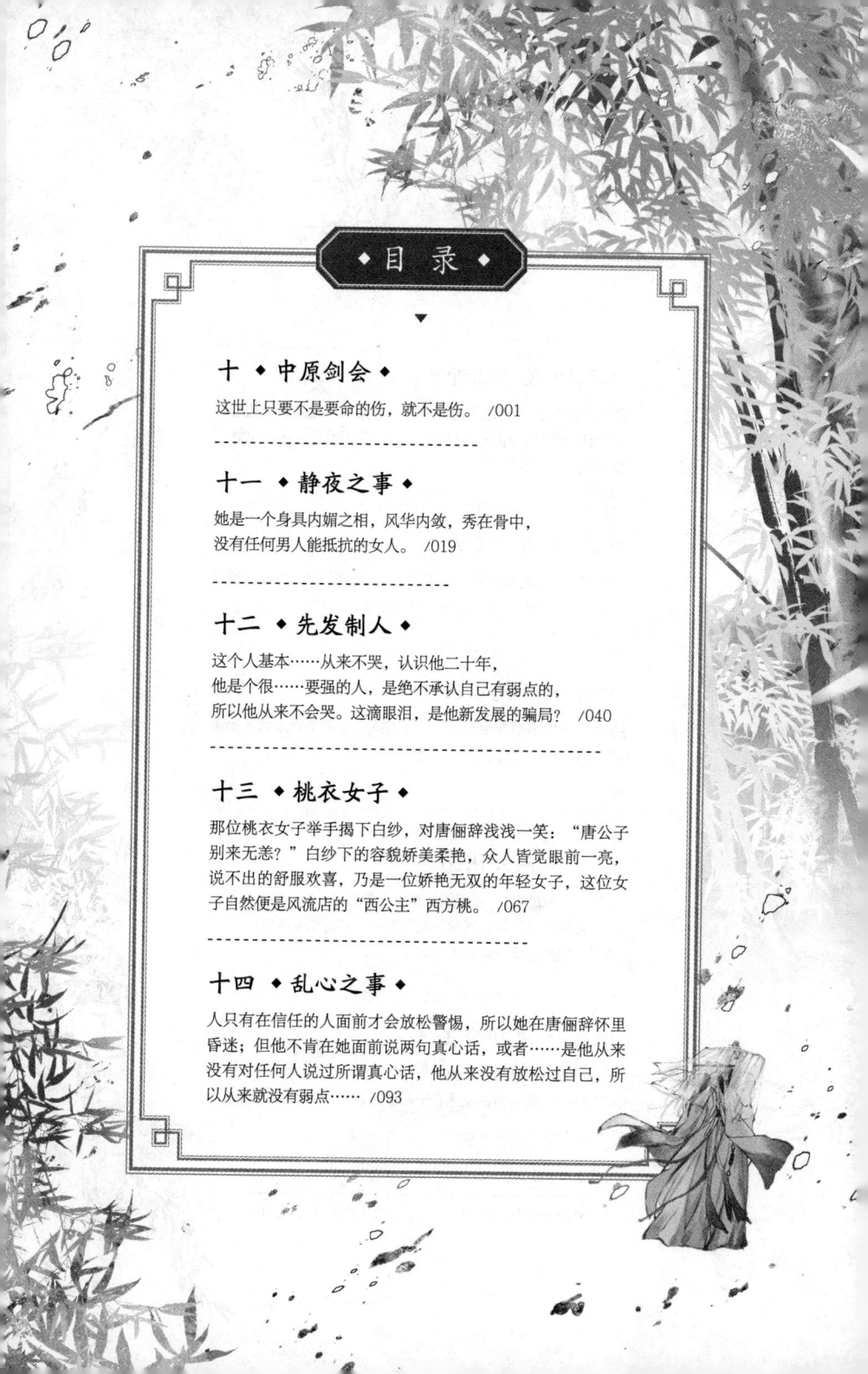

十 ◆ 中原剑会 ◆
这世上只要不是要命的伤，就不是伤。 /001

十一 ◆ 静夜之事 ◆
她是一个身具内媚之相，风华内敛，秀在骨中，没有任何男人能抵抗的女人。 /019

十二 ◆ 先发制人 ◆
这个人基本……从来不哭，认识他二十年，他是个很……要强的人，是绝不承认自己有弱点的，所以他从来不会哭。这滴眼泪，是他新发展的骗局？ /040

十三 ◆ 桃衣女子 ◆
那位桃衣女子举手揭下白纱，对唐俪辞浅浅一笑："唐公子别来无恙？"白纱下的容貌娇美柔艳，众人皆觉眼前一亮，说不出的舒服欢喜，乃是一位娇艳无双的年轻女子，这位女子自然便是风流店的"西公主"西方桃。 /067

十四 ◆ 乱心之事 ◆
人只有在信任的人面前才会放松警惕，所以她在唐俪辞怀里昏迷；但他不肯在她面前说两句真心话，或者……是他从来没有对任何人说过所谓真心话，他从来没有放松过自己，所以从来就没有弱点…… /093

目录

十五 ◆ 琵琶弦外 ◆

我不是戏台上普度众生的佛，我不是黄泉中迷人魂魄的魔，我坐拥繁华地，却不能够栖息，我日算千万计，却总也算不过天机……/113

十六 ◆ 碧云青天 ◆

他道了一声"阿弥陀佛"，转身而去，背影挺拔，步履庄严，一步步若钟声鸣、若莲花开，佛在心间。/137

十七 ◆ 三天之内 ◆

没有人逼他事事非全赢不可，没有人逼他事事都必须占足上风，是他自己逼自己的。/170

十八 ◆ 两处闲愁 ◆

也许我们相处久了，我就能从你身上多获得一些平静的感觉，也许相处久了，你会感觉到我其实……其实有很多苦衷。所以不要爱上唐俪辞好吗？/221

十九 ◆ 琅邪公主 ◆

"或许她并不想当个公主。"
"或许——是高傲的女人，一旦爱了，就很痴情。"/250

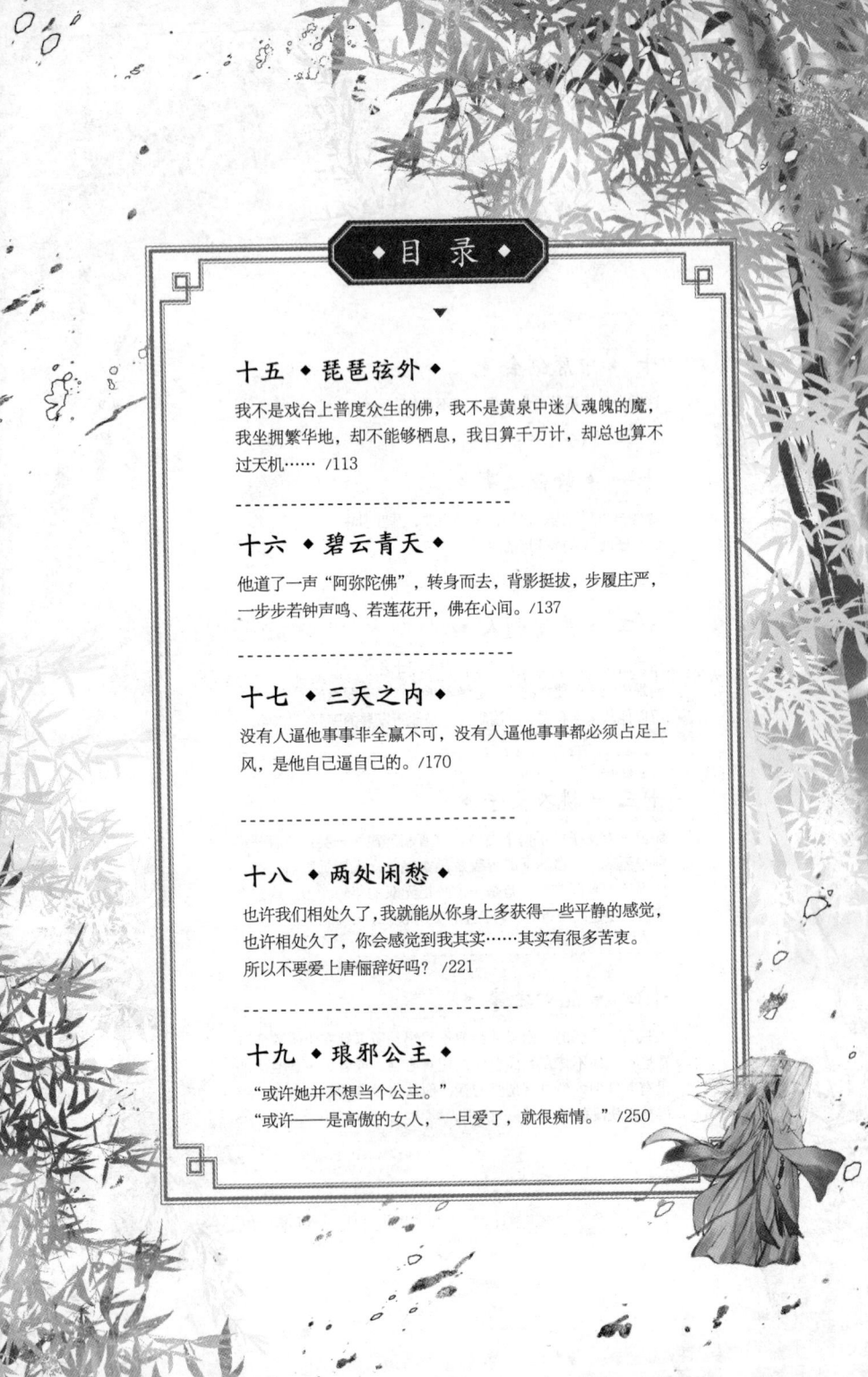

十 ◆ 中原剑会 ◆

这世上只要不是要命的伤，就不是伤。

"咳咳……"

西蔷客栈之中，天字一号房内，有人低声咳嗽，气堵于胸，十分疲弱。

一人倚在门口，望天不语。另一人提着一壶热水，正待进门，见状淡淡地道："你在干什么？"

倚门之人凉凉地道："发愁！"

另一人道："嘿嘿，中原剑会使者即将前来，欲接他去主持大局，对抗风流店燎原而起的毒灾，如此情形你发愁也无用。"

倚门之人冷冷地道："江湖上下人人都指望他去主持大局，结果他既被火烧又中毒，现在闹得武功全失、神志不清，叫天下人如何指望他主持大局？我看那中原剑会的使者一来，吊死他，他也不信里面那人真是唐俪辞。"

说到唐俪辞，这倚门而立的人自是"天上云"池云，而另一人自是被唐俪辞重金收买的沈郎魂了。

话正说到这里，客栈掌柜引着一人匆匆上楼，对池云赔笑："池大爷，有一位客官非要上来，说是您的朋友。"

池云挥了挥手。掌柜退下，他所带来那人站定，对池云和沈郎魂拱了拱手。

池云上下打量来人，只见这人青衣佩剑，衣裳并不华丽，但他身形挺拔、面目俊秀、气质沉稳，称得上是一位风度翩翩的剑客。

池云："阁下如何称呼？"

青衣人微微一笑："在下姓余，'青冠文剑'余负人。"

池云皱起眉头，这什么"青冠文剑"从来没有听说过，是江湖上新出现的人物？

"你是中原剑会的使者，来接姓唐的去好云山？"

余负人点头，目光在两人脸上流转："恕在下唐突，不知唐公子人在何处？"

这位"青冠文剑"余负人眼力不弱，一眼看出他们两人不是唐俪辞。

沈郎魂提起水壶，淡淡地道："跟我来吧。"

池云突然道："且慢！"他出手拦住余负人，冷冷地道，"单凭你一句话，信口胡吹的名号，就能说明你是中原剑会的人？你的证明何在？"

余负人衣袖轻拂："不知池大侠需要什么样的证明？"

池云听他口称"池大侠"，微微一怔："使出中原剑会第九流的传统剑招'一凤九霄'，我就信你是剑会使者。"

"两位如此谨慎，莫非是唐公子出了什么意外，不便见客或是身上负伤，所以不能轻易让陌生人接近？"余负人含笑道。

池云又是一怔："你……"

沈郎魂淡淡地道："不必了，他背上之剑，是中原剑会第十一剑'青骆'，再说一凤九霄江湖上会使的人没有八百也有一千，毫无意义。"他推开房门，"余负人，进来吧。"

西蔷客栈的天字一号房内雕饰精美，桌椅俱是红木，茶几横琴，床榻垂缦，装饰华丽。余负人踏入一步，心中微微叹息，富贵之人不论走到何处都如此富贵，贫贱之人不论走到何处都一样贫贱；贫贱之人永远也无法想象富贵之人究竟如何度日，更无法想象许多坐拥金山银山、不愁吃穿的人，为何总是活得不满足，活得愁云惨雾。

紫色垂缦的床榻上倚坐着一人，银发垂肩，闭目不动。

床榻上还有一个不足周岁的孩子，正努力地在榻上爬，有时摔一下，滚了滚，又卖力地爬着。

银发人的面颊柔润，并不苍白，只隐约有一层晕黄之色，仿佛原本脸色应当更好，如今血色有些不足。此外，他眉目如画，正如传说中的一般，是一位文雅的贵公子。

"在下余负人，来自中原剑会。前些日子唐公子以碧落宫碧涟漪为代，身外化身潜入风流店故地探察情况，不知结果如何？"余负人拱手为礼，"在下是否打扰唐公子清静？"

池云跟在他身后，见状唇齿一动，刚要开口说唐俪辞受到强烈刺激，武功全失神志不清，哪里还会说话……却见唐俪辞双目一睁，说道："余少侠远来辛苦，不知近来江湖形势如何？"

此言一出，池云和沈郎魂面面相觑。自从唐俪辞从菩提谷中出来，不是恍恍惚惚就是胡言乱语，要不然就是不肯说话绝食绝水，浑然不可理喻，却不知为何余负人带着中原剑会的邀请而来，他竟突然变正常了?

"风流店再度夜袭两个派门,六十八人身亡,一百四十四人受伤,"余负人道,"昨日和中原剑会短兵相接,双方各有死伤,剑会擒下风流店面具人三人,揭开面具,都是各大门派门下弟子,非常头痛。九心丸之毒不解,江湖永无宁日,但看他们毒发时的惨状,剑会亦是于心不忍,思其罪恶,却都是难以饶恕。"他再度一礼,"唐公子智计绝伦、武功高强,又擅音杀之术,正是风流店大敌。剑会众长老商议,欲请唐公子主持大局,与剑会、碧落宫联手,为江湖除此大患。"

唐俪辞眼眸微动,脸上并没有什么表情,说道:"那么……池云准备车马,我们即刻上路。"

上路?池云瞪眼看他,就凭他眼下这副模样,还能上路?

池云:"你——"

"备车。"唐俪辞闭上眼睛,不再说话。

余负人的目光掠过沈郎魂:"敢问唐公子……"

沈郎魂淡淡地道:"他有伤在身,尚未痊愈。"

"原来如此。"余负人虽然嘴上这么说,但显然心里并不释然。唐俪辞武功高强,能在猫芽峰上战败风流店之主,怎会短短数日身负重伤?且并未听闻他遭逢什么强敌,但听他说话的声音,中气疲弱,似乎伤得很重。

"不妨事。"唐俪辞缓缓坐直身体,"近来可有听闻风流店之主……柳眼的行踪?"

"柳眼?"余负人道,"江湖中人尚不知风流店之主名叫柳眼,唐公子此去风流店故所,看来所得不少。"

唐俪辞再度睁开眼睛："风流店中隐藏甚多秘辛，不是一时三刻能够明白的，情况未明之前，暂且不提。碧落宫动向如何？"他闭目片刻，目中已微略有了些神采，不似方才萧然无神。

"宛郁宫主忙于迁宫之事，一时三刻只怕无法分心应对风流店。"余负人道，"如今江湖之中人人自危，各大门派严令门下弟子回山，各持紧缩自保之计。风流店倚仗毒药之威，已成当今江湖一煞，谁也不知何时何地，他们要进攻何门何派。"

"普珠上师可是中原剑……会……咳咳，剑会之一？"唐俪辞低声道，"近来可有普珠上师的消息？"

"普珠上师？"余负人颇为意外，"普珠上师确是剑会之一，近来普珠上师为平潭山火灾一事，前往救人，听闻刚刚返回少林寺。"

"等我前往好云山之后，剑会先向少林寺借用普珠上师一时，这位大师武功很高，疾恶如仇，对付风流店必是一大助力。"唐俪辞微微一笑，因为重伤在身，笑得有些乏力，颇现柔和温弱之色。

特地要普珠上师，理由真是如此简单？池云看了唐俪辞一眼，这头白毛狐狸前几天疯疯癫癫，难道都是装的？看了这一眼，他却瞧见唐俪辞右手握拳，在被下微微发抖，显是握得极其用力，微微一怔，唐俪辞他——

"池云这就去备车吧，"沈郎魂淡淡地道，"余公子，待我打点行囊，这就出发。"

余负人微笑道："马车我已备下，车夫乃是本会中人，比外边雇的隐秘得多，几位收拾衣囊，这就走吧。"他当先出门，下楼召唤马车。

"此人气度不凡，只怕在剑会中不是寻常人物，邵延屏让他来请人，可见对他的器重。"沈郎魂淡淡地道，"但为何名不见于江湖，其中缘故，真是启人疑窦。"他目光一转,转到唐俪辞的身上,"你……"

唐俪辞长长地吸了口气,刹那浑身都颤抖起来,身子前倾,几乎倒在被褥之上。池云和沈郎魂双双出手相扶,触手冰冷,唐俪辞浑身都是冷汗,双手握拳按在额角两侧,浑身颤抖,竟一时止不住。

"果然……神志昏乱,勉强镇定只会让你心智更加紊乱,"沈郎魂冷冷地道,"何必在外人面前强装无事?此时此刻你分明对风流店之事无能为力,就算你不承认,也不得不说你那好友对你所用的毒计,的确是步步得逞,你没有一处不落在他彀中。既然一败涂地,就该认输,大丈夫输得起放得下,何必硬要逞强,在此时此刻担起重担?"他瞪了唐俪辞一眼,"你当真做得到?"

"我为何做不到?"唐俪辞低声道,"我若做不到,一定会发疯……哈哈哈……"他低声笑,"我若发疯,一定要害死比他更多的人……反正全天下都是死人,死了谁我都不在乎,到处都是死人在跳舞,死人会跳舞,哈哈哈……"

池云和沈郎魂面面相觑。"啪"的一记轻响,沈郎魂一掌拍在唐俪辞头顶上,渡入少许真气。唐俪辞微微一震,突然安静下来。池云冷冷地道:"冷静!"

"我……我……"唐俪辞再度长长吸了口气,压在额角的双手终于缓缓放了下来,右手按在胸口,"我……"

"你若稳不住心智,便谁也救不了,"沈郎魂道,"更不能让任何人回头。"

唐俪辞的手缓缓落到被褥上,一边的凤凤用力爬过来,小手按到他的手掌上。他目不转睛地看着凤凤的手,过了好一会儿,轻轻一笑,说:

"我刚才说了些什么?"

"白毛狐狸,就凭你现在疯疯癫癫的样子,前往好云山当真没有问题?"池云眉头皱得很深,"你不要在剑会那些老王八面前发疯,那些人本就信不过你,要是你有了什么过失,吞也活吞了你。"

"我……"唐俪辞轻轻地笑,"我想我比刚才要好一些了,至少想一件事的时候思路尚能连贯……若我不知不觉做错了什么,你们要记得提醒……我会打圆场。"

"你——"池云本来怒气上涌,骂人的话到嘴边却又叹了口气,"你就是非去不可,就算半疯不疯装模作样勉强支撑也要去就是了?"

"嗯。"唐俪辞闭上眼睛,唇边浅笑微现,然而神色颇为疲惫,"咳咳……我头痛得很,暂时……莫和我说话。"他缓缓自床榻上起身,自椅上拾起一件衣裳,披在肩头,抱起凤凤,慢慢往外走去。

池云匆匆将行囊自柜中取出,追了出去。沈郎魂微微一叹,也跟了上去。

客栈门外停了两辆马车,余负人已在马车之旁,唐俪辞径自上车,池云匆匆跟上,沈郎魂与余负人登上另一辆马车,白马扬蹄,往东而去。

"恕我直言,唐公子之伤看起来非同寻常。"余负人坐上马车,将背上青珞持在手中。他动作稳健、神色自若,虽然和沈郎魂同车,却不露丝毫破绽。

沈郎魂静静坐在一旁,听到余负人之言,他沉默了一阵,突然道:"你可曾是杀手?"

余负人微微一笑:"沈郎魂的眼力,果然也是非同寻常。"他这么说,自是承认了,微微一顿,道,"杀手的眼里,一向容不下半点沙子。"

"唐俪辞的确伤得很重，不过尚不致命。"沈郎魂淡淡地道，"这世上只要不是要命的伤，就不是伤。"

"同意。"余负人道，"不过我很好奇，究竟是谁能伤得了天下无双的唐公子？"

沈郎魂淡淡地道："哈哈，你这句话难道不是讽刺吗？"

余负人微笑："岂敢……我是由衷之言，今日你若不说，我必是睡不着的。"

"嘿嘿，风流店的据点飘零眉苑。其中遍布机关，他是被那些机关伤的。"沈郎魂闭目道，"但他也查探了其中所有地方，风流店内，深不可测，人才济济，大出人意料之外。"

余负人目光流转："是什么样的机关竟能伤到他？"

沈郎魂："铁甲百万兵、火焰桥、火焰蛇、留人闸，以及……朋友。"

余负人："朋友？那是什么样的暗器？"

沈郎魂淡淡地道："最伤人的暗器，不是吗？"

余负人微微叹了口气："原来唐俪辞是一个顾惜朋友的人……"他道，"实不相瞒，根据之前江湖上对唐公子的传言，唐公子不该如此心软。"

沈郎魂："江湖传闻，唐俪辞是如何一个人？"

"自然是除皇家之外天下最有钱的男人，并且是年轻俊俏、温文儒雅的男人。"余负人微微一笑，"其人武功高强、眼光犀利、心计超绝，能在江湖大众未看穿余泣凤的真面目之前动手将他诛灭，又能联合碧落宫在青山崖大败风流店，更将风流店之主击下悬崖，行动效率极高，武功超凡脱俗，虽然手段稍过，却也是江湖百年少有的俊杰。"

"既然是俊杰,为何你以为他不会顾惜朋友?"沈郎魂淡淡地问。

余负人叹道:"不知为何,在我内心之中始终觉得唐俪辞该是一名心计更胜传闻的高手,顾惜朋友、祸及己身、影响行动效率、打乱计划,不是智者所为。"

沈郎魂低笑:"哈哈,我曾经也这样认为,可惜……他却不是这种人。"

"他怎能不是这种人?不是这种人,在如今江湖局势之中,他要如何自处?"余负人淡淡地道,目光缓缓落在手中青珞之上。青珞剑精钢为质,剑芒发青,而握在手中之时只是一把花纹简陋的三尺长剑,不见任何特别。

沈郎魂也淡淡地道:"若他真是那样的人,说不定你我只会更失望,不是吗?"

余负人笑了:"哈哈,也许——但一旦身为中原白道之主持,便不能有弱点,中原剑会之所以选择唐俪辞,也正是看中他身无负累,不像宛郁月旦身负满宫上下数百人的性命。"

"哈哈,我不能说剑会的选择是对是错,但也许……宛郁月旦会更像剑会期待之人。"沈郎魂淡淡地笑,"又或者……唐俪辞会超出剑会的期待,也未可知。"

马车以碎步有条不紊地前行,车夫扬鞭赶马,很快没入青山翠影之中。

好云山。

浓雾弥漫,令天下习剑之人为之敬仰的中原剑会便在此处。山中一处青砖暗瓦的院落,便是天下驰名的"善锋堂"。

善锋堂上的暗色瓦片，均是已断长剑，每一柄断剑，均有一段可歌可泣的故事。

两辆马车缓缓上行至善锋堂前，门前两人相迎，一人紫衣负剑，一人灰衣空手。

余负人最先自马车上下来，朝两人抱拳："邵先生，孟大侠。"

紫衣负剑的是邵延屏，灰衣的是"孟君子"孟轻雷。

邵延屏饶有兴致地看着马车。上次在青山崖碧落宫，被宛郁月旦和唐俪辞无声无息地摆了一道，将碧涟漪当作唐俪辞，这一次他定要好好看清这位传说纷纭的唐公子究竟生得何等模样。

马车微晃，邵延屏心中微微一动，上等高手行动，落叶尚且不惊，怎会马车摇晃？一念疑虑尚未释然，只见车上下来一人，一身淡灰衣裳，甚是简单朴素，灰色布鞋，其上细针浅绣云痕，云鞋却雅致绝伦。其人满头银发光泽盎然，回过头来，眉目如画，诚然一位翩翩浊世佳公子。邵延屏打量了来人一眼，心里啧啧称奇，银色头发前所未见，这就罢了……这人左眉上的断痕——绝非天然所断，而是刀伤，并且那柄刀他虽然从未见过，却大大有名，这刀痕略带两道弧度，犹如梅花双瓣，乃是"御梅主"那柄"御梅"。

御梅主此人已是三十年前的传说，传闻此人清冷若冰雪，刀下斩奸邪皆是一刀毙命，出现江湖寥寥数次，救下数位德高望重的江湖前辈，在三十年前一次中原剑会之中一刀败尽英雄，名声超然天下，为当时武林第一人。不过时过境迁，此人已经许久不见于江湖，当今的武林中人知晓御梅主的人只怕不多，御梅刀痕出现在唐俪辞左眉之上，邵延屏心中顿时高兴之极——这说明此人真是奇中之奇，实是万世罕见的宝贝，世上再没有人比唐俪辞更为古怪的了。

随着唐俪辞下车，马车上其余人也随即下车，缓步上前，其中一人怀抱婴儿，形状古怪，引人注目。

"唐公子。"孟轻雷欣然道，"许久不见，别来无恙？"他曾在京城国丈府见过唐俪辞一面，对其人印象颇好，也知怀抱婴儿的是池云。

唐俪辞眼波微动，看了孟轻雷一眼，微微一笑："别来无恙。"他走得很平静，不动真气，邵延屏和孟轻雷便看不出他功力如何。

唐俪辞对邵延屏微微颔首："邵大侠久仰了。"

"哪里哪里，唐公子才是让邵某久仰。"邵延屏打了个哈哈，随即叹了口气，"剑会上下都在期待唐公子大驾光临，昨日风流店率众灭了长风门，我等晚到一步，虽然救下数十位伤患，却未能挽救长风门灭门之祸，也不知它究竟何处得罪了风流店。唐公子才智绝伦，正好为我等一解疑难。"

"那么……不请我喝茶？"唐俪辞一伸衣袖，浅然而笑，"顺道让我看看名传天下的善锋堂究竟是什么模样。"

"哈哈，唐公子雅意，这边请。"邵延屏当先领路，往门内走去。

善锋堂地处浓雾之地，门窗外不住有白雾飘入，犹如仙境，然而水汽浓重，呼吸之间也感室闷沉重。堂内装饰堪称华丽，种植的奇门花草在浓雾之中轻缓滴水，颜色鲜艳，厅堂整洁。踏入客堂，便看见十数位形容衣貌都不相同的人散坐堂中，眼见几人进来，有些人冷眼相看，有些人起身相迎，其中神情古怪的一人黑衣黑剑，便是"霜剑凄寒"成缊袍。

唐俪辞向众人一一看去，众人的目光多数不在他身上，而是略带诧异或鄙夷地看着沈郎魂。对江湖白道而言，朱露楼的杀手毕竟是浑身血腥的恶客。沈郎魂面无表情，淡淡地站在唐俪辞身后。

只见唐俪辞衣袖一震，往客堂中踏入一步，略略负手侧身，姿态甚是倨傲，言语却很温和："唐俪辞见过各位前辈高人，各位高风亮节、剑术武功，唐俪辞都是久仰了，今日得见，不胜荣幸。"

他的姿态很微妙，以居高临下之姿，说谦和平静之词，竟不显得有半分作伪。各人听入耳中，都感诧异，却并不愠怒，隐隐然有一种被抬了身价的感觉，毕竟受唐俪辞恭维与受其他人恭维大大不同。

成缊袍缓缓地问："来到剑会，你将有何作为？"

"查找风流店背后真正的主使、其进攻的规律、现在新建的据点，以及……柳眼的下落。"唐俪辞唇角微扬，"柳眼是风流店表面上的主人，但我以为真正的主使另有其人，并且风流店中另一路红衣役使尚未出现，种种疑惑必待来日方解，要除风流店之祸，定要借重剑会之力。"

"哈哈，剑会也必定要借重唐公子之力，我给唐公子介绍，这位是……"邵延屏目光不离唐俪辞左眉的刀痕，一边指着成缊袍身边一人道，"'云海东凌'……"

"'云海东凌'蒋先生。"唐俪辞微笑道，目光转到另一人身上，"这位是'九转神箭'上官飞。"

蒋文博与上官飞微微一怔，两人均已隐退多年，唐俪辞何以能一眼认出？

只见唐俪辞目光流转，将座下众人一一敬称，偶尔一二赞誉，便让众人感觉他对自己生平事迹深有了解，并非随口奉承。

邵延屏"哈哈"大笑："堂里已经开席，各位远道而来，一见如故，请先填饱了肚子再相谈，这边请、这边请。"

唐俪辞微微一笑，举手相邀，各位欣然而起，一同赴宴。

池云在一边凉凉地看着，孟轻雷哈哈一笑，将他拉住，请善锋堂中女婢代为照看凤凤，一同往流芳堂而去。沈郎魂身形微晃，在邵延屏开口招呼之前，失去踪迹。余负人未料沈郎魂倏然而去，脸现讶异之色，跟在孟轻雷身后，进入宴席。

席中，池云持筷大嚼，傲然自居，旁若无人，邵延屏热情劝酒，他来者不拒，在座皆是前辈，年纪最小的成缊袍也比他大了十来岁，他却谁也不放在眼里。"天上云"名声响亮，人人皆知他是这般德性，倒也无人怪罪，众人关心所在，多是唐俪辞。

唐俪辞左手持筷，夹取菜肴动作徐缓优雅，与寻常武林中人大不相同。邵延屏眼光何等犀利，他就坐在唐俪辞身边，瞧出他左手上有十来个极细微的伤口，乃是蛇牙之伤，心中又是大奇，他怎会被毒蛇咬到？

"敢问唐公子手上伤痕，可是银环之伤？"对座一位黑髯老者突问，"并且银环之数为十三，乃是银环之中最毒之一种？"

池云闻言哼了一声，唐俪辞微微一笑，右手举起，捋开衣袖。众人只见他双手之上斑斑点点，尽是伤痕，右手比左手更为严重，不禁骇然变色。

蒋文博失声道："这是？"

"唐公子为如此多银环十三所伤，伤口却并未发黑，可见体内早有抗毒之力。"黑髯老者道，"只是银环并非喜欢群居的蛇，此事看来不是意外。"

唐俪辞细看双手的伤痕，过了一会儿，道："风流店老巢之中，有机关共计一百三十三处……"他侃侃而谈,将飘零眉苑的结构、布局、机关、方位说得清清楚楚,各人凝神细听,心下各有所得。池云冷眼相看,唐俪辞言辞流利,神态从容,此时已半点看不出这个人昨日还在发疯,只是那日菩提谷中发生之事历历在目,他真的能这么快摆脱阴影,恢复正常?

以池云对唐俪辞的了解,姓唐的白毛狐狸绝不可能就此超脱的,他根本不是超脱的人。

那日在菩提谷中……

第十七个坟墓,方周之墓。

封墓的白色泥土果然如传说般坚固,唐俪辞遍身火伤,双手鲜血淋漓,散功之身,以他双手去挖,根本挖不开坚硬如铁的墓土。沈郎魂出手相助,池云拔刀砍击,在三人联手之下,仍是整整挖了一个半时辰,才在方周之墓上挖出一个洞来。

那个洞里,有一具棺材,但不是冰棺。

那是一具木板破裂,材质恶劣的薄木棺材。

日光投入墓中,一股奇异的味道飘了出来,唐俪辞目不转睛地看着墓里的薄木棺材——那棺材上有个爆裂的口子,像是什么人出手一抓透棺而入,正是因为那个很大的破口,所以日光也透了进去。

谁都看得很清楚,那棺材里的确有个人。

一个头发凌乱的人……胸口有个伤口,的确无心,这个人就是方周吧……

唐俪辞踉跄站起,"啪"的一声扑在了那破开的墓口上。沈郎魂和池云看着墓中那具尸体,只觉一阵寒意自背后蹿起。"啊——"的一声厉若泣血的惨叫,唐俪辞双手紧抓墓前的石碑,猛力摇晃,以头相撞,砰的一声、两声……墓碑上血迹斑斑,池云一把将他拉了回来,倒抽一口凉气,那墓中的尸体……

那墓中的方周,是一具断首断脚断臂,被人乱剑斩为十数块的尸体。

墓中古怪的虫子在尸身上爬行,腐烂的尸身散发着一股极端难闻的气味,这就是唐俪辞千里赴险,甘受毒刀、蛇咬、火焚、散功之苦,而想要寻到的结果?就是他三年前以挚友性命为赌,而笃信人力可以挽回一切的初衷?就是他在腹中埋下方周之心,忍受双心之痛的本意?无论如何都要救他、以为自己必定能救他——毫不犹豫毫不怀疑——以为自己必定能挽回过去,以为自己从不失败,相信人生从来没有"绝望"两个字!但其实一切只是他在三年前做的一场梦?其实一切在三年前方周死去的时候就已注定,其实一切根本没有任何改变,其实一切都只是他一厢情愿的幻想……只是他盲目做下了各种各样的荒唐,只是他以为挽回了些什么而实际上什么都早已失去……

被碎尸的腐烂的方周,还能复活吗?

这个问题,只是一个笑话。

而唐俪辞为这个笑话,付出了几乎他能付出的一切。

"哈……哈哈……"唐俪辞坐倒在地,一手支身,银发垂地,不知是哭是笑,过了好一会儿,他说出一句话来让池云至今记忆犹新。

"我相信这绝不是阿眼砍的……他、他一定不知道……"

池云说话一向很难听,但他觉得那时自己说的那话糟透了,他记得自己说:"不是他砍的是谁砍的?他明知道你会找来,故意把人砍成肉块,就是为了看你现在的模样。"

沈郎魂那时说的话也难听到了极点，他说："放手吧，对这样的敌人心存幻想，就是要你自己的命，我相信你唐俪辞的命，远比柳眼值钱。"

但唐俪辞喃喃地道："我相信他不会这样对我。"

这就是发生在菩提谷中的事，或许沈郎魂已遗忘许多细节，反正他从来也不是在乎细节的人，但唐俪辞那天的模样他这一辈子都不会忘记。

一个人的感情究竟能有多狂热……有些人一辈子古井无波，不会为多少事感动；有些人多愁善感，能为许多事掉眼泪；还有些人的感情像冰山烈火，凉薄的时候比谁都凉薄，而狂热的时候，比什么都狂热，狂热得可以轻易烧死自己。

狂热，是因为他没有、他缺乏，所以仅有的……一定要抓住，所以绝不放手。

记得唐俪辞曾经说过："我很少有朋友。"

而他说："难道姓沈的和老子不算你的朋友？"

唐俪辞说："不算。你们……都不知道我在想些什么，不是吗？"

对唐俪辞而言，究竟什么才叫作"朋友"？池云在宴席上埋头大吃，他承认他从来不知道唐俪辞心里在想些什么，但对他来说，这并不妨碍他觉得姓唐的白毛狐狸是朋友。一同喝酒吃肉、杀人越货的人，就是朋友了。

酒席上，唐俪辞堪堪说完风流店中种种布置，对钟春髻那要命一针和方周尸体一事他自是绝口不提。蒋文博道："风流店中必定有人得了破城怪客的机关之法，要么，破城怪客就是风流店的成员之一。但二十年前我曾与其人有过三面之缘，其人并非奸邪之辈，这许多年不见于江湖,只怕不是沦为阶下之囚,就是已经亡故。"

黑髯老者乃是蛇尊蒲馗圣,他接话道:"能在银环腹中埋下火药,御使毒物之法也很了得,当今武林或许'黑玉王''明月金医''黄粱婆'这等医术和毒术超凡之人,才有如此能耐。"

唐俪辞举杯一敬,浅然微笑:"各位见多识广,令唐某大开眼界。"

轻轻一句奉承,蒋文博和蒲馗圣都觉颜面生光,见他饮酒,双双劝阻:"唐公子有伤在身,还是少饮为上。"蒲馗圣出手阻拦,一缕指风斜袭唐俪辞手腕,唐俪辞手指轻转,蒲馗圣一指点出,竟似空点,心中一怔。唐俪辞举杯一饮而尽,缓缓放下,微微一笑。

邵延屏心中暗赞好手法,五指一转一张之间轻轻让开蒲馗圣那一道指风,不落丝毫痕迹,只可惜依然不使真气,看不出他修为高下。

"好功夫!"席上有几人同时称赞。这一杯酒下肚,人人对唐俪辞心生好感,席间谈论越发坦荡豪迈。

池云冷冷地喝酒,心道:白毛狐狸笼络人心的手法一向高明,不论是谁,只要他想笼络,就没有谁能逃出他的五指山。池云余光一瞟,只见余负人持筷静听,默默喝酒,满宴席赞誉和欢笑,却似并未入他耳中,一个人不知在想些什么。

这个人不笑的时候,看起来有些眼熟,池云心里微略浮起一丝诧异,但他的记性一向不好,到底像谁,他说不上来。

一个女婢轻轻走上前,在邵延屏耳边悄悄说了几句。邵延屏挥手示意她退下,转头对唐俪辞道:"剑会有一位贵客,今夜想与唐公子一谈,不知唐公子可愿见她一面?"

唐俪辞微微一笑:"既然是剑会的贵客,怎能不见?"

邵延屏"哈哈"一笑，对众人道："这位贵客身份特殊，恕我不能说明，还请各位见谅。"

席间众人纷纷颔首，宴席欢笑依旧，对消灭风流店一事信心大增，诸多谋划，各自一一细谈。

十一 ◆ 静夜之事 ◆

> 她是一个身具内媚之相,风华内敛,
> 秀在骨中,没有任何男人能抵抗的女人。

酒席过后。

邵延屏请唐俪辞偏房见客,池云本要跟去看热闹,却被客客气气地请了回来,他一怒之下回房倒下便睡。各位江湖元老寒暄过后各自散去,有些乘月色西风往后山垂钓,有些回房练功调息,人不同,行事作风也大不相同。

偏房之中,点着一盏明灯,灯光不明不暗,亮得恰到好处。

唐俪辞推门而入,只见一位青衣女子坐在灯旁,手持针线,扬起一针,正细细绣着如意肚兜上的娃娃,见他进门,抬头微微一笑。

他本以为不论见到谁都不会讶异的,但他的确讶异了:"阿谁姑娘……"

邵延屏笑道:"看来两位确是故识,阿谁姑娘来此不易,两位慢谈,在下先告辞了。"他关上房门,脸上的笑意,不外乎是以为唐俪辞年少秀美,今夜又要平添一段鸳鸯情事。

阿谁将如意绣囊收回怀中,站了起来:"唐公子。"

唐俪辞手扶身边的檀木椅子，却是坐了下去："咳咳……"他低声咳嗽，缓缓呼吸，平稳了几口气，才道，"你怎会来此……"

阿谁伸手相扶，在他身前蹲了下来："你受了伤？"

唐俪辞微微一笑："不妨事，你冒险来此，必有要事。"他的脸色并不好，宴席之后，酒意上脸，眉宇间微现疲惫痛楚之色，那红晕的脸色泛出些许病态，然而红晕的艳，在灯下就显出一种勾魂摄魄的样子。

"风流店现在的地点，就在离好云山不远的避风林。"阿谁自怀里取出一方巾帕，递在唐俪辞手中，"今夜他带我出门到晚风堂喝酒，然后他喝醉了，不知去向。"她凝视唐俪辞的脸色，"所以我就来了。"

"你来……是想看凤凰，还是想看我？"唐俪辞柔声问，所问之事，和阿谁所言全不相干，他的吐息之中尚带微些酒气，灯光之下，熏人欲醉。

她轻轻叹了口气："我……很想看凤凰，但也想来看你。"她并没有看唐俪辞的脸，她看着她自己的手指，那手指在灯下白皙柔润，煞是好看，"我听说你……"她微微顿了一下，"近来不大好。"

"我……从来都不好。"唐俪辞柔声道，"从出生到现在，从来没有好过，那又如何？"

她不防他说出这句话来，微微一怔："你……心情不好？"

唐俪辞眼波流转，眼神略略上抬，眼睫上扬，悄然看着她，随后轻轻一笑，笑得很放浪："我的心情从来都不好，你不知道？"

她凝视着他的眼睛，并没有接话。温柔的灯盏之下，她以安静的神韵，等待他说下去，或者不说下去。她并没有惊诧或者畏惧的神色，只有一种专心在她眸中熠熠生辉。一颗平静聪慧的心，或许便是这个女子持以踏遍荆棘的宝物。

但他并没有说下去，而是慢慢伸出手，轻轻地触到她的额头，捂住她的眼睛，缓缓往下抹："再这样看我，我就挖了你的眼睛……别睁眼。"

她闭上眼睛，仍旧没有说话。

唐俪辞温热的手指缓缓离开了她的脸颊，就如一张天罗地网轻轻收走，虽然网已不在，她却仍然觉得自己尚在网中。

正在这个时候，唐俪辞柔声道："我的心情从来都不好……小的时候我想要自由，却没有半点自由……后来我抛弃父母得到了极度的自由，那种自由却几乎毁了我。我想要朋友，但没有人愿意，也没有人敢和我做朋友……等我明白没有人敢和我做朋友是因为我自由得让他们恐惧——我觉得很可笑——我抛弃了那种可笑的自由，找回了我的父母和朋友，但失去后再获得的东西……你是不是总会感觉它依然不属于自己？就像一场梦……我常常怀疑再获得的感情是假的，但如果我所拥有的仅有的东西是假的，那还有什么是真的？我所得到的东西从来不多，我不想失去任何一点……"他极低沉地柔声道，"我也相信我不会失去任何一点，但我已经失去了，该怎么办？"

她沉默了很久，唇齿轻轻一张，他温热的手又覆了上来，捂住她的嘴唇。

"不要说了。"他说。

已经失去的东西，就是失去了，永远也要不回来。要么，你学会接受、忍耐，然后寻觅新的代替，以一生缅怀失去的；要么，你逃避、否认，然后说服自己从来没有失去；要么，你就此疯狂，失去不失去的事，就可以永远不必再想。此外……还能如何呢？

她的唇被他捂住，她缓缓睁开了眼睛，看着他的眼睛。

他闭着眼睛，眼睫之间有物闪闪发光，微微颤抖。

对了……失去了……还可以哭……

房中安静了很久，过了好一会儿，唐俪辞缓缓收回了手："对不起，我有些……"他以手背支额，"我有些心乱……"

她微微一笑："我也没有听懂方才唐公子所言，不妨事的。"她拍了拍他另一只手的手背，"唐公子身居要位，对江湖局势影响重大，消灭风流店是何等艰难之事，势必要公子竭尽心血。公子应当明了自身所负之重，江湖中多少如阿谁这般卑微女子的性命前程，就在公子一人肩上……"她轻轻叹了口气，"阿谁心事亦有千百，所担忧烦恼之事无数，但……此时此刻，都应当以消灭风流店九心丸为要。"

"嗯……"唐俪辞闭目片刻，微微一笑，睁开了眼睛，"你的心事，可以告诉我吗？"他方才心绪紊乱，此时神志略清，一笑之间隐隐有稳健之相。

"我……"她低声道，"我……"她终是没有说出，站了起来，微微一笑，"我该走了。"

唐俪辞起身相送。他何等眼光，从她刚才一绣肚兜他就知道……她，恐怕有了柳眼的孩子。一个不会武功的年轻女子，屡屡遭人掳掠，遭人强暴，生下两个不同父亲的孩子，一个托孤他人，另一个不知将会有什么命运……而她自己人在邪教之中，为奴为婢，遭受众人怀疑猜忌，性命岌岌可危，在这种遭遇之下，她却并没有选择去死。

她走了出去，走得远了。邵延屏安排得很妥帖，一名剑手将她送至左近一个热闹的城镇，让她进茶楼喝茶听戏，便自离去。风流店自会找到她，找到她也只当柳眼将她弃在途中，她迷路到此。

唐俪辞倚门而立，手按心口。

她是一个身具内媚之相，风华内敛，秀在骨中，没有任何男人能抵抗的女人。

但她最动人的地方，不是她的内媚。

正在此时，门板之后骤然"嗡"的一声响，一支剑刃透门而过，直刺唐俪辞背心。

"当"的一声，一物自暗中疾弹而出，撞正剑刃，那一剑准心略偏，光芒一晃，没入黑暗之中，就此消失不见。

"好剑。"长廊之外有人淡淡地道，"可惜。"

唐俪辞依旧倚门而立，眉目丝毫未变："可惜不如你。"

长廊外有人飘然跃过栏杆："他若不是不敢露了身份，再出十剑八剑，说不定就有一两剑我拦不下来。"这人貌不惊人，正是沈郎魂，方才宴席之前他突然离去，此刻却在这里出现，仿佛已潜伏暗处许久了。

唐俪辞唇角略勾，似笑非笑："他若是铁了心要杀我，这一次不成功，还有下一次、下下次……咳咳……总有机会。"他咳了两声，缓缓离开门框，"哈哈，你救我一命，我请你喝酒。"

沈郎魂也是涌上一层淡淡的笑意："救你一命如此容易？方才我若不出手，你可会杀了他？"

唐俪辞眉头微扬，笑得颇具狂态："哈哈哈……一个武功全失、真气散尽的废人，难道还能杀人不成？"

沈郎魂并不笑，淡淡地道："我却以为你武功全失的时候，只怕比真气未散之时更为心狠手辣。"

唐俪辞一个转身，背袖浅笑："哈哈、哈哈哈哈……这边喝酒。"

池云叫这人"白毛狐狸"，沈郎魂望着他的背影，一人身兼妖气与狂态、温雅与狠毒，他嘴角微微一勾，心想：的确是只白毛狐狸。

唐俪辞当先而行，穿过几重门户，进了屋子。沈郎魂微微一怔，眼前之处烟囱水缸、柴房在旁，岂非厨房？

唐俪辞进了厨房。那厨房刚刚收拾干净，夜色已起，仆人们都下去了，寂静无人。他径直走到案板之旁，伸手握住那柄尤带水珠的菜刀，雪白的手指轻抚刀脊，忽地一笑："你想吃什么？"

"苦瓜炒鸡蛋。"沈郎魂淡淡地道。

"咚"的一声，唐俪辞拔起菜刀，重重剁在案板上："苦瓜炒鸡蛋，红辣椒炒绿辣椒。"

一炷香之后，善锋堂厨房桌上摆了两碟小菜，一碟苦瓜炒鸡蛋，一碟红辣椒炒绿辣椒，颜色鲜亮，热气腾腾。沈郎魂看着桌上两只大碗："我从不知道你喝酒是用碗的。"

"用碗还是用小杯子，难道不都是喝酒？"唐俪辞喝了一口，眼波流转，"就像不管你是用品的还是灌的，这酒难道就不是偷的？"

沈郎魂闻言大笑："这就是你请喝酒？"

唐俪辞一仰头一碗酒下肚，淡淡地道："酒是我偷的，又不是你偷的。"

沈郎魂夹起苦瓜吃了一口，嚼了几下，颇为意外："好鸡蛋，好苦瓜。"

唐俪辞夹起一条辣椒丝，嗅到辣椒的气味："咳……"

沈郎魂诧然："你不会吃辣？"

唐俪辞点了点头:"我会喝酒,却不会吃辣。"

沈郎魂道:"那你为什么要炒辣椒?"

唐俪辞微微一笑:"我高兴。"

沈郎魂吃了一口辣椒:"滋味绝佳,好手艺!"放下筷子,他喝了口酒,话题一变,"那人换了剑,你如何认出他的身份?"

"他姓余。"唐俪辞道,"是一个面生的剑术高手,在剑会地位很高,特地带了一把名剑在身上……"他浅浅地笑,"我虽然不知道余泣凤有没有儿子,但是至少不会傻得以为余泣凤死后真的没有人找上门来。"

沈郎魂大口嚼辣:"你说他手持青珞,就是想证明行刺你的人不是他?"

唐俪辞微笑道:"这至少是他手持青珞的理由之一,不过余负人其人骨骼清奇,见识不俗,并不是盲从之流,也非平庸之辈,我很欣赏。"

沈郎魂喝下一碗酒:"一击不中,随即退走,他杀你之决心很足,信心也很足。"

唐俪辞以筷轻拨酒杯,慢慢地道:"一个好杀手。"

沈郎魂淡淡一笑:"喝酒!"

唐俪辞举碗以对:"喝酒。"

天微亮时,两人已将善锋堂厨房里那一坛酒喝了一半,做早饭的厨子摇摇晃晃走进厨房,两人相视一笑,沈郎魂托住唐俪辞手肘,一晃而去。那厨子定睛一看满桌狼藉,酒少了大半,呆了半晌:"这……这……邵先生、邵先生……"他转身往外奔去,沿路大叫,"有人偷酒!有人偷酒!"中原剑会中人从来循规蹈矩,自然不会有人踏进厨房,更不会有人半夜去偷酒。

沈郎魂和唐俪辞大笑回房，池云早已起了，凤凤趴在桌上正在大哭，见唐俪辞回来，破涕为笑，双手挥舞："呜……呜呜……"

唐俪辞将凤凤抱起；他浑身酒味，凤凤却也不怕，双手将他牢牢抱住，刚长了两个牙的小嘴在他衣襟上啃啊啃的。

"怎么了？"唐俪辞微笑，"他又怎么惹了你了？"

池云冷冷地看着他："伤还没好，你倒是敢喝酒。"

唐俪辞柔声道："若不能喝酒，活着有什么意思？"

池云怒："你活着就为了喝酒吗？"

唐俪辞微笑道："好酒好肉、水果蔬菜，人生大事也。"

池云被他气得脸色青白："邵延屏找你，昨夜霍家三十六路拳被灭，又是风流店的白衣女子干的。"

唐俪辞往后走去："待我洗漱过后，换件衣裳就去。"

前厅之中，邵延屏、蒋文博、蒲馗圣、上官飞等人都在，地上放着一具鲜血淋漓的尸首，几人脸上都有怒色。"霍家三十六路拳在拳宗之中也算上乘，只可惜近来传人才智并不出色，风流店杀人满门，浑然不知是为了什么。"上官飞大声道，"我等要速速查出风流店老巢所在，一举将它捣毁，这才是解决之法。"

"就算你查到风流店老巢所在，就凭你那九支射鼠不成、射猫不到的破箭，就能将它捣毁？"众人之中一位个头瘦小的老者凉凉地道，"不知对方底细，贸然出手，出手必被捉。"

上官飞勃然大怒，无奈对方是中原剑会中资格最老、在位时间最长的一位长老，"剑鄙"董狐笔，乃是不能得罪的前辈，只得含怒不语。

邵延屏赔笑打圆场："哈哈，捣毁风流店之事，自当从长计议，两位说得都十分在理。"

"要知道风流店的据点,并不很难。"温和的声音自门外传入,众人纷纷转头,只见唐俪辞穿着藕色长衫,缓步而来,比之昨日却是气色好了许多。邵延屏眼神极好,一眼瞧见唐俪辞脚上的新鞋,心里越发疑惑——这人穿的衣裳都是寻常衣裳,脚上的鞋子却比身上的衣裳贵上十倍,这是什么道理?他问道:"唐公子有何妙法?"

"妙法……晚辈自是没有。"唐俪辞微微一笑,"我有一个笨法。"

蒋文博道:"愿闻其详。"

唐俪辞缓步走到厅中桌旁,手指一动,一件事物滑入掌中。饶是众多高手环视,竟也无人看清他的动作。只见他以那事物在桌上画了一个圆点:"这是好云山。"

他画了一点之后,蒋文博方才认出那是一截短短的墨块,质地却是绵软细腻,故而能在光滑的桌面上随意书写,暗道一声惭愧。唐俪辞出手快极,世所罕见,果然是曾经击败风流店主人的高手。只听他继续道:"近期被灭的派门、一为昨夜的霍家、一为庆家寨、一为双桥山庄,被害的武林高手共计两人,一者'青洪神剑'商云棋、一者'闻风狂鹿'西门奔。"他在好云山东方点了一个点,"霍家在这里,"在好云山南方再点了一个点,"庆家寨在这里,双桥山庄在这里……而商云棋住在云渊岭,距离好云山不过五十里,西门奔住得虽然不近,但是他自北而来,死在好云山十里之外,按照他的脚程,如果晚死半个时辰,便已到了好云山。"

"你是说——风流店灭人满门,并非滥杀无辜,而是针对好云山而来?"成缊袍冷冷地道,"根据何在?"

唐俪辞温言道："根据……这些派门或者侠客，都在好云山方圆百里之内，而一百里的距离，对武林中人而言，一个昼夜便可到达。"

成缊袍冷冷地问："一个昼夜又如何？"

唐俪辞："一个昼夜……便是风流店预计灭好云山善锋堂的时间，"他缓缓地道，"要灭好云山，自当先剪除善锋堂的羽翼，先灭援兵，当风流店出兵来攻之时，好云山在一个昼夜时间内孤立无援，如果风流店实力当真雄厚，善锋堂战败，江湖形势定矣。"

众人面面相觑，皆觉一股寒意自背脊蹿了上来。

蒋文博："原来如此，风流店处心积虑，便是针对我剑会。"

上官飞冷笑："我就不信风流店有实力，能将我剑会如何！"

邵延屏却道："风流店若只针对我剑会，将有第三者从中得利。"

唐俪辞温颜微笑："风流店如果没有把握将碧落宫逼出局外，必定不敢贸然轻犯好云山，如果它当真杀上门来，必定对碧落宫有应对之策。否则风流店战后元气大伤，碧落宫势必先发制人，它岂有作茧自缚之理？"

成缊袍冷冷地道："要把碧落宫逼出局外，谈何容易？"

唐俪辞将桌面上众多圆点缓缓画入一个圈中："那就要看宛郁月旦在这一局上……究竟如何计算，他到底是避，还是不避。"

"避，还是不避？"成缊袍淡淡地问，"怎讲？"

唐俪辞眼角略扬，伸手端起了桌上的一杯茶，那是邵延屏的茶，他却端得很自在："避……就是说碧落宫有独立称王之心，宛郁月旦先要中原剑会亡，再灭风流店……他就会和风流店合作，默许风流店杀上好云山，静待双方一战的结果。"

邵延屏点了点头:"但是如果宛郁月旦这样计算,那是有风险的。"

唐俪辞微微一笑:"任何赌注都有风险,做这样的选择,宛郁月旦要确定两点,风流店与中原剑会一战,风流店必胜;碧落宫有一举击败风流店的实力。"

众人在心中思索,均是颔首。如果这一战中原剑会战胜,碧落宫选择默许,便是成为剑会之敌,那对宛郁月旦称王之路十分不利。

"他如果不避呢?"邵延屏细听唐俪辞之言,心中对此人越来越感兴趣,"他若不避,岂非要先和风流店对上?宛郁月旦一向力求全功,只怕不肯做如此牺牲。"

唐俪辞轻轻放下手中的茶:"他若不避,必是相信剑会与他之间存有默契……就目前来说,没有。"他的目光自邵延屏脸上轻轻掠过。

邵延屏心中不免有几分惭愧,他身为剑会智囊,居然没有看破此局的关键所在。

邵延屏:"唐公子的意思是说……如果剑会能让宛郁月旦知晓剑会已经切中此局关键之处,有合战之心,也许……"

唐俪辞对他浅浅一笑:"也许?如何?"

邵延屏道:"也许他会牵制风流店一段时间。"

唐俪辞一举手,将桌上所画一笔涂去:"如果我是宛郁月旦,绝对不肯因为'也许'做如此牺牲。"

邵延屏有些口干舌燥:"那——"

唐俪辞涂去图画,一个转身,眼眺窗外:"除非中原剑会在风流店有所行动之前,就已先发制人,让风流店远交近攻之计破局,否则我绝不肯做出牺牲,牵制风流店的实力。"

众人默然沉思，成缊袍缓缓吐出一口长气："如何破局？"

唐俪辞却先不答他这一问，目凝远方，微微一笑："要碧落宫牵制风流店，拖延风流店发难的时间，剑会抢夺先机之战必须要胜，毫无退路啊……"他微微一顿，并不看成缊袍，"破局……未必要剑会大费周章地去破，当所备后招被识破之后，下棋之人自然要变局，这并不难。"

蒲馗圣一直凝神细听，此时突然道："只需剑会截住他们下一次突袭，风流店就该知道它的诡计已被识破，它要么立刻发难，要么变局。"

唐俪辞颔首："好云山周遭武林门派尚有两派，剑会可派出探子试探形势。"

"嘿嘿，小子你确实不错。"上官飞上下看了唐俪辞几眼，"虽然有些古里古怪，人却不笨。不过我若没有记错，刚才你进门的时候，说的是要知道风流店的据点不难，如果小子你单凭猜就能猜到风流店的老巢，老子就服你。"

唐俪辞缓缓端起了上官飞的茶，略揭茶盖，往杯中瞧了一眼："风流店既然要在一昼夜时间内灭好云山善锋堂，它的据点，自然离好云山很近……"

众人微微一凛，蒋文博失声道："它就在附近？"

唐俪辞放下茶杯，道："好云山左近，何处有湖泊溪流，可供淡水之饮？"

邵延屏道："共有九处，云闲谷、雁归山、双骑河畔、未龙井、点星台、菩山、渊山、避风林和仙棋瀑布。"

唐俪辞微微一笑："那就是避风林了。"

众人面面相觑，上官飞失声道："你如何确定是避风林？"

唐俪辞对他微笑："如前辈所言，猜测而已。"

邵延屏却道："近来避风林中确有不少神秘人物进出，人数虽少，但武功奇高。一次余负人余贤侄跟踪一人至树林外，被其脱身，我也正着手调查此事。"

蒲馗圣重重"哼"了一声："老夫愿意一访避风林。"

"此事我看还需调查清楚，"邵延屏沉吟道，"今夜……"他的目光转向唐俪辞，本来就待分配人手，暗想还是一问比较妥当，"今夜不知唐公子有何打算？"

唐俪辞将手中那截墨块往桌上一搁，微微一笑："邵先生调兵遣将远胜于我，今夜查探之举，如先生有令，唐俪辞当仁不让。"

邵延屏微微一惊，好大一顶帽子扣到自己头上："这个……今夜让余贤侄与蒋先生走一趟即可，不必劳动众人大驾了。"

唐俪辞颔首："余公子身手不凡，为人机警，确是再好不过的人选。"

他微微一顿，道："我伤势未愈，待回房休息，各位如若有事，请到我房中详谈。"

成缊袍冷冷地看着他，口齿一动，似乎想说什么，终是没说。邵延屏心中念头转动，只对着唐俪辞露齿一笑。众人纷纷道请他好生养息，唐俪辞缓步而去，步态安然。

"这块凝脂墨，恐怕也值得不少钱。"邵延屏看了一眼他弃在桌上的墨块，叹了口气，"这位爷真是阔气。"

蒲馗圣道："有多少钱也是他自己的事，越是有钱之人，只怕越是难伺候。"

上官飞却道："我看这娃儿顺眼得很，比起那'白发''天眼'，这娃儿机灵滑头多了，尚懂得敬老尊贤。"

邵延屏忍不住大笑："哈哈哈，他敬老尊贤，尊得让你面子上舒服得很，却又让你知道他打心眼里根本看不起你，当真不知是什么滋味。"

成缊袍一贯冷漠，在此时嘴角略勾，似是笑了一笑。邵延屏心中大奇：这人竟也会笑，真是乌鸦在蚂蚁窝里下蛋了。

"今夜之事，我要找余贤侄略为商量。"蒋文博拱手而去，"先走一步。"

其余各人留在厅中，继续详谈诸多杂事。

树木青翠，流水潺潺。

密林深处，有一处小木屋，一位青衣女子披着头发，在溪水边静静浣衣。

水珠微溅，淡淡的阳光下有些微虹光，水中游鱼远远跳起，又复钻入水中，一只黑白相间的鸟儿在她身边稍作停留，扑翅而去，甚是恬静安详。

有人在林中吹箫，箫声幽幽，曲调幽怨凄凉，充满复杂婉转的心情，吹至一半，吹箫人放下竹箫，低柔地叹了一声："你……你倒是好心情。"

洗衣的女子停了动作："小红，把心事想得太重，日子会很难过。求不到、望不尽的事……它该是你的就是你的，不该是你的，再伤心也无济于事。"

林中吹箫的红姑娘缓缓站起："你尽得宠幸，又怎知别人的心情，只有一日你也被他抛弃，你才知是什么滋味。"

洗衣的女子自是阿谁，闻言淡淡一笑："众人只当他千般万般好，我却……"她微微一顿，摇了摇头，"我心里……"

红姑娘眼神微动："你心里另有他人？"

阿谁眼望溪水，微微一叹："那也是很久之前的事了，此时此刻，再提无用。"

红姑娘问道："你心里的人是谁？难道尊主竟比不上他？"

阿谁将衣裳浸入水中，雪白的手指在水中粼粼如玉，右手无名指上隐隐有一道极细的刀痕，在水中忽而明显起来："他……不是唐俪辞。"

红姑娘微微一震，被一语道破了心中怀疑："我并未说是唐俪辞，他是谁？"

阿谁慢慢将衣裳提起，拧干："他不过是个厨子。"

红姑娘目光闪动："厨子？哪里的厨子？"

阿谁微微一笑："一个手艺差劲的厨子，不过虽然我常常去他那儿看他，他却并不识得我。"

红姑娘柳眉微蹙："他不识得你？"

阿谁颔首，将衣裳放入竹篮，站了起来："他当然不识得我，他……他眼里只有他养的那只乌龟。"

红姑娘奇道："乌龟？"

阿谁浅浅一笑，红姑娘与阿谁相识数年，第一次见到她笑得如此欢畅，只听她道："他养了一只很大的乌龟，没事的时候，他就看乌龟，乌龟爬到哪里他就跟到哪里。他只和乌龟说话，有时候他坐在乌龟上面，乌龟到处爬，把他驮进水里他也不在乎，好玩得很。"

红姑娘心中诧然，顿时泛起三分鄙夷之意："你……你就喜欢这样的人？"在她想来，阿谁其骨内媚，风华内敛，实为百年罕见的美人，冰貘侯为她抛妻弃子，终为她而亡；柳眼轻狂放浪，手握风流店生杀之权，仍为她所苦；而唐俪辞在牡丹楼挟持阿谁，邀她一夜共饮，自也有三分暧昧。这样的女子，心中牵挂的男人竟然是个养乌龟的厨子？实是匪夷所思。

"嗯……有些人，你看着他的时候，只会为他担忧烦恼，担心自己就算为他做尽一切，仍旧不能保他平安、周全，尊主……和唐公子，都是这种人。"阿谁温言道，"他们武功都很高强，人也很聪明，手握权势，人中之龙，不过……他们只会让人担心、担心……担心之后更担心……一直到惶惶不可终日，因为你不知道像他们这样的人，今天、明天、后天会做出什么事来，会遭遇什么危险，又会导致多少人遇到危险……"她悠悠叹了口气，"爱这样的人很累，并且永远不会快乐，不是吗？"

红姑娘轻轻一笑："若不是这样的人，岂又值得人爱？"

阿谁提起篮子："但他不会，我看着他的时候，觉得一切都很简单，心情很平静，令人很愉快。"她提着篮子缓缓进入树林之中，红姑娘拾起一块小石子掷进水中。红姑娘一向自恨不如阿谁天生内媚，此时此刻却有些看不起她，养乌龟的厨子，那有什么好？又脏又蠢。

"听说明天要出门了？"阿谁人在林中，忽而发问。

"嗯，"红姑娘淡淡地道，"碧落宫宛郁月旦，也是一个令人期待的男人，值得一会。"

阿谁轻轻叹了口气："我觉得……"她并没有说下去，顿了一顿，"你要小心些。"

红姑娘盈盈一笑："你想说抚翠把我遣去对付宛郁月旦是不怀好意吗？我知道，不过，正是因为他赌定我会死在宛郁月旦手中，我便偏偏要去,偏偏不死,我……岂是让人玩弄于股掌之中的人?"

"你要为尊主保重,他虽然不善表达,心里却是极倚重你的。"阿谁温言道,之后缓步离去。

红姑娘独坐溪水边,未过多时,亦姗姗走回林中,进入小木屋。

一人倚在树后,见状悄然踏出一步,身形晃动,跟在红姑娘身后,踏着她落足之地,无声无息地跟到屋后,往窗内一望,只见红姑娘进入屋中,身形一晃便失去踪迹,眼见木屋之内桌椅整齐,好似一间寻常人家的房子,仿佛所有进入其中的人都悄然消失于无形了。

这屋里必定有通道,当然亦必定有陷阱。在屋外查探之人悄悄退出,没入树林之中,往回急奔数十丈,突见不远处有人拄剑拦路,霎时一顿。

"你是余泣凤的儿子?"那拄剑拦路之人沙哑地道,背影既高又长,肩骨宽阔,握剑之手上条条伤疤,望之触目惊心,十分可怖。

那查探之人浑身一震:"你……你……"

那拦路之人转过身来,只见满面是伤,左目已瞎,容貌全毁,在颈项之处有个黑黝黝的伤口,其人嘴巴紧闭,说话之声竟是从颈部的伤口发出,声音沙哑含混:"余泣凤平生从未娶妻,怎会有你这样一个儿子?"

那暗中查探之人青衣负剑,正是余负人,他见到这伤痕累累的剑客,竟是不停地颤抖:"你——没有死?"

"嘿嘿!"那人道,"余泣凤纵横江湖几十年,岂会死于区区火药?你究竟是谁?"

余负人目不转睛地看着那疤痕剑客:"我……我……你究竟是谁?"

那人低沉地道:"若不是看你生得有些似年少之时的我,昨夜又在好云山偷袭唐俪辞,余某断不会见你。我是谁——嘿嘿——"他提剑一挥,只听一声震天动地的巨响,树木摇晃、草叶纷飞,余负人身前地上竟裂开四道交错的剑痕,剑剑深达两寸三分,一分不多、一分不少。待他收剑片刻,只听"哗"一声脆响,余负人身前土地再陷三分,塌下一块碗口大小的深坑——这一剑若是斩在人身上,这第二重暗劲虽只是再入三分,却足以震碎人五脏六腑。

"天行日月……"余负人喃喃地道,"你……你真是余……余……"说到一半,他蓦地一惊,"你们在好云山有暗桩?"否则余泣凤怎会知道他昨夜偷袭唐俪辞?那事隐秘之极,除当事人之外,能得知的人少之又少,是谁泄密?

"你是谁的孩子?"剑施"天行日月"的疤痕剑客沙哑地问,"你可认识姜司绮?"

余负人踉跄退了两步:"姜司绮……你居然还记得她,她是我娘。"这疤痕剑客真是余泣凤吗?余负人如此精明冷静的人心中也是一片混乱,"你真的是余泣凤?"

"她是你娘……"余泣凤捂着颈上的伤口突然爆发出一阵剧烈的咳嗽,"咳咳……咳咳咳……那你是我的儿子,司绮如今可好?"他一边呛咳一边说话,带血的唾沫自咽喉的孔洞不断喷出,左眼不断抽搐,模样惨烈可怖,和威风凛凛一呼百应的"剑王"相去何其之远。

"她……她曾去剑庄找你,被你的奴仆扫地出门。"余负人一字一字地道,"你必要说你不知情,是吗?"

"咳咳咳……我确是不知情,司绮她现在如何?"余泣凤道,"我后悔当年未能娶她为妻,所以立誓终身不娶,她现在何处?"

"她死了。"余负人道,"幸好她早早死了,以免她一生一世都被你欺骗,日日夜夜都还想……都还想你是个好人。"说到最后,他的声音也不禁颤抖起来,"你为何要服用禁药?为何要做风流店的走狗?你……你身为中原剑会剑王,风光荣耀,谁不钦佩敬仰,为何要自毁名声……你可知你虽然负心薄幸,却也一直是我心中的英雄……"

"嘿嘿,江湖中事,岂有你等小辈所想那么简单,"余泣凤厉声长笑,"要做英雄,自然就要付出代价!小子!唐俪辞施放炸药炸我剑堂,害我如此之惨,你也看见了!你也看见了是不是?"他虽然形容凄惨,但持剑在手,仍有一股威势凛凛,与他人不同。

"英雄自当是仗三尺剑扫不平事,历尽血汗而来,就算是第九流的武功,堂堂正正做人,惩奸除恶,如何不是英雄?"余负人咬牙道,"你何必与风流店勾结,做那下作之事?"

"天下人皆知我败在施庭鹤那小子手下,却不知他根本是个阴险狡诈的骗子!我岂可因为这种人落下战败之名?人人都以为我不如那小子,天大的笑话!不将他碎尸万段,不能消我心头之恨!"余泣凤冷冷地道,"若不是池云小子下手得早,岂能让他死得那般容易?"

"你就是执意要与风流店为伍,妄想能有称霸江湖的一天?"余负人听他一番言语,心寒失望至极,"战胜、战败,当真有如此重要?你根本……根本不把我娘放在心上。"

"小子!不管你信与不信,我余泣凤一生之中,只有姜司绮一个女人。"余泣凤厉声道,"纵然她相貌奇丑,纵然她四肢不全、满身脓疮,她仍是我心中最美好的女子。"他顿了一顿,"现在司绮死了,我被唐俪辞害得变成如此模样,失去左目,浑身是伤,风流店姓柳的没有嫌弃我，费心为我疗伤，才有如今的你爹！余泣凤风光盖世的时候，你没有来认爹，现在落魄伤残，声名扫地，想必你是更加不认了？"

余负人缓缓吐出一口长气："哈哈，旁人嫌贫爱富，我却是嫌富爱贫，你扬名天下的时候我不认你，但你潦倒落魄、踏入歧途之时我若不认……岂非弃你于不顾？"他放手按剑，拔出青珞，"我学剑十八年，就是为了此时此刻，败你——败你是为了你好，是因为我认你是爹——"

余泣凤目光闪动："就凭你？就凭你？"他心中念头急转，一时想将这位意外得来的儿子打死，一时又想将其留在身边，一时又知这傻儿子是他称霸路上的障碍，突然道，"风流店柳眼对我有救命之恩，唐俪辞是柳眼的死敌，你若当真杀了唐俪辞，一则为我报仇，二则替我还了柳眼的人情……说不定到那时，余泣凤心灰意冷，就会随你归隐。"他轻蔑地瞟了眼余负人的剑，"此时此刻，你小子根本不是我的对手，剑收起来，等你杀了唐俪辞，自会再见到我。"

余负人急喝道："站住！跟我回去！"他一声大喝，震动树梢，树叶簌簌而下。

余泣凤哈哈大笑，长剑一拧，一记"天行日月"往余负人胸口劈去，余负人用青珞急挡，只听一阵金铁交鸣之声，四道剑气掠身而过，在地上交错出四道两寸三分的剑痕，这一剑竟是虚晃，只听余泣凤狂笑之声，扬长而去。

余负人手握青珞，掌心冷汗淋淋而下，他竟挡不下余泣凤一剑虚招！余泣凤功力本强，服用禁药之后更是悍勇绝伦。若不是他有如此功力，焉能在火药之下幸存？

正当他错愕之际，身侧白影翻飞，十来道人影将他团团围住，白衣微扬,俱是白纱蒙面的妙龄女子,余负人只嗅到一阵淡淡幽香,遥遥有人喝了一声"让他走",十数道白影扬手撒出一片灰色粉末,飘然隐去。

余负人闭气急退,心中方寸大乱,杀了唐俪辞,余泣凤当真会随他归隐吗?唐俪辞若死,有谁能歼灭风流店?但唐俪辞将余泣凤害得浑身是伤左目失明,更将他进一步逼上不归之路,此仇……焉能不报?

淡淡幽香不住侵入鼻中,余负人惘然若失,缓缓返回好云山,并未察觉衣裳上沾的细微灰色粉末,正随风悄悄落上他的肌肤,飘入他的鼻中。

那是摄魂迷神之花"忘尘花"的粉末。

"余贤侄,老夫正在找你。"一脚踏进善锋堂,蒋文博迎面而来,欣然笑道,"今夜你我共探避风林。"

"嗯。"余负人应了一声,手握青珞,与他错身而过,踏入院中。

嗯?蒋文博心中大奇——余负人剑未归鞘,难道方才和人动手了?究竟是何人让他如此失魂落魄?

十二 ◆ 先发制人 ◆

这个人基本……从来不哭，认识他二十年，他是个很……要强的人，是绝不承认自己有弱点的，所以他从来不会哭。这滴眼泪，是他新发展的骗局？

"蒋文博和余负人去探避风林，若余负人是风流店的卧底，蒋文博此去岂不危险？"黄昏时分，唐俪辞在屋里看书，沈郎魂缓步而入，"他昨夜偷袭一剑，立场显然与剑会并不相同。"

唐俪辞仍然握着他那本《三字经》，依旧看的不知是第三页还是第四页，他道："剑会是不是有卧底，今夜便知。"

沈郎魂走到他身边："你的意思是卧底绝对不是余负人？"

唐俪辞微微一笑："要在中原剑会卧底，必须有一定的身份地位，否则参与不了最重要的会谈，得不到有用的情报。余负人虽然武功不弱、前途远大，却毕竟资质尚浅，我若是红姑娘，万万不会选择他……何况余负人虽然是杀手出身，却不是心机深沉老奸巨猾的人……"他的目光落回书本上，"我猜他只是个孝子，纯粹为了余泣凤的事恨我。"

"哈哈，天下皆以为是你杀了余泣凤，毁了余家剑庄，"沈郎魂淡淡地道，"你为何从不解释？发出毒针杀余泣凤的人不是你，施放火药将他炸得尸骨无存的人更不是你，认真说来，余泣凤之死和你半点干系也没有。"

唐俪辞唇角微勾,似笑非笑,转了话题:"池云呢?"

"不知道。"沈郎魂缓缓地道,"我已在院子里找了一圈,孩子也不在。"

唐俪辞眼眸微动,往善锋堂内最高的那棵树上瞟去。

"嗯?"沈郎魂随他视线看去,只见池云枕着双臂躺在树梢上,高高的枝丫上挂着个竹篮子,凤凤自篮边露出头来,手舞足蹈,显然对这等高高挂在空中的把戏十分爱好,不断发出犹如小鸭子般"咯咯"的叫声,"他倒是过得逍遥。"

"他也不逍遥,"唐俪辞的目光自树上回到书卷,"他心里苦闷,自己却不明白自己的心事。"

沈郎魂微微一怔:"心事?"

唐俪辞道:"对上次失手被擒的不服气,对挫败念念不忘,池云的武功胜在气势,勇猛迅捷、一击无回的气势是他克敌制胜的法门,失了这股气势,对他影响甚大,何况……他心里苦闷不单单是为了失手被擒那件事……"

沈郎魂淡淡地道:"与白素车有关?"

唐俪辞微笑:"嗯。"

沈郎魂沉默片刻,缓缓地道:"下次和人动手,我会多照看他。"

唐俪辞颔首,沈郎魂突然道:"如果剑会真有卧底,他们必然知道晚上蒋文博和余负人会夜探避风林。若是你,你会如何变局?"

唐俪辞翻过一页书卷:"不论蒋文博和余负人两人之中究竟有没有人是奸细,甚至不论剑会之中有没有奸细,今夜夜探避风林之行的结果皆不会变。其一，蒋文博和余负人的实力远不足以突破避风林外围守卫；其二，避风林能隐藏多时不被发现，必定有阵法、暗道、机关，这两人都不擅阵法机关，就算闯入其中，也必定无功而返；其三，余负人追踪过避风林的高手，避风林必定早已加强防卫和布置。"他微微一笑，"其四，既然实力悬殊，风流店岂有不顺手擒人之理？今夜夜探之事，结果必定是蒋文博和余负人被生擒。"

沈郎魂皱眉："如此说法，也就是说，你特地说出避风林的地点，诱使邵延屏调动人手夜探避风林，根本是送人上门给风流店生擒？"

唐俪辞微微一笑："然也。"

沈郎魂眉头深蹙："我想不出给对手送上人质对自己能有什么好处？"

唐俪辞卷起书本，轻敲床沿："假如中原剑会之中有风流店的卧底，那风流店必定知道夜探之事，如果将这两人生擒，风流店据点之事自是昭然若揭；如果放任这两人回来，据点之事自然也是暴露无遗，既然结果都是一样的，生擒两人作为筹码，总比放两人回来要好。"他唇角微勾，勾得犹如夏日初荷那尖尖窈窕的角儿，"若我是红姑娘，从卧底得知孤立好云山之计已破，我方有先发制人之意，如此时刻，最宜行一招险棋……"

"险棋？"沈郎魂似有所悟，沉吟道，"难道——"

唐俪辞将书本轻轻搁在桌上，微笑道："既然早有决战之意，好云山又减少两员大将，而我们以为他们下一步即将针对两个小派门，如此绝佳机会，若不立刻发难，难道要等到我方联合小刀会和银七盟对避风林先发制人吗？"

沈郎魂大吃一惊，骇然道："你……你……对风流店送出两个人质，逼他们立刻发难，今夜决战好云山？"如此大计，他竟一人独断独行，不与任何人商量，这怎么可以？

"如果——剑会有内奸，今夜就是决战之夜。"唐俪辞浅浅地笑，"如果——剑会没有内奸，说不定余负人和蒋文博就会安然回来，不过……机会不大。"他笑眼微弯，有些似狐眸微睐，"我不信中原剑会没有半点问题，成缊袍遇见武当派满口谎言的小道，被骗北上猫芽峰，而后遭受伏击身受重伤——这事岂是巧合那么简单，不是剑会中人，不会知道成缊袍的行踪，不是吗？"

沈郎魂缓缓吐出一口气："你不确定谁是内奸，所以你便独断专行，对于决战之事绝口不提，剑会毫无防备……你不怕死伤惨重？若是今夜战败……"

"剑会毫无防备？"唐俪辞轻轻笑了一声，似嘲笑，似玩笑，也似挑衅，"邵延屏是个真正的老狐狸，我要他送人去风流店当人质，他便把蒋文博和余负人派了出去，那意味着什么？"他眼角慢慢扬起，狡黠地看了沈郎魂一眼，"余负人昨夜偷袭了我一剑，而蒋文博……他和成缊袍站在一起，想必两人交情不浅，要得知成缊袍的行踪想必不难——邵延屏把这两人派了出去，意味着他不信任这两个人。"

沈郎魂目光微闪："他听懂了你的弦外之音？"

唐俪辞柔声道："嗯……"微微一顿，"普珠上师今日可会到达好云山？"

沈郎魂淡淡地道："不错。"

唐俪辞眼眸微合："果然如此，今夜会是一场苦战。"

沈郎魂皱眉，今夜本就是一场苦战，这和普珠上师来不来好云山有何关系？他问道："难道你以为普珠也是对方的卧底？"

唐俪辞轻笑："那自然不会，普珠上师端正自持，大义救生，那是决计不会错的。咳……咳咳……"

沈郎魂担心地问："你的伤怎么样了？"

唐俪辞以手指轻轻点住额角，答非所问："时近日落，邵延屏为何还不敲钟？"

沈郎魂诧异："敲钟？"

唐俪辞睁开眼睛："今日的晚餐应当比平日早一个时辰，不是吗？"他微微笑了一下，然后听到清脆的"当当"声，果然吃饭的钟声响了，邵延屏提早安排鸣钟开饭了。

晚上将有大战，提早开饭，吃饱了晚上才有力气动手，邵延屏果然安排周到，而此时此刻，白日渐落，余负人和蒋文博已经出发，风流店若要夜袭必已上路，大局已定，也可告诉众人片刻后的安排和布置了。

"这就是那座山。"星辰初起，一人圆腰翠衣，指着浓雾弥漫的好云山哧哧地笑，拍拍手赞道，"真是——不好下手的好地点啊——"

另一人冷峻地问："不好下手？"

翠衣人"嗯"了一声："水雾太重，毒粉毒火都不好用了。"

那人又道："难道毒水也不能用？"

另有一人淡淡插了一句："效用会被水雾淡化，倒是有些毒粉遇水化毒，可以一试。"

翠衣人"哈哈"大笑："不必了，面对善锋堂各位江湖大侠，你我岂能如此小气？素儿，把那两个人押上来，咱们堂堂正正地从大门口进去。"

她一挥手，方才说话的白衣人手一提，余负人与蒋文博两人穴道被点，嘴里塞了一块偌大的破布，手别在背后被绑成一串，便被一道拎了过来。蒋文博满脸惭愧之色，余负人却眼神茫然，有些恍恍惚惚。两人被白衣女子一推，一道往好云山上行去。

在这几人之后，数十位白衣女子列阵以待，在这数十位蒙面白衣女子背后，尚有数十位红衣、戴着半边面具的女子。这些女子红衣裹身，曲线毕露，露出的半边脸颊均可见娇艳无双的容貌，和那些白衣女子浑然不同。而在白衣、红衣女子之后又有数辆马车缓缓跟随，帘幕低垂，不知其中坐的是什么人物。

浩浩荡荡一群人在林间行动，居然只听闻马车车轮辘辘之声，偶尔夜鸦惊飞，旋即被人暗器射下，一路之上几组人马伏入山坳之中，并不随众人上山，一切俱在悄然之中进行。

善锋堂夜间灯火寥寥，大门紧闭，黑黝黝一大片屋宇不知其中住的几人。

白衣人走上前来，低声道："东公主。"

翠衣人嘻嘻一笑，一挥手："放蛇！"

这翠衣人自然是风流店"东公主"抚翠，白衣人便是白素车。

听闻抚翠一声"放蛇"，白素车衣袖一拂，拂出一层淡淡白色烟雾。烟雾一出，最后面两辆马车中突然响起阵阵"咝咝"之声，随即数百上千条毒蛇自马车中缓缓爬出，有些尖头褐斑，有些黑身银环，还有些花色特异、五色斑斓，其中还夹杂着一些翠绿得十分可怖的小细蛇。

众蛇涌出，一位红衣女子走上前来，手握一支细细的芦管，一挥手，掷出许多黑色药丸，大批毒蛇顿时往药丸落下之处聚集。她边行边掷，低吹芦管，渐渐大量毒蛇将善锋堂团团围住，万信闪烁，九结盘身，点点蛇眸在深夜之中映颤，景象一时骇人。

抚翠一抖衣袖："素儿！"

白素车拎着绑住蒋文博和余负人的绳索，大步往善锋堂门口行去，大门在即，她素鞋伸出，一脚踏在门上，只听"咔嚓"一声门闩断裂，两扇大门轰然而开。抚翠随她踏入门中，众人凝目望去，只见善锋堂内冲出两人，眼见门口突然出现大批敌人，那两人一怔，腰间长剑齐出，其中一人一声长啸示警，退后两步，持剑以待。

"果然是名门弟子，临危不惧，镇定自若。"抚翠"啧啧"赞道，"不知你家邵先生是不是正在洗澡？奴家若是此时闯了进去，岂非失礼？"

她扭着肥腰踮着小碎步，往前走了两步。那两位剑会弟子看得作呕，忍不住道："老妖婆！休得猖狂！我中原剑会岂是能容你胡言乱语的地方？"

抚翠一声冷笑："哦——非我无礼，是你们两个口出恶言——那就怪不得我生气了。"她衣袖一震，袖风如刀直逼两人颈项，两名弟子横剑抵挡，只听"啪"的一声双剑俱断，两人连退八步，都是口中狂喷鲜血，委顿倒地。

这两人受她一击竟然不死，抚翠颇为意外，道："好功夫！"

白素车提人前进，对抚翠挥袖伤人一眼也不瞧，前行数步，只听善锋堂内一片混乱之声，邵延屏领着数人冲了出来，但见他衣冠不整，头发凌乱，想必刚从床上爬起。在他身后的是蒲馗圣、上官飞、成缊袍和董狐笔四人。抚翠心下盘算，除去唐俪辞主仆，这四人可算中原剑会绝对主力，随即"哈哈"一笑："素儿，你那小池云冤家怎么不在？"

白素车断戒刀出，夹在蒋文博颈上，淡淡地道："他若想伏在一旁伺机作乱，我便一刀将蒋先生的头砍下来。"

抚翠拍手大笑："蒙面老儿，咱两人对挑中原剑会五大高手，待将他们一一诛尽，明日江湖便道中原剑会欺世盗名，人人自吹自擂自命名列江湖几大高手，根本是坐井观天又自娱自乐，笑死人了。"

随她一声狂笑，一人自马车中疾掠而出，黑布蒙面，那块盖头黑帽与柳眼的一模一样，人高肩阔，处处疤痕，手中握着一柄黑黝黝刃缘锋利的长剑，一落地便觉一阵阴森森的杀气扑面而来。

邵延屏眼睛一跳，这人虽然布帽盖头，看不清面目，但他和这人熟悉之极，岂会不认得？他道："余泣凤？你竟然未死……"那人一言不发，但如成缊袍这等与他相交日久之人自是一眼认出，这人确是余泣凤。

在余泣凤之后，又有一人自马车掠出，静静地站在余泣凤身旁。这人亦是黑帽盖头黑布蒙面，但众人认不出究竟是谁。

余泣凤不待那人站定，一剑往前疾刺，风声所向，正是成缊袍！抚翠袖中落下一条长鞭，握在手中，"咯咯"而笑，一鞭往邵延屏头上抽去，邵延屏拔剑抵挡，长剑舞起一团白光。黑衣人拔出一柄弯刀，不声不响往上官飞腰间砍去，一时间双方战作一团，打得难分难解。

白素车掌扣两人，静静站在一旁。红衣女子中有一人姗姗上前，站在她身边，低声而笑："呵呵，我去寻你夫君了，你可嫉妒？"

白素车淡淡地道："我为何要嫉妒？"那人却又不答，掩面轻笑而去。

白素车眼观战局，见那黑衣人在上官飞和董狐笔联手夹击之下连连败退，顿时扬声道："我命你等快快束手就擒，否则我一刀一个，立刻将这两人杀了！"

邵延屏尚未回答，白素车眉头扬起，一刀落下，只听一声闷哼，蒋文博人头落地，血溅三尺，"扑通"一声，身躯倒地。

成缊袍微微一震，雪山遭伏之事，他也怀疑蒋文博，毕竟除了蒋文博无人知晓他那日的行踪，但眼见蒋文博乍然被杀，他也是心头一震——弱质女流，杀人不眨眼，风流店真是可恶残暴之至！

一时间喊杀声不绝，风流店那些红白衣女子却不参战，列队分组，将善锋堂团团包围了起来。水雾移动，地上蛇眸时隐时现，马车中有人轻挑帘幕，一支黑色箭头在帘后静静等待。

善锋堂内，客房之中。

唐俪辞仍倚在床上，肩头披着藕色外裳，手持那卷《三字经》在灯下细看，数重院落外高呼酣战，宛若与他没有半点干系。凤凤抱着他左手臂睡去，嘴里尚含着唐俪辞的左手小指，口水流了他一衣袖。屋里气氛恬静安详，恍如另一个世界。

一个人影一晃，屋内灯火微飘，唐俪辞翻过一页书卷，那人淡淡地道："井水果然有毒。"

唐俪辞并不看他，微微一笑："可有查出是谁下毒？"

进房的人是沈郎魂，他道："抚翠攻入前门，后院之中就有人投毒，而且手脚干净利落，居然未留下任何痕迹。"

唐俪辞："她实施围困之计，若不投毒，一昼夜时间又能起到什么效果……不过你我事先防范，以你如此细致都未查出是谁下毒，有些出人意料。"

沈郎魂道:"没有人接近井口,下毒应当另有其法。"

唐俪辞放下书本,道:"既然将善锋堂围住,又断我水源,风流店的算盘是将剑会一网打尽,不留半个活口。"他红润的嘴唇微微一勾,"此种计策不似武林中人手笔,倒像是兵家善用,风流店难道网罗了什么兵法将才?"

沈郎魂眉头一皱:"兵法?"

唐俪辞勾起的唇角慢慢上扬:"若是兵法,门口的阵仗便是佯攻,很快就要撤了。"

随他如此说,门口战斗之声倏停,接着邵延屏一声大喝:"哪里逃!"兵刃交鸣之声渐远,显然是众人越战越远,超出了善锋堂的范围。

沈郎魂露齿一笑:"邵延屏这老狐狸,做戏做得倒是卖力。"

唐俪辞微笑:"难道做戏不是他的爱好?这一场仓促迎战的戏码,他是做足了准备,怎能不卖力?"

两人谈笑之间,只听外边走廊脚步声轻盈,有人穿庭入院,姗姗而来,处处柔声唤道:"小池云儿?小池云儿亲亲,你在哪里呀?"

那声音柔媚动听,沈郎魂只觉声音入耳之后,胸口一阵热血沸腾,当下运气凝神,变色道:"好厉害的媚功!"

唐俪辞不以为忤,只听那高树之上有人霹雳般怒喝一声:"哪里来的老妖婆装神弄鬼?"随即白影一闪,一记飞刀掠空而下。

那声音"咯咯"娇笑:"你躲在大树上做什么?姐姐想你想得紧,白姑娘不要你,我可是喜欢你,人家会疼你爱你怜惜你,你做什么对人家这么凶啊?"那飞刀击出,似乎竟是击到空处,被她化于无形。

沈郎魂凝神之后,大步走出房间,只见门外一位半边面具的红衣女子手舞红纱，轻轻收走了池云一柄飞刀。好功夫！沈郎魂平生对战无数，眼前这位身具媚功的红衣女子却是他见过的功力最深的女人。

树上池云冷冷地道："一大把年纪还在那装年轻美貌，你当老子看不出你满脸皱纹？想找小白脸外边大街上找去，少来恶心你池老大！"

红衣女子轻纱一抖，一环渡月坠地，沈郎魂和池云都是一震——那柄镀银钢刀刹那间扭曲变形，如遭受烈火炙烤，不知是这女子内力刚阳，还是红色轻纱上沾有剧毒。

善锋堂门外，抚翠眼见败势突然撤走，邵延屏和董狐笔挥剑便追。成缊袍和余泣凤越战越远，虽然成缊袍略逊一筹，不过一时三刻余泣凤也收拾他不下，上官飞和黑衣人战距越拉越长，长箭出手之后，两人几乎已奔得不见人影。蒲馗圣撮唇做啸，地上蛇阵蠢蠢欲动，那持芦管的红衣女子迎上前来，两人亦是往树林中战去。

善锋堂内渐渐无人守卫，面对门外上百位红白衣裳的女子，委顿在地的两位剑会弟子尽皆失色，风流店调虎离山，此时要是攻进门来，剑会宛若空城，岂非一败涂地？正当他俩心惊胆战之际，马车之中一人慢慢撩开门帘，缓步下车。

这人的脚步很随意，不似武林中人步步为营，唯恐露出丝毫破绽，这人走了十步，至少已露出十七八个破绽。但这人走路时，门外百来人静悄悄的，一点声音都没有，星月暗淡之下，其人肤如白玉，眉线曲长掠入发线，眉眼之形如一片柳叶，容貌绝美却含一股阴沉妖魅之气，摄人、夺目、森然可怖。地上动弹不得的两人心下骇然，虽然不知此人是谁，两人却都情不自禁地暗忖：莫非这人便是柳眼？

这人自然是柳眼，他今日未戴蒙面黑纱，也不戴罩头黑帽，那似雅似邪的容貌暴露在外,让人第一眼看去觉得此人俊美绝伦,第二眼看去便觉在此人眼中,这世上一切都是死的一样,分明是人间,他却是在看地狱。

柳眼什么也未拿,一人空手,慢慢走进善锋堂。他虽什么也未说,但人人皆知他这一脚踏进门内,门内便是灭门血祸。

除了杀,没有其他目的。

谁挡得住他?

没有人挡得住他。

风流店留下柳眼一人便已足够,何况门外那几辆诡异的马车之中,不知还有怎样的高手。

"啪啪"两声脆响,地上两人脑浆迸裂,死在原地。柳眼往门内走去,只听房内"喵呜"一声轻呼,一只白毛猫儿蹿了出来,柳眼回过身来,一脚踏上那白猫的头,一声惨叫,他足下血肉模糊,一步一个血印,慢慢往内走去。

善锋堂外树林之中。

抚翠引着邵延屏往事先设好的埋伏处奔去,然而奔出五六十丈,抚翠心生警觉:"嗯?"回头一看,邵延屏和董狐笔不知何时竟悄然隐去,并未跟在她身后。

抚翠停步凝神,只觉四周静悄悄的,非但邵延屏和董狐笔不知去向,就连余泣凤和那黑衣人都不见了踪影,心中一震:不好!引蛇出洞反被调虎离山,引人入伏不成,只怕邵延屏别有什么诡计!念头再转,纵然邵延屏看穿引蛇出洞之计,待我将他寻到,干脆放弃计划三下两下将他砍了,岂非干净利落?当下"哈哈"一笑,回身寻找邵延屏的踪迹。

余泣凤与成缊袍越战越远，本来余泣凤服用九心丸之后，实力自是大大超出成缊袍，然而重伤之后尚未痊愈，且成缊袍临敌经验丰富之极，出剑极尽小心，千招之内余泣凤胜他不得。

堪堪打到五百来招，余泣凤蓦地醒悟，咽喉发出"咝咝"声响，沙哑道："你——"

成缊袍冷冷地道："我什么？"

剑随风出，一剑刺向余泣凤的咽喉，这一剑"含沙射影"是极寻常的剑招。余泣凤被他剑风逼住，半个字说不出来，心头大怒，剑刃一颤，剑光爆射真气勃然而出，正是那招"西风斩荒火"往成缊袍胸口重穴劈去。

利箭"嗖嗖"不绝，上官飞支支长箭往黑衣人身上射去，黑衣人在林中左躲右闪，待射到第十二支箭，那黑衣人陡然失去行迹。上官飞停箭不发，心里诧异：这方位和邵延屏事先说的不合，怎会这样？难道邵延屏的预料有错？

正当他迟疑之际，只见树林中有人影晃动，正是黑衣。"嗒"的一声他长箭搭在弦上，一箭射了出去，树林中黑袖一飘，来人将他的长箭一袖卷住。上官飞心中大奇：这是少林破衲功，来者是谁？但见树林中两人钻出，一人黑衣长发，一人粉色衣裙、白纱蒙面，上官飞心中一喜："普珠小和尚……"随后目光一转，普珠上师身边跟着一位身穿粉色衣裙，衣裙上绣有桃花图案的年轻女子，"这小姑娘是谁？"

普珠手中握着上官飞的长箭，对前辈施了一礼，将长箭还给上官飞："这位是在风流店卧底三年的桃施主。"

上官飞越发诧异："这娇滴滴的小丫头能在风流店中当卧底？"

普珠双手合十道:"阿弥陀佛,上官前辈,我等要赶往善锋堂,今夜风流店在井水中下毒,风流店网罗了一位十分厉害的施毒高手,'千形化影'红蝉娘子,这人本在秉烛寺内,已脱离江湖数十年,此番重出,必当引起腥风血雨。"

上官飞吓了一跳:"红蝉那老妖婆还没死?"

普珠颔首:"桃施主认得此人面目,我等要快快前去救人。"

上官飞连连挥手:"你等尽管去,我将风流店伏在半山的小兵扫平了,即刻回去。"

普珠二人匆匆告辞,往善锋堂奔去。

上官飞转身往邵延屏事先画下的几个易于设伏的地点赶去,按照推断,这里并非风流店伏兵的主力,主力应在抚翠那边。正当他提气跃起的时候,骤听"咚"的一声闷响,眼前突然喷起一道血线,上官飞骇然看着胸前多出来的一截树枝,怀着千万种疑惑和不可置信,缓缓倒地。

树枝……是从普珠离去的方向射来的。

虽是一截树枝,却胜似千万支利箭,遥遥射来无声无息,甚至在杀人的时候也并未发出多少声音。

"好箭……"上官飞倒在地上,鲜血流成了血泊,从唇间硬生生挤出这两个字的时候,他方才感觉到胸口要命的剧痛……

善锋堂内。

柳眼一人一间一间房间搜索,房间里皆无人,房内偶尔留有雀鸟,也被柳眼生生掐死。如此浓重的怨气,他自然是在寻找唐俪辞。

后院有动手的声音,夹以女子轻柔的娇笑,柳眼越走越近,那打斗之地就在隔壁,三人正动手,而听风声,似乎那女子还占尽优势。在那三人动手的隔壁屋内,他听到细微的呼吸之声,那呼吸声非常耳熟,正是唐俪辞的呼吸。

轰然一声惊天巨响,客房窗棂破裂,墙壁崩塌,砖石土木滚落一地,"哇"的一声婴儿啼哭,唐俪辞肩披外裳倚在床上,怀抱凤凰。凤凰被刚才惊天一响吓得"哇哇"大哭,紧紧抱着唐俪辞的肩,用泪汪汪和恶狠狠的眼神瞪着穿墙而入的不速之客。

柳眼打穿了墙壁,一脸淡淡的没什么表情,走到了唐俪辞床边,扬起手掌,就待一掌把两人一起劈成肉酱。

"猫芽山上,第八百六十八招的滋味,你可还记得?"唐俪辞轻轻抚摸凤凰的头,慢慢仰头看着柳眼,这一仰头,他挽发的簪子突然滑落,满头银发舒展而下。柳眼掌势微微一顿,旋即加重拍下,唐俪辞左腕一扬,只听洗骨银镯"叮"的一声微响,撞正柳眼指间一枚黑色玉戒,柳眼这必杀一掌竟被唐俪辞轻轻挡开,两人衣袖皆飘,不分伯仲。

"你——"柳眼惊怒交加,厉声道,"你自来到善锋堂就在装疯卖傻,身上的伤早就好了,却还在装病!你好、你好……你很好!"

唐俪辞右手怀抱凤凰,人在床上右足轻轻踢向柳眼腰间要穴,一个转身自他打破的墙洞中掠出。柳眼被唐俪辞逼退一步,眼见唐俪辞竟不回头,往前急奔,他随后追去,两人的武功是一个路子,专走轻捷狠毒,转眼之间已奔得不知去向。

门外动手的三人一起回头,那红衣女子是诧异柳眼竟然未能一举击杀唐俪辞,而池云是奇怪唐俪辞抱着凤凰,到底是想要逃到哪里去?

沈郎魂眼见两人走远,忽地一个倒退,抽身而出,一把抓住池云后心,往墙外掠去。

红衣女子措手不及，娇喝一声："哪里走！"红纱拂出，直击沈郎魂后心。池云虽然吃了一惊，但毕竟是老江湖了，刀飞红纱，两人脱身而去。红衣女子迟了一步，跺足道"不好"，眼见时候将至，遥遥有烟火信号亮起，正是事先约好的进攻信号。

　　门外，万蛇蠕动，纷纷沿着墙壁、窗缝爬了进来，红白衣裳的女子纷纷拔出兵器，攻进门来，除却门口两具尸体，善锋堂内空空如也，什么剑会弟子、厨子奴仆，竟没有半人留下，偌大一处庭院竟是空的。

　　非但门内无人，连柳眼也不知去向，白衣女子一路奔到方才发出巨响的唐俪辞房外，只见一地砖瓦，人却不见，人人面面相觑，心里疑惑不解。按照原本的安排，抚翠将善锋堂主力引入埋伏，柳眼杀唐俪辞之后，应是时近黎明，此时善锋堂内众人应已精神紧张过度，如果有进食，必定中毒；如未曾进食，体力必定衰弱，众女在此时一举攻入，必定可将善锋堂上下杀得干干净净，结果进攻烟花未到黎明便已亮起，而冲入门内竟然半个人影不见，此情此景人人心道：中计了。

　　中计了！抚翠心中惊叹。她已在好云山上转了三圈，居然没有找到邵延屏的踪迹。非但没有找到邵延屏的踪迹，等她回到风流店设伏之地时，只见满地血迹尸骸，不少红衣女子死伤，其余大多逃得不知去向，不知是邵延屏和她兜圈子，还是中原剑会另有伏兵，耍了一手计中计的把戏。但她并没有死心，邵延屏这老狐狸不管兜到哪里，总不会离得太远，就算好云山是他的地盘，设有什么暗道、洞穴，也总会被她发现。

　　一旦被她发现，这老狐狸就必死无疑。

　　她一直都在好云山兜圈子，一直兜到第十圈，她终于明白好云山上的确没有什么暗道、洞穴，邵延屏的的确确不在这山头。换而言之，他留下一座空院，不知逃到哪里去了。如果邵延屏会逃走，甚至能杀了她的伏兵再逃走，说明今夜攻山之计他早就看破，如果他早就看破，那在善锋堂时的惊惶失措就是假的，既然是假的，善锋堂中必定有埋伏。想到此处，抚翠返身往山顶奔去。

剑鸣之声不绝，成缊袍和余泣凤已打到八百来招，成缊袍守得严谨，余泣凤数次强攻皆是无效，"西风斩荒火"每一招击出虽然伤及成缊袍，却总是浅伤两分，不能克敌。如此斗法，余泣凤心中明白，成缊袍将他引走牵制，必定是为了唐俪辞的什么计划，苦于元气未复，长斗下来气力衰竭，许多厉害招数施展不出，不免恨极怒极。

正当他恼怒之际，成缊袍剑光流扫，如斩蛟凌波，打了几个旋转，直奔他盲去的左眼。余泣凤大怒，剑点成缊袍持剑的右手，却听"铮"的一声脆响，他的剑尖分明即将刺穿对方的右手，不知何故却点在他剑柄之上。成缊袍长剑脱手激射，余泣凤猝不及防，急急侧头一避，只听剑风凌厉带起一阵啸声灌耳而入，随即一阵剧痛，耳窍中灌满了热乎乎、湿答答的东西。他一摸耳朵，竟是左耳被成缊袍一剑削了下来，他盲了一目，虽然武功高强，久战之下视力未免有偏差，成缊袍瞧出机会，掷剑伤敌。

余泣凤失了左耳，怒极反笑，仰天"哈哈"一笑："你没了剑，我也不用剑胜你！"当下一扬手，那柄长剑当空飞出，坠入数十丈外的草丛之中，他一掌推出，掌力笼罩成缊袍身周方寸之地。成缊袍被迫接掌，只听"嘭"的一声震响，余泣凤再上一步，第二掌推出，成缊袍挥掌再接，又是一声震响，他口角挂血。余泣凤厉笑一声，第三掌再出，此时却听不远处有人大喝一声"雷火弹"，随即一个小小的物体激射过来。

余泣凤闻声变掌，火药的滋味他心有余悸，当下头也不回急速撤走。在他心中，杀成缊袍是迟早的事，而成缊袍的性命自然没有他一根头发来得重要。

草丛中那人舒了口气，咋舌道："余泣凤的武功真是惊人，要不是他吃过火药的亏，没有继续下手，只怕你我都要死在他手里。"这自草丛中钻出来的人，自是邵延屏。

成缊袍站住调匀真气，拾回长剑，对刚才凶险一战只字不提，淡淡地问："董狐笔呢？"

邵延屏缩了缩脑袋："打起来就不知道哪里去了，反正约好了在这里相见，总也不会逃到天边去。"

成缊袍冷笑道："他留你对付抚翠，自己逃了？"

邵延屏干笑一声："不好说，总之，你也没看见他的人，我也没看见他的人。你的伤如何了？"

成缊袍淡淡地道："不妨事。什么时候了？"

邵延屏东张西望："差不多了，来了！"他往东一瞧，只见两道人影疾若闪电飞奔而来，数个起落就奔到这边山头，前面那人衣袂飘风，怀抱婴儿，正是唐俪辞，后面那人面貌俊美，身着黑衣。

成缊袍脸色微变，这面貌俊美的黑衣人，正是在北域雪地一弦将他震成重伤的黑衣蒙面客，虽然他此时手上没有琵琶，却仍是令人触目惊心。

唐俪辞奔到近处，回身一笑，柳眼跟着站定，目光自三人面上一一扫过。

"哈！"他冷笑了一声，似是本想说什么，终是没说。

邵延屏跟着"哈哈"一笑:"这就叫请君入瓮。"

成缊袍脸色肃然,那一弦之败,今日有意讨回。

一顿之际,又有两道人影急奔而来,站定之后,五人将柳眼团团围住,竟是合围之势。

柳眼目光流转,背后赶来的人是池云和沈郎魂,当下缓缓自怀里取出一支铜笛。

他取出铜笛,成缊袍几人都是一凛,人人提气凝神,高度戒备。

唐俪辞看见那铜笛,微微一震,那是两截断去的铜笛重新拼接在一起的,铜笛上有纤细卷曲的蔓草花纹,虽然柳眼将它握在手里谁也看不见,他却记得清清楚楚。在几年前,这支铜笛代表着一段很美好的青春年少,而如今……多说无益,它现在是柳眼的兵器,杀人的东西。

柳眼的铜笛缓缓摆到了唇边,他举笛的姿态优雅,雪白的手指几乎没有褶皱,按在笛孔之上当真就如白玉一般。看他这么一举,成缊袍长剑一挥,带起一阵啸声,往柳眼手腕削去。邵延屏不敢大意,剑走中路,刺向柳眼胸前大穴。沈郎魂一边掠阵,池云"一环渡月"出手,掠起一片白光,三人合击,威势惊人。

铜笛并未举到柳眼唇边,柳眼并没有看联手出击的三人,只冷冷地看着唐俪辞,仿佛只在询问"你为何总也死不了?为何你总是能赢?你能赢到最后吗?"山风吹起唐俪辞满头银发,三人联手出击,刹那间刀剑加身,已沾到柳眼衣上。只听"铮"的一声脆响,三人刀剑竟然纷纷震退,柳眼衣内似有一层薄薄的铁甲,刀剑难伤。

正当合攻失败之际,柳眼举笛一吹,笛声清冽高亢,犹如北雁高飞长空,身周林木啸动,燕雀惊飞。成缊袍受余泣凤掌伤未愈,胸口真气冲撞，当下一口鲜血吐了出来。他生性偏激，最易受音杀所害，第二口鲜血随即喷了出来。沈郎魂凝气闭耳，虽然笛音仍旧直刺入脑，却不如成缊袍那般克制不住，见形势不对，蛇鞭抖出，一鞭往柳眼颈上缠去。邵延屏和池云受柳眼笛音一震，均感心头大震，不禁连退三步。难道五人合击还杀不了这个魔头吗？

柳眼横笛而吹，第二声高音随即发起，眼神却是冷冷地看着唐俪辞，笛声如刀如刃直冲唐俪辞而去，高音未落，一串低靡柔软的曲调绵绵吹出，刹那之间，杀人之音变成了缠绵多情的咏叹。

此时成缊袍第三口鲜血夺口而出，邵延屏心中一急，伸手将他扶住。柳眼一招未出，单凭这见鬼的笛音就制得众人缚手缚脚。

邵延屏不禁将目光转向唐俪辞，唐俪辞能在青山崖击败柳眼，必有能抵挡音杀之法。

此时沈郎魂蛇鞭挥出，柳眼笛尾一挑，蛇鞭在他笛梢绕了几下，扣住数个笛孔，邵延屏心中一喜。柳眼那双形状奇异的眼睛眼角上扬，蕴含了一股古怪的笑意，蓦地，他按住剩余的几个笛孔，后退两步拉直沈郎魂的蛇鞭，用力一吹。

一阵刺耳之极、谈不上任何音调的怪声直扑入脑，沈郎魂全身大震，真气几乎失控，脸色大变——柳眼借蛇鞭传音，比之隔空而听更为厉害，他只盼立刻撒手，但蛇鞭被柳眼的真气粘住，竟是撒手不得。转眼之间柳眼笛声转高，沈郎魂丹田内力如沸水般滚动，就要冲破气门散功而亡。池云和邵延屏齐声大叫，成缊袍横袖掩口，勉强一剑往沈郎魂的蛇鞭上斩去！

"嚓"的一声微响，蛇鞭从中而断，沈郎魂连退七八步，脸色惨白。

当年那一败历历在目，当年这人也是一弦琵琶将自己震成重伤，而后杀他妻子，毁他容貌。苦练三年武功之后，他仍是败在此人音杀之下。他的性子本来坚忍，见了仇敌也仍是冷静，此时心中深藏的怨毒仇恨一时发作起来，被震退之后，大叫一声冲上前去，一拳往柳眼小腹撞去！

成缊袍剑断蛇鞭，"哇"的一声第四口鲜血吐出，只觉心跳如鼓，百骸欲散，手中剑竟如千钧之重，几乎就要拿捏不住。唐俪辞站在一边抱着凤凤，始终不言不动，此时嘴唇微微一动，踏上一步，扶住了成缊袍。

沈郎魂一拳击出，势如疯虎，大展拳脚对柳眼连连攻击，柳眼笛上尚缠着那蛇鞭，邵延屏和池云为防他举笛再吹，两人以快打快，一时间柳眼无暇再吹，四人战况胶着。

唐俪辞手按成缊袍后心，渡入一股绵密柔和的真气助他疗伤，成缊袍怒道："你为何不出手？"

唐俪辞缓缓摇了摇头，仍不说话。

沈郎魂此时已浑然忘了身旁还有何人，杀妻仇人在前，若不能食其肉、剔其骨，他也不必再活。池云一环渡月银光缭绕，招招抢攻，心里却大为诧异：白毛狐狸为什么不出手？站在旁边看别人拼命，那是什么用意？难道他的疯病突然发作，突然忘了自己是谁？

正当合围的三人渐渐熟悉柳眼的招数，以快打快之法生效，慢慢占了上风之时，唐俪辞为成缊袍疗伤也暂告一段落，他始终不加入合围，此时俯身在成缊袍背后轻轻地道："你装作重伤无力，我手掌撤开的时候，盘膝坐下。"

成缊袍对唐俪辞本来大为不满，此时一怔，唐俪辞后心劲力一摧，他顿时说不出半句话来，心中又惊又怒，换功大法的内力当真邪门，全然不合常理。

"左边树林之中，两块巨石背后，有一个人。"唐俪辞的声音又传入耳中，音调低柔，成缊袍只觉耳内一热，"呼"的一声微响，却是唐俪辞对着他的耳郭轻轻呵了口气，"右边树丛里也有一人，余负人伏在那人背后两丈……"成缊袍眼睛一眨，唐俪辞的手掌已离开他背心，他顺势坐下，闭目调息。

柳眼铜笛挥舞，招架三人的围攻，眼神始终冷冷地看着唐俪辞。唐俪辞站在一旁，山风吹掠过他的衣裳，袖袍如水般波动。柳眼突然开口，低沉地道："这是你杀我的好机会，你还在考虑什么？"

唐俪辞不答，过了好一阵子，他幽幽地道："我要杀你，在青山崖上就不会救你。"

柳眼冷笑："救我这样一个无恶不作的魔头，你不怕被唾沫淹死，诅咒咒死？"

唐俪辞淡淡地道："对别人来说，你就是死一万次也不够……阿眼，我问你一件事。"

柳眼唇角上扬："我就算答了你，也未必是真的。"

唐俪辞亦是唇角上扬，却并非笑意："菩提谷中……是谁把冰棺盗走，又是谁把方周乱刀碎尸，扔在那具破棺材里喂蚂蚁苍蝇……是你吗？"他低声问，语气很平静，甚至有些心平气和、耐心聆听的意思。

柳眼闻言大震，蓦地转身，厉声问道："你说什么？"一疏神之间，沈郎魂一拳突入，"嘭"的一声震响，他一拳击在柳眼腹上，只听金属鸣响之声，柳眼腰间衣裳碎去，露出一层银色如铁甲般的里衣，正是这银色甲衣保他刀剑不伤。

柳眼受了一拳，竟不在乎，疾若飘风往唐俪辞身前奔去，只听"当当"两声震响，邵延屏和池云刀剑齐出，各在他背上重重斩了一记。

柳眼恍若未觉，一把抓住唐俪辞胸前的衣襟，厉声道："你说什么？你说什么、你说什么？"刹那间，沈郎魂一拳击在他颈后，邵延屏和池云刀剑已架在他颈上，柳眼毫不在乎，一双炯炯黑目牢牢盯着唐俪辞，"你说什么？"

唐俪辞唇角缓缓上扬，勾起了一个很凄凉的微笑："是你把他从冰棺里倒出来，把他乱刀碎尸，丢在那口破棺材里面喂蚂蚁的吗？"他也不在乎柳眼抓住他胸前的衣襟，就如那落在敌人指掌之间的不是他胸前要害，就如柳眼毫不在乎架在颈上的刀剑。

"什么乱刀碎尸……"柳眼五指扣紧，唐俪辞胸前的衣襟随即裂开，他缓缓张开五指，忽地厉声问道，"什么碎尸？什么喂蚂蚁？你在说……谁？"

唐俪辞柔声道："方周。我在菩提谷找到他的坟，他被人乱刀碎尸，丢在一口破了一个大洞的棺材里面，满身都是……"

他尚未说完，柳眼蓦地握紧举在唐俪辞胸前的右手："你胡说！我分明把他和冰棺一起下葬，我葬他的时候，他还好好的，除了没有心脏，一切都和活着的时候一样！谁把他乱刀分尸？怎么可能？谁要把他乱刀分尸？我把他好好葬了，我绝对不会对不起他……"

唐俪辞低声道："可是……冰棺不见了，他被人切成八块，喂了蚂蚁苍蝇。"

柳眼怒道："你胡说你胡说你胡说！不会有这种事！你骗我！你又来骗我！你从小就喜欢骗人，到现在又来骗我！"

唐俪辞那双秀丽绝伦的眼睛慢慢充满了莹莹的东西，柳眼吼到"又来骗我"之时，他左眼的泪水夺眶而出，"嗒"的一声，滴在了柳眼的鞋上。

柳眼突然安静了下来，他看见了那滴眼泪。唐俪辞满面微笑，手按腹部，除了那一滴眼泪，他的表情甚至很平静，微笑很凄凉，却很从容。这个人基本……从来不哭，认识他二十年，他是个很……要强的人，是绝不承认自己有弱点的，所以他从来不会哭。这滴眼泪，是他新发明的骗局？是他越来越无耻连眼泪都能拿出来卖弄？柳眼的目光缓缓从那滴眼泪上移到唐俪辞的脸上。

"你哭什么？"他冷冷地问。

唐俪辞摇了摇头，微微一笑："方周他……"

柳眼打断唐俪辞的话："不是我。"他突然别过头去，冷冷地道，"我把他连冰棺一起下葬，冰棺为何不见，他为何会被人碎尸，我不知道。"

唐俪辞抱紧了凤凤，凤凤一直好奇地打量着柳眼，仿佛在他小小的心中，也觉得柳眼长得与众不同，此时竟咯咯笑了起来。

"阿眼……如果有人背着你毁了方周的尸体，而他明知道我会去找……那很明显，有人……在挑拨你我的关系，希望你我决裂得更彻底。"他轻声道，"你明不明白？"

柳眼冷冷地道："明白如何，不明白又如何？"

唐俪辞低声道："你如果真的明白，就收手跟我走。"他缓缓抬起头来，目光不知为何竟带有一股冷厉的森然之气，"只要你能做回从前的阿眼，交出九心丸的解药，不管你害死多少条人命，我都能担保没人能动你一根寒毛。"

柳眼突然笑了，他一笑，真如一朵花儿盛开一样，令人赏心悦目："你知道你在说什么吗？梦话……"他往前一倾，邵延屏和池云刀剑用力，立刻在他颈侧划出两道血痕。沈郎魂一拳重重击在他小腹上，"嘭"的又一声，他身上银色甲衣受不住如此重击，忽地裂开。柳眼手腕一动正要举笛，沈郎魂出手如电，将他双手牢牢制住。唐俪辞慢慢从他手中抽走那支铜笛，柳眼咬牙死死握紧，但铜笛圆润，终是抵不住一寸一寸往外滑去，落入唐俪辞手中。池云出手如风，在柳眼被死死制住的片刻连点他身上十数处大穴，随即抄起地上半截蛇鞭，将他双手牢牢捆了起来。

正当大家齐心合力生擒柳眼之时，微风恻然，树林中左右突然同时各蹿出一人，一人挥掌，一人扬纱，无声无息地往唐俪辞后心按去。

这一下偷袭，拿捏的时机煞是微妙，正是众人力战柳眼，眼见得胜，松了口气的瞬间，又似是浑然不把负伤疲弱的柳眼的性命当作一回事。

成缊袍蕴势已久，几乎同时跃起，剑挑霜寒，一剑"凄寒三宿"往挥掌的翠衣人后心刺去。

突生变故，邵延屏、池云几人骤不及防，一时呆住。那翠衣人身法极快，掌风凌厉，成缊袍的剑却更快，光华流闪，剑气凄厉如鬼，人影交错，只听"嗒"的一声轻响，一只手臂半空飞起，血洒满天，摔出一丈之外。翠衣人乍然遇袭，右臂竟然断去，她毕竟富于经验，临危不乱，眼见唐俪辞早已有备，立刻转身狂奔而去。

红衣人红纱拂出，唐俪辞一个转身，左手怀抱凤凰，右手一把抓住红纱。只听红纱撕裂之声，其中数十支红色小针激飞而出，红衣人盈盈娇笑，一掌往他脸上劈去。此时成缊袍剑断翠衣人右臂，剑尖画了个明晃晃的圈子，已往红衣人腰际刺来。唐俪辞袖风一舞，数十支红色小针纷纷坠地，"啪"的一声，他和红衣人对了一掌。那人察觉他内力强劲，浑然不似重伤的模样，"咦"了一声，突然自红衣之中拔出一把短刀，一刀斩向成缊袍，却是刀走妖诡，去路难测，意图夺路而逃。这两人一扑快速之极，成缊袍突袭、翠衣人断臂、红衣人拔刀仅仅是刹那间之事。一顿之间，一道剑光流转，直扑红衣人后心！

成缊袍挥剑合击，这红衣女子功力之高出乎他意料之外，余负人此时扑出时机拿捏得恰到好处，他剑刺红衣女子后心，成缊袍便剑挑红衣女子胸前膻中。两人俱是当代一流剑客，双剑齐出，掠起一阵响亮的破空之声，红衣女子短刀封前护后，却是丝毫不惧，仍是直扑成缊袍而去。"当"的一声刀剑相交，红衣女子短刀架长剑，竟是半点不落下风。

成缊袍心下凛然，江湖中藏龙卧虎，他纵横半生未遇敌手，纯为侥幸。他接连受创、真气不调、剑上劲道大减，却没有考虑在内。

正在此时，余负人剑风一转，刺向红衣女子背后的一剑，剑风蓦然大盛，竟是直扑唐俪辞而去！

众人大吃一惊，邵延屏、沈郎魂、池云三人的手掌还按在柳眼身上，时刻防备他逃脱，成缊袍剑挡红衣女子，更是救援不及。

一愣之间，唐俪辞手腕一抬，挡在凤凤身前，"铮"的一声，余负人长剑斩上他腕上洗骨银镯，反弹而回。

唐俪辞轻飘飘一个转身，闯入余负人怀内，手肘接连三撞，余负人长剑脱手，往前便倒。唐俪辞微微侧身让他靠在身上，左手一扬接住他脱手的长剑，"唰唰唰"连环三剑往红衣女子身上刺去。

红衣女子眼见形势不对，娇哼一声，短刀纵横接连抢攻，成缊袍剑势一退，她夺路而逃，刹那间隐入树林中去了。

余负人倒下，众人一起围上前，池云怒道："这家伙疯了？好端端的为什么要出剑刺你？"

唐俪辞微微一笑："你嗅到花香了吗？他和那些红衣、白衣女子一样，中了忘尘花之毒……"

沈郎魂远远地站在一边，唐俪辞眼望余负人，本待继续再说，忽地眼眸一动，蓦然回身："你——"在他"你"字将出未出之时，沈郎魂一把抓起被点中穴道、动弹不得的柳眼，绝尘而去。

池云和邵延屏大吃一惊，提气急追，然而沈郎魂人影隐入树丛。他本是杀手，隐形避匿之术远在常人之上。一顿之间，两人已失去沈郎魂和柳眼的踪迹。

池云破口大骂："该死的沈郎魂，吃里爬外，他要带柳眼到哪里去？"

谁也料不到沈郎魂会突然冒出这一手，邵延屏苦笑摇头，问道："他把柳眼夺去做什么？"

唐俪辞望着沈郎魂离去的方向，过了好一阵子，轻轻叹了口气："是我忽略了，柳眼是他杀妻毁容的仇人……我猜他要把柳眼折辱一番，然后扔进黄河祭他妻子。"

池云冷冷地道："哼！自以为算无遗策，若不是你太相信沈郎魂，怎会出这么大的纰漏？现在人不见了，怎么办？"

唐俪辞微微一笑："一时三刻，他不会杀了柳眼，暂且无妨，先去看善锋堂情况如何。"

邵延屏背起余负人，点头道："先回去再说。"

十三 ◆ 桃衣女子 ◆

那位桃衣女子举手揭下白纱，对唐俪辞浅浅一笑："唐公子别来无恙？"白纱下的容貌娇美柔艳，众人皆觉眼前一亮，说不出的舒服欢喜，乃是一位娇艳无双的年轻女子，这位女子自然便是风流店的"西公主"西方桃。

晨曦初露，四人急急赶往善锋堂。奔到半途，四人得知善锋堂里众人早已在昨夜晚饭之后悄悄撤离至好云山一个僻静的山洞之中，唐俪辞径直转向众人藏匿的山洞。眼见几人平安归来，几位婢女喜极而泣。当下众人会合，一起返回善锋堂。

山路之上一片平静，既没有看见遍地尸骸，也没有看见凌乱的脚印、撕破的衣襟、遗落的兵器等，邵延屏松了口气，看来没有发生什么激烈的冲突，那些红白衣裳的女子似乎已经撤走，也没有遇到上官飞或者董狐笔。

池云因为沈郎魂抢走柳眼之事心烦意乱，突然斜眼看了唐俪辞一眼，却见他越是赶回善锋堂，越不见有动手的痕迹，眉间越是忧郁，沈郎魂离去那一下他脸上犹有笑意，待赶到善锋堂前，他脸上已经一丝笑意俱无，虽然说不上忧心如焚，却是池云很少见的心事重重。

白毛狐狸……在想什么？池云一边狂奔，心头突然浮起了个他从来没有想过的问题，就像有一万件心事一样。人活在世上当真有那么难吗？遇神杀神、遇鬼杀鬼即可，来一件事解决一件事就够了，那么心事重重的，是在炫耀他很聪明，能想到很多别人想不到的问题吗？

还是——他真的遇到了什么棘手的难题？不对！像白毛狐狸这种人，一件难事是难不倒他的，有几件？八件？十件？二十件？

正当他估算到底有多少件才能造成唐俪辞这样的脸色之时，唐俪辞侧头看了他一眼，微微一笑。呸！这家伙果然还在整人！池云勃然大怒，众人脚下一顿，他尚未来得及发作，善锋堂已在眼前。

善锋堂内鸦雀无声，但即使是邵延屏也从来没有见过这里面有过这么多人。风流店带来的那些白衣、红衣女子竟然一个未走，全部被点了穴道，用绳索捆了起来。董狐笔正站在门前，而站在他身后的一人黑衣长发，腰佩长剑，正是普珠上师。普珠上师身后一人桃衣窈窕，面罩轻纱，却是个年轻女子。

眼见唐俪辞等人赶回，普珠上师往前走了两步，道："风流店红白衣役使一共一百三十八人，全数在此。"

邵延屏欣然道："哈哈，普珠出手，果然不同凡响。风流店留下这一百三十八个红白役使，以为对付善锋堂已是绰绰有余，却不料还有上师远道而来，成为我等一支奇兵。"

普珠双手合十，面容仍是冷冷的，眼眸微闭，道："是桃施主告知我风流店将袭好云山，恰好也接到剑会相邀的书信，赶到此地便见战况激烈，非我之功。"

邵延屏目光转向普珠身后那位白纱蒙面的桃衣女子，心中好奇不免上升几分："姑娘是……"

那位桃衣女子举手揭下白纱，对唐俪辞浅浅一笑："唐公子别来无恙?"白纱下的容貌娇美柔艳,众人皆觉眼前一亮,说不出的舒服欢喜,乃是一位娇艳无双的年轻女子,这位女子自然便是风流店的"西公主"西方桃。

池云瞪着这位露出真面目的女子,道:"你——"他委实想不通为何这位西方桃和七花云行客里的"一桃三色"生得一模一样。但这位的确是娇艳无双的女人,一桃三色却是个男人。

唐俪辞报以微笑:"桃姑娘久违了,在下安好。邵先生,"他袖子一举,"这位是七花云行客中的女中豪杰'一桃三色',亦是风流店东西公主之一,西方桃姑娘。"

唐俪辞此言一出,池云满腹疑惑,上上下下打量西方桃。两年多前和他在宁江舟上动手的人,真的是眼前这位娇滴滴的女子?他自认脾气浮躁,但不至于对手是男是女都认不出来,眼前这女子五官容貌的确和当年那人生得一模一样,只不过当年的"一桃三色"远远没有这么美而已。

邵延屏听了心下亦是大奇,一桃三色为何又能变成风流店的西公主?这"西方桃"的名字分明也是她自己起的。这位姑娘来历奇特,和普珠同来,似乎两人交情颇深,普珠和尚难道除了杀戒酒戒等清规戒律不守,连色戒都不守了?

西方桃在众人疑惑惊异的目光之中泰然自若,娇艳的樱唇始终含着浅浅的笑意,一双明眸尽注视着唐俪辞,那娇柔无限的微笑无疑也是为唐俪辞而绽放。唐俪辞唇角微勾,神情似笑似定,衣袖一抬。

邵延屏当下哈哈一笑:"原来是桃姑娘,失敬失敬,请入内详谈。"

众人顿时纷纷迈入门内,七嘴八舌地讨论今日一战。

白毛狐狸的心事很重，池云此时显得出奇地安静，目不转睛地看着唐俪辞的背影。他心中奇怪，红白衣役使被擒，普珠上师和那古怪的西方桃上到好云山，难道比风流店夜袭中原剑会更加棘手吗？白毛狐狸一直注意普珠的行踪，为什么？普珠绝无可能是风流店的人。

她和普珠同来，果然当年朱雀玄武台上花魁大会之夜，蒙面将西方桃夺走的男人，就是普珠上师。唐俪辞的唇角越发向上勾了些，向西方桃笑了一下，那位桃衣女子浅笑盈盈，走在普珠身后，仿若依人的小鸟。走在她前面的普珠神色冷峻，步履安然，眉宇间仍是杀气与佛气并在，丝毫没有流连女色的模样。

山风凛冽，晨曦初露之前，夜分外地黑。

沈郎魂携柳眼窜进山林深处，兜兜转转半晌，确定没有追兵后，两人落足在一棵枝叶繁茂的大树之上。随后他用树枝草草搭建了一个篷窝，以他手法之快之熟练，搭造一个犹如房间的树窝，不过花费一顿饭工夫。这大树枝叶繁茂，树杈之中的一个篷窝，绝少能引起人的注意。

然后沈郎魂拍开了柳眼的哑穴，从树上扯了一条荆棘，一圈一圈将柳眼牢牢缚住。那荆棘的刺深深扎入柳眼肌肤之中，他一声不吭，只冷冷地看着沈郎魂。沈郎魂亦是冷冷地看着他，那双光彩闪烁的眼睛无喜无怒，不见平日的从容，反倒是一片阴森森的鬼气。等沈郎魂将柳眼缚好，柳眼已流了半身的血，黑衣上绕着荆棘流着血却看不出来。

过了好半晌，沈郎魂在柳眼对面坐了下来，自怀里摸出个硬馍馍咬了一口，慢慢嚼着："你还记得我是谁吗？"黑夜之中，他脸颊上的红蛇印记隐于黑暗，却是看不见。

柳眼淡淡地道:"我当年没挖出你眼睛来,你难道没有感激过我?"他竟然还记得沈郎魂。

沈郎魂冷冷地道:"感激,我当然很感激,所以你放心,落在我手上你不会很快死的。"

柳眼那双如柳叶般的眼睛微微一动:"死……和活着也差不多。"

沈郎魂淡淡地道:"看不出来你这杀人如麻、害人无数的疯子,居然生不如死。"

柳眼冷冷地道:"世上你不知道的事多了。"

沈郎魂自怀中摸出一支发簪,那簪上的明珠在夜里发出微弱的光芒,他道:"像你这种把人命当作儿戏、诱骗年轻女子的下三滥,本来就该一刀杀了,不过你杀了数不尽的人,害了数不尽的女人……让你这样就死,实在太不公平。"他淡淡地道,"哈哈,让我这等人来做惩奸的刽子手,老天的安排也忒讽刺。"柳眼闭目不答。

沈郎魂手臂一伸,他指间的发簪深深刺入柳眼的脸颊,柳眼微微一颤,仍是一声不吭。沈郎魂沿着柳眼的脸型,簪尾一点一点划了下来,鲜血顺簪而下,一滴一滴落在树上。时间在寂静中过去,足足过了大半个时辰,鲜血顺着树干蜿蜒而下。

沈郎魂的双目在黑暗中光彩越来越盛,"吱吱"血肉之声不住响起,他突然淡淡地道:"你倒是很能忍痛。"

柳眼淡淡地道:"彼此彼此。"

沈郎魂的簪尾在他脸上划动,柳眼血流满面,形状可怖之极,这两人对谈仍是波澜不惊。再过片刻,沈郎魂慢慢自柳眼面上揭下一层事物,对着柳眼血肉模糊的面庞看了又看:"嘿嘿,唐俪辞若是知道我剥了你的脸皮，不知道作何感想……"

柳眼淡淡地道："他不会有什么感想。"

沈郎魂将刚刚从柳眼脸上剥下的脸皮轻轻放入他随身携带的一个皮囊内，自怀里取出金疮药粉，小心翼翼地涂在柳眼脸上。

那一张俊美妖魅、倾倒无数女子的面容，霎时间变得无比的恐怖。柳眼并不闭眼，甚至对沈郎魂此种惨绝人寰的行径也没有多少恨意。

沈郎魂手上涂药，问道："你不恨我？"

柳眼满脸是伤，牵动嘴角鲜血便不住涌出，却仍是笑了笑："我杀了你老婆。"

沈郎魂慢慢吐出了一口长气："你放心，我不会让你死，我会剥了你的脸皮制成人皮面具，废了你的武功，断了你的双足，然后让你走。"他语气仍是淡淡的，"我要看你日后如何再用你那张脸招摇撞骗，说不定哪一天你要为了一餐剩饭戴上你这张人皮面具，而又总有一天……施舍你饭菜的人会发现你面具之下的真面目……哈哈，放心，若是你能遇上不嫌弃你丑陋容貌的多情女子，你遇上多少个，我便杀多少个。"

沈郎魂的语气冷淡，语意之中是刻骨铭心的怨毒，这种种计划他必已想好许久了，此时一一施展在柳眼身上，不让柳眼活得惨烈无比、比死还痛苦百倍，他活着有什么意义？他本只为复仇而活，擒住柳眼之后，什么江湖、天下、苍生、正义、朋友、大局……统统与他毫无关系。

他只要这个无端端害死他妻子的男人活在地狱里，像一条野狗一样活不下去，却比死人多了口气。

但柳眼并没有惊恐骇然，或者歇斯底里，他听着，却似乎有些满不在乎。一张能令千百女子疯狂的脸毁于沈郎魂之手，满面只剩血肉模糊，他似乎并不觉得痛苦。

沈郎魂手法快极,"咯咯"两声,捏断柳眼双腿腿骨,他指上力道强劲,这一捏是将骨骼一截捏为粉碎,不同于单纯的断骨,那是无法治愈的腿伤。柳眼微微一震,仍是一声不吭,硬生生受了下来。随即,沈郎魂点破他丹田气海,柳眼一身惊世骇俗的邪门武功顿时付之东流。

但他仍然没说什么,对沈郎魂也无恨意,甚至没有敌意。沈郎魂平静地坐在他对面,片刻之后,柳眼脸上的流血稍止,但树上的蚂蚁缓缓爬到了他脸上的伤处,不知是好奇还是正在啮食他的伤口。

"你倒也有令人佩服的时候。"沈郎魂淡淡地道。他还从未见过有人受了这样的伤,还能神色自若,甚至满不在乎。尤其这个人片刻之前还手握重权,只是一步之差,他便是当今武林的霸主、权倾天下的魔头。

"我不和死人计较。"柳眼也淡淡地道,"我只恨活人,不恨死人。"

沈郎魂道:"在你眼中,世上只有唐俪辞是活人吗?"

柳眼眼睑微闭,饶是他硬气,面上、身上和腿上的剧痛毕竟不是假的,他微微有些神志昏然。

"嘿。"沈郎魂缓缓地道,"我却以为……这世上只有唐俪辞对你最好……"

柳眼低低地冷笑:"你什么都不知道……"

"我知道你以为他害死了方周。"沈郎魂道,"不过真正害死方周的人,其实是你自己。"

柳眼顿时睁目,厉声道:"你说什么?"

沈郎魂淡淡地道:"唐俪辞把方周的尸身存在冰泉之中,把他的心挖了出来埋在自己腹中,等到方周的心脏伤势痊愈,就要把心移回方周体内，也许……他就有复活的机会。我虽然不知此种荒谬的手法能不能救人，但至少是个希望，你却差遣白衣女子把方周的尸身从国丈府盗走，导致方周被人乱刀碎尸，腐烂于坟墓之中。你说害死方周的人是不是你？"他轻蔑地看着柳眼，"唐俪辞教方周练《往生谱》，除了想要绝世武功，也是为了给方周留下一线生机……你因为方周之死恨他入骨，却不知道他为方周能活付出了多少心血——而他所耗的心血统统被你毁了。"

柳眼血肉模糊的脸上肌肉颤动，方才沈郎魂剥他脸皮的时候他毫不在乎，此时却全身颤抖，咬牙一字一字道："你、骗、我！不可能有这种事——绝不可能——哈哈哈哈，你把一个人逼死，会是为了救他吗？哈哈哈哈，你为了要救一个人，先把他逼死——怎么可能？根本是胡说八道，你当我是傻瓜吗？"

沈郎魂道："唐俪辞在青山崖救你一命，你给了他一掌，他去菩提谷抢救方周的尸身，你怂恿钟春髻给他一针。他若真是为了武功可以出卖兄弟的人，何必救你？何必容你？他只消在青山崖任你跳下去，不管什么恩怨什么仇恨，非但一笔勾销，还可以成就他英雄之名，不是吗？"他冷冷地道，"他救你一命会给自己惹来多少非议、多少怀疑，你不知道吗？他若把武功名利看得比兄弟还重，一早便杀了你。"

柳眼凄声大笑："哈哈哈哈，胡说八道！你也来胡说八道！你不过是他用钱买来的一条狗，你说的统统都是狗话！唐俪辞是什么样的人我难道不清楚？你以为他是什么？是个重情重义的英雄？好笑！我和他二十年的交情，唐俪辞阴险狠毒作恶多端，下次你见到他你问他一辈子做过多少丧尽天良的事，你看他答不答得出来？数不数得过来？

哈哈哈……什么兄弟！兄弟只不过是他平步青云的垫脚石……"他恶狠狠地道，面上的鲜血和金疮药混在一处，神色狰狞可怖之极。

"他或许真不是个好人，"沈郎魂淡淡地道，"但他真的对你很好。"

柳眼含血"呸"了一声，一口唾沫吐在沈郎魂的肩上："终有一天，我要将他剁成八块，丢进两口水井之中，放火烧了！"

沈郎魂不再理他，"嘿"了一声："待你脸上伤好，我便放了你，看你如何把唐俪辞剁成八块。"

柳眼慢慢地舒了口气，只要不和他说到唐俪辞，他便很冷静："即使你现在放了我，我也不会死。"

沈郎魂看了那张血肉模糊的脸一眼，这张脸连他看见都要作呕，但这人并不在乎。沈郎魂本以为如柳眼这般能吸引众多女子为他拼命的男人，必定很在乎他的容貌风度，柳眼如此漠然，的确有些在他意料之外。

这个人杀人放火，诱骗涉世未深的年轻女子为恶，制作害人的毒药，又妄图称霸中原武林，挑起腥风血雨，实在是罪恶滔天、罄竹难书，但观其本人并未有如此恶感。沈郎魂凝视着这位与他有着不共戴天之仇的人许久，只觉此人身上居然尚有一股天真，唐俪辞说他不适合钩心斗角，的确。他突然开口问："当年你为何要杀我妻子？"

"想杀便杀，哪有什么理由？"柳眼别过头去，冷冷地道，"我高兴杀她，愿意放你，不成吗？"

沈郎魂道："有人叫你杀我妻子吗？"他是什么眼光，虽然身在黑暗之中仍是一眼看破柳眼别过头去的用意，"是什么人叫你杀我妻子？"

柳眼不答，沉默以对。

沈郎魂突然无名怒火上冲："说啊！有人叫你杀我妻子是吗？你为

何不说？你不说是想给谁顶罪？"

柳眼挑起眼睛冷冷地看着他，闭嘴不说。

沈郎魂扬起手来一记耳光打了过去，"啪"的一声，他满手鲜血。柳眼满脸流血，却是一动不动，过了好一会儿，他轻轻咳嗽了一声："没有谁叫我杀你妻子。"

沈郎魂的第二记耳光停在了半空中，心中又是恼怒又是可笑，这个作恶多端的魔头就像个脾气倔强的黄毛小子，一口咬定没有，无论在他身上施多少刑罚，他都说没有。

柳眼杀他妻子之事，背后必有隐情。沈郎魂慢慢收回手掌，这人偏听偏信，只听得进他自己想听的东西，脾气又如此顽固，很容易受人欺瞒、被人利用。唐俪辞必定很了解他，所以三番五次不下杀手，想要救他、想要挽回、想要宽恕他……但他已犯下了不可饶恕的大错，就算非他本意，却已是无路可回。如果真是有人在背后利用他，一手送他走上这条不归之路，那实在比柳眼更可恶、恐怖千百倍，那才是武林中真正的恶魔。

柳眼又闭上了眼睛，鲜血慢慢糊住了他的双眼，全身剧痛，欲睁眼亦是不能。神志模糊之际，他想大笑，又想大哭……他恨唐俪辞！所以……谁也不要说唐俪辞的好话，谁也别来告诉他唐俪辞救了他或者对他好……一切……都很简单，唐俪辞是个浑蛋，而他要杀了唐俪辞！

至于是谁要他去杀沈郎魂的妻子，迷茫之间，他依稀又看到了一个身穿粉色衣裳、浑身散发怪异香气的披发人的影子，那香气……浓郁得让人想吐，是他这一辈子嗅过的最难闻的怪味，比粪坑还臭！

全世界都是死人，如果不恨唐俪辞，我要做什么呢？谁都死了，我活着做什么？

善锋堂内。

晨曦初露。

邵延屏在一顿饭的时间内出奇快捷地将那一百三十八个女子安顿进善锋堂的十四个客房。白素车不知去向，估计在战乱中逃逸，那几辆神秘马车也不翼而飞，显然眼见形势不对都已退去。风流店的大部分主力被俘，抚翠断臂，红衣女子退走，这一战可谓出乎意料地顺利，并且己方竟然没有损失多少人力，实在让人称奇。这固然是唐俪辞设的大局、自己设的小局的功劳，但普珠上师和西方桃远道而来成为奇兵，也是功不可没。上官飞尚未回来，邵延屏一边加派人手去找，一边命人奉茶，请几人在大堂再谈接下来的局势。

沈郎魂将柳眼掳去之举，出人意料，但既然他和柳眼有不共戴天之仇，料想柳眼被他擒去也无妨，不至于再酿成大祸。经过昨夜一战，人人脸色疲惫，唯有行苦行之路的普珠上师面色如常，那位西方桃静坐一旁，仍是端丽秀美不可方物。

唐俪辞坐在邵延屏身旁，神色安然："上官前辈下落如何？"

邵延屏摇了摇头："尚无消息，不过以九转神箭的修为，区区风流店的逃兵能奈他何？料想无妨。"

唐俪辞微微一笑，看了西方桃一眼，目光转向普珠上师："普珠上师和桃姑娘是如何相识的？唐某很是好奇。"

普珠上师平静叙述，原来他和西方桃相识于数年之前，西方桃被人打成重伤，废去武功之后卖入青楼，是普珠上师将她救出，两人因棋艺相交，交情颇深。至于西方桃是个貌美如花的年轻女子，在普珠上师眼内就如一草一木一石一云，丝毫未入他眼底心内。

池云站在唐俪辞身后。白毛狐狸对普珠还真不是普通地关注，池云的目光一直看着西方桃，这女人虽然美貌之极，在池云眼内也不过是个"女人"，但出于某种野兽般的直觉，他横竖看这女人不顺眼，似乎在她身上就是有种什么东西特别不对劲，只是一时说不上来。

蒲馗圣捉完了门外的毒蛇，如获至宝，将它们统统关入地牢之中，熏以雄黄，待一一清点。

谈及将来局势，不必唐俪辞多说，邵延屏也知中原剑会一战大胜风流店，碧落宫必定呼应剑会之势，做棒打落水狗之举。江湖局势已定，自古邪不胜正，真是至理名言。

几人谈话之间，忽然一名剑会弟子匆匆赶来，惨声道："启禀先生，在半山腰发现上官前辈的……上官前辈的遗体……"

邵延屏大惊站起："什么？"

众人纷纷起身，那剑会弟子脸色苍白地道："上官前辈被一支尺来长的枯枝射穿心脏，乃是一击毙命，看样子……看样子并未受多少苦楚。"

蒲馗圣变色失声道："世上有谁能将上官飞一击毙命？他人在何处？"

"阿弥陀佛，方才上山之时我与上官前辈擦肩而过，他说他要前去处理风流店设在山腰的伏兵，难道伏兵之中另有高手？"普珠眼眸一闭，语气低沉甚感哀悼。

剑会弟子道："但上官前辈并非死于风流店设有埋伏的地点，乃是死于山间树林之中。"

邵延屏表情凝重："我这就去看看,是谁能以一截枯枝将九转神箭一击毙命,风流店中若有这等高手,昨夜之战怎会败得如此轻易?至少他也要捞几个本钱回去,只杀一个上官飞能改变什么?"

"先生,上官前辈的遗体已经带回。"那剑会弟子匆匆退下,未过多时,上官飞的尸身被人抬了进来,怒目圆睁,右手仍紧紧握住他的长弓,背上长箭已所剩无几,胸口一截枯枝露出,满身是血。

众人尽皆默然,一战得胜,却终是有人浴血而死,纵然胜得再风光荣耀,对于死者而言,毕竟无可弥补,唯余愧疚伤痛。

默然半晌,唐俪辞突然道:"上官前辈的死……是因为战力不均。"

"什么战力不均?"邵延屏叹了口气,喃喃地道,"是谁杀了他?是谁……"

唐俪辞衣袖整洁,昨夜之战唯有他衣袂不沾尘,兵器不血刃,几乎并未下场动手。他道:"如果昨夜之战,不仅仅有三方利益,而有第四方参与其中,那风流店如此奇怪的大败而归、上官飞前辈暴毙就能够解释。"他环视了众人一眼,"计算一下便知,中原剑会有成大侠、邵先生、上官前辈、董前辈、蒲蛇尊、蒋先生、余负人七大高手,其余诸人也都身手不弱,加上沈郎魂、池云和唐俪辞,实力强劲。"微微一顿,他继续道,"但唐俪辞重伤在先,风流店的高手却都是高手中的高手,单凭柳眼一人剑会就至少要分出三人应付,抚翠和红蝉娘子要两人联手对付,余负人和蒋文博却失手为风流店所擒,如此算来本来剑会有十大高手可以使用,如今十中去十,正好打成一个平手,但是——"他平静地看了众人一眼,"但是唐俪辞的重伤是装的,一旦交战,我方立刻比对方多了一个可用之人，均衡的战力就被打破了。"

"所以本来静待我剑会和风流店打得一个两败俱伤的第四方势力必须维持战力平局，剑会多了一人出来，他就杀了上官飞。"邵延屏恍然大悟，"因为有第四方势力从中搅局，本来我与上官前辈联手对付抚翠，上官前辈一死，抚翠脱身自由，前来袭击唐公子，又导致唐公子和成缊袍必须分身应对抚翠，使围攻柳眼之人减少了一个半人，导致平局的战果。"

唐俪辞微微一笑："或许有人曾经是如此计算，但真正动手之时形势千变万化，他不可能预计到所有的变化，即使他杀了上官前辈，我等依然能够生擒柳眼，而非战成平局，只不过沈郎魂突然将柳眼掳走，导致战果成空，这种变化是无法预料的。"

邵延屏连连点头："但唐公子实在棋高一着，在事情尚未起任何变化之前就假装重伤未愈，为剑会伏下一份强大的力量。"

池云嘴唇一动，本想说姓唐的白毛狐狸是真的身受重伤，只不过不知道什么时候已经好了而已，吞了口唾沫终是没说。

唐俪辞微笑道："邵先生过奖了。"他瞟了一眼西方桃，这眼角一撩一飘，眼神中似笑非笑，意蕴无限。西方桃低头看地上，却似是未曾看见，她未曾看见，普珠却是看见了，眼神仍是冷峻严肃，也如未曾看见一般。

上官飞为人所杀，余负人中毒未醒，邵延屏陡然增了许多压力，叹了口气，让大家散去休息，这战后之事由他再细细安排。

众人退下，皆道请他不必太过忧劳，邵延屏唯余苦笑而已。

唐俪辞回到房中，池云倒了杯茶，尚未放到嘴边，唐俪辞已端起来喝了一口。池云瞪目看他，唐俪辞喝茶之后轻轻舒了口气，在椅上坐了下来。

"你什么时候好的？"池云冷冷地问，"老子怎么不知道？"

唐俪辞道："在客栈躺的那几天。"

池云大吃一惊："在西蔷客栈你的伤就已好了？"

唐俪辞闭目微微点头："钟小丫头出手之时心情激荡，入针的位置偏了一点，她内力不足，不能震散我气海，所以……"

池云大怒："所以你散功只是暂时，却躺在床上骗了老子和姓沈的这么久！你当老子是什么？""砰"的一声，他一掌拍在桌上，桌上茶壶碎裂，茶水流了一桌，而唐俪辞手里端着的茶杯完好无损。

见池云勃然大怒，唐俪辞斯斯文文地喝了第二口茶，慢慢将喝了一半的茶搁在桌上，突然改了个话题："你从前认识一桃三色是吗？"

池云一怔，怒火未消，哼了一声却不说话。

"他究竟是男人，还是女人？"唐俪辞慢慢地问。

池云又是一怔："当年和老子动手的是个男人，现在不知为什么突然变成女的了。"

唐俪辞颔首，轻轻一笑。池云目光闪动："到底是男的女的？"

唐俪辞的视线在池云脸上打了几个转，微笑道："你发个毒誓，我便告诉你。"

池云"呸"了一声："什么毒誓，老子以老子的梅花山打包票，决计不会说出去，若有人能从老子嘴里得到一点风声，老子在梅花山的家业整个送你。"

唐俪辞眼睫轻挑："包括你那'歃血鬼晶蛊'？"

池云斜眼看他："你果然还是为了歃血鬼晶蛊。"

唐俪辞柔和地微笑，令人如沐春风："你若泄露了半点风声，就把歃血鬼晶蛊抵给我如何？"

池云冷冷地道："好！"

"外面那位倾国倾城的桃姑娘，是个男人。"唐俪辞含笑，双手轻轻交叉搭在腹上，坐得端正，"他的眼睛本来没有那么大，一双杏眼是眼角双侧以刀割开的，眉毛修整过，唇形本来不正，以筋线在左右各缝了一针，嘴唇上和下巴上的皮肤取身上他处皮肤换过，所以不生胡须，你懂了吗？"

池云震惊骇然："他……他那一张脸都是假的？"

唐俪辞颔首："大部分是。不过他本来生得就像女人，脸上经过修整，不是个中高手谁也看不出来。"

池云满腹疑惑："他本来是个男人，何必硬要把一张脸弄成女人模样？"

唐俪辞道："这个……人各有所好，他愿意弄张女人脸，本来谁也管不着，但是——"他慢慢地道，"但是他倚仗那张美人脸假扮女人去勾引普珠上师，那就很不妥，非常不妥了，是不是？"

池云一怔："勾引普珠上师？不会吧，就算他假扮美人去勾引普珠，普珠也不会受他引诱的。"

唐俪辞微微一笑："和尚也是男人，普珠非但是个男人，还是个很年轻、很俊俏、从来没有女人去勾引的男人，不是吗？"

池云张大了嘴巴："你想说什么？难道你想说普珠和尚不守清规，和那假扮女人的一桃三色有一腿？"

"非也。"唐俪辞雪白的手指微微一动,"普珠此时恐怕还不知道……一桃三色处心积虑勾引普珠上师,所图谋者自然非同寻常。风流店飘零眉苑之建造起源于破城怪客的设计,大量使用了七花云行客所擅长的毒药、幻术、机关、阵法。龙潜鱼飞死在飘零眉苑暗道之中,梅花易数、狂兰无行沦为傀儡,而为何一桃三色能以女子之身位列风流店西公主之位?真的是因为风流店的首脑爱慕女色?"他微微调整了一下坐姿,坐得更直了些,"风流店背后的首脑爱慕女色,这是一桃三色自己说的,除去这个理由……这一整件事给人一种感觉——"

池云目光冷厉,接话道:"风流店与七花云行客绝对脱不了干系。"

唐俪辞微笑:"这一整件事更像是七花云行客起了内讧,有人害死龙潜鱼飞;同破城怪客合谋,或者是害死破城怪客,夺了他的机关之术建造飘零眉苑;同时废去梅花易数、狂兰无行的心志,将他们驱为奴仆;而后创立了一个门派,就叫作'风流店'。"

"这个创立风流店的人就是七花云行客其中之一,"池云听出唐俪辞的弦外之音,"你想说这个背地里的主谋就是一桃三色?但七花云行客共有七人,梅花易数、狂兰无行、一桃三色、龙潜鱼飞、破城怪客,一共出现五人,尚有两人不知是谁。"

唐俪辞柔声道:"我想说的是——一桃三色是主谋'之一'。"

池云点了点头:"他假扮女人接近普珠上师,那就是为了少林寺。"

唐俪辞颔首:"普珠上师是少林近年来的骄傲,控制普珠,便是对付少林的一大法宝。但他最深沉的用意必定不只是对付少林,对付少林有太多方法,不一定非要将自己整成女人。"

池云"呸"了一声:"说不定那家伙心理变态,便是喜欢假扮女人。"

唐俪辞轻轻地笑:"若真是他的爱好,就算是送给我一个弱点了。"

"如果他真是风流店背地里的主子'之一',那上官飞——"池云咬牙切齿,怒道,"就是被这个人妖暗算,死于非命!"

唐俪辞柔声道:"不错……但他和普珠上师擒获了那些红白衣役使,成就一件莫大功劳。"

池云恍然大悟:"我明白了!那些人接到命令不必抵抗,所以才这么容易被俘,根本是束手就擒!"

唐俪辞缓缓抬起手指抵住额角,坐得斜了些,倚在椅子扶手上,微微含笑:"柳眼是风流店的一枚弃子,昨夜之战真正的目的,就看风华绝代的桃姑娘究竟想在中原剑会之中做些什么了……"

"原来如此……"池云喃喃道,"所以你才特别留意普珠的行踪。"

唐俪辞闭目点了点头:"明白了就少说话,多办事。"

池云眼睛一瞪:"办什么事?"

唐俪辞指了指窗外:"你去把沈郎魂和柳眼给我追回来。"

池云怒道:"我若追不回来呢?"

唐俪辞柔声道:"你是堂堂'天上云',梅花山占山为王的寨主,手下一帮兄弟没有两百,也有一百七八十,如此绿林好汉,怎会有做不到的事呢?"

池云冷冷地道:"不要把梅花山的人和你扯上关系,老子陪你混白道已经很晦气,别人只要和你沾上一点关系,十条命也不够你折腾。"他狠狠瞪了唐俪辞一眼,一拂袖子越窗而去。

唐俪辞斜倚椅中,端起搁在桌上的那杯茶浅呷了一口,看着池云的白衣越飘越远,过了一阵,他站了起来,推门往东而去。

好云山左近的山林之中,沈郎魂拖着柳眼,在虫蛇密布的山林里走着。柳眼双腿折断,沈郎魂拖着他一条手臂慢慢地走,就让他全身在地上拖。未开化的山林里芒草、荆棘、毒虫遍地皆是,柳眼浑身鲜血淋漓,毫无声息,昨夜是他硬气,今日却是早已昏迷。沈郎魂给他灌下了解毒清心的药粉,却不给他治腿伤,柳眼发起了高热,就算沈郎魂现在把他扔进烂泥塘,他也不会知道。

"扑通"一声,沈郎魂把柳眼掷在地上,前方出现了一个清澈的池塘,池塘中游鱼条条,浅水处盛开着一种白色花卉,清香袭人。

一路走来,到处都是蚊虫,到这湖边却豁然开朗,密林之中露出了蓝天,空气之中有了一种清新幽雅的香气,不知来源何处。

沈郎魂自怀里摸出那块硬馍馍,慢条斯理地啃着,过了片刻,摸出羊皮水壶,喝了一口,长长呼出了一口气。

青翠的山林,深蓝清冽的湖水,雪白美丽的花朵,若是荷娘未死,他摘一朵花给她插在鬓上,她想必会大吃一惊,但在她活着的时候他从未送过她任何东西。想到此处,沈郎魂看了柳眼一眼,只见几只蜈蚣在柳眼身上伤口处扭动,沈郎魂淡淡地看着,慢慢地吃着馍馍。

柳眼现在只是一团血肉模糊的东西,浑身沾满了芒草、荆棘的断刺,还有满身的蚂蚁,他脸上涂的伤药却是一流的,所以他脸上的伤并未化脓,而是慢慢结痂。这个死狗一样的男人,现在送他到那些白衣女子面前,不知道她们还会不会对他死心塌地?

沈郎魂静坐冥想,一瞬之间,思绪光怪陆离,似乎脱离了他"沈郎魂"的本体很远,化成了许许多多的陌生人。

一只黑色的蚂蚁爬到了沈郎魂握着馍馍的指尖，他浑不在意，看着如此形容的柳眼，胸口郁结的愤怒和怨毒一点一滴地消散，渐渐增多的是一种空……仇报了，心也空了，爱恨情仇……什么都不曾留给他。

忽地，指尖微微一麻，他吃了一惊，凝目看那蚂蚁，一只很普通的黑蚂蚁，比寻常蚂蚁大些，他说不清楚这蚂蚁是不是咬了他一口，指上并不觉得痛，但过了一会儿，一滴鲜血慢慢沁了出来。

蚂蚁咬人——是不痛的吗？沈郎魂皱眉。他一生纵横南北，受过大大小小的伤，却还从未被蚂蚁咬过，一愕之际，只觉右手一麻，那块馍馍跌落在地，滚了几滚。

我……沈郎魂脑子一阵糊涂，几乎不敢相信那只小小的蚂蚁会有毒，更不相信就如此一只比米粒还小的蚂蚁竟然毒倒了他。

一愕之后，半身发麻，此时身处深山老林，身边躺的是柳眼，沈郎魂一咬牙，左手探入怀中，拔出一柄匕首，刺入右手蚂蚁啮食的伤处，用力一刮，伤口处流出的血却是鲜红的，竟似并未中毒。沈郎魂脑中越发迷糊，右手伤处剧痛，浑身灼热，慢慢陷入昏迷。

仿佛过了许久，沈郎魂渐渐感觉到面颊上有少许清凉，"滴"的一声微响，有水珠溅落在他脸上。睁开眼睛，只见面前一片漆黑，方才的蓝天、绿树、池塘似乎都成了幻境，又过片刻，他才感觉到双眼上糊着一层浓厚的青草渣子，右手伤处被涂上了一层冰凉的东西，他一嗅便知是他怀中的金疮药。

沈郎魂翻身坐起，抬手擦去眼上的青草，只见夜色苍莽，他竟昏了一日。湖边有篝火跳跃，柳眼持着一根树枝坐在篝火旁，篝火旁还坐着一名容貌奇异的女子。观那女子身姿犹如十八佳人，娉婷婀娜，纤纤素手垂在身侧犹如透明一般，面庞却是一张老妪面孔，皱纹堆叠，满是黑色暗斑，样貌十分可怕。

"你醒了？"那似老似幼的女子开口，声音苍老，牙齿却洁白整齐，"这里很少有人来，一只山猫、一条鲤鱼，你吃哪个？"她声音难听，言语却很温柔，似乎多年不曾见人，看见两位异乡客心情愉悦。

沈郎魂看了一眼手腕上的伤口，问："是姑娘帮我疗伤的？"

那苍老的女子摇了摇头，伸手指了指柳眼："他的脸怎会变成那样？是谁这般狠心，将人家好好一张脸划成那般模样？"言下颇有同情之意，似乎因为自己相貌古怪，分外注意柳眼的脸。

沈郎魂心中微微一动：柳眼给他疗伤？怎么可能……但这位相貌苍老的女子似乎年龄不大，没有半点心机，应当不会骗人。他问道："姑娘似乎年龄不大？"

那苍老的少女淡淡一笑，道："我今年十六岁，看起来就像八十六岁的老婆婆。"

沈郎魂以左手轻按右手，只觉知觉已恢复如常，他道："怎会如此？"

那苍老的少女道："我天生得了一种怪病，三四岁的时候相貌就和三四十岁的人一样，大夫说我活不过十岁，但我活到十六，样貌就如八九十岁的老人了。"她言语虽然感慨，却无怨怼悲伤之意，竟似十分达观，"怕吓到别人，我和我娘一直住在大山里面，从来不出去。"

沈郎魂点了点头："姑娘贵姓？"能在大山里居住，母女两人必定会武功，只是不知深浅如何，如果能知道姓名，或许便知来历。

少女微微一笑："我姓玉，叫玉团儿。"如此青春甜美的姓名，却落在一个满面皱纹的古怪少女身上，真是令人感慨。

柳眼一直沉默，以树枝静静拨着篝火，虽然面容狰狞，他那曲线完美的下巴在火的暗影之中，依然极富美感。玉团儿指指柳眼："他是谁？谁划了他的脸？"

　　"他……是个恶人。"沈郎魂道，"别说割了他一张脸，就算把他全身皮肉统统割了，也只有人人鼓掌叫好，被他害死的人不计其数，并且祸害还在蔓延当中。"

　　玉团儿道："他真的有那么坏吗？听你这样说，就是你割了他的脸了。"

　　沈郎魂淡淡一笑，不置可否。

　　玉团儿望向柳眼，问道："既然是他割了你的脸，你又是个十恶不赦的坏人，那你刚才为什么要救他？"她甚少见生人，心地直爽，想到什么就说了出来。

　　柳眼不答，过了好一会儿，突然道："有一种药，可以治你的病。"

　　沈郎魂和玉团儿一怔："什么？"

　　柳眼缓缓地道："有一种药，可以治你的病。"

　　玉团儿"哎呀"一声，问道："是真的吗？"她的脸皮丑陋难看，一双眼睛却很清澈，凝视柳眼的时候也似秋波。

　　柳眼淡淡地道："你帮我把眼前这个人撵走，我就给你救命的药，不但可以救命，还可以恢复你的容貌，还你十六岁的模样。"

　　玉团儿奇道："把他赶走？你要把他赶走，方才不救他不就行了，为什么既要救他，又要赶他走？"

　　柳眼牵动嘴角笑了一笑，那容貌恐怖至极："我高兴。"

　　玉团儿道："好。"

沈郎魂眉头一皱："你救了我？"

柳眼淡淡地说："寻常毒蚂蚁，毒不死你而已。"

正当他慢慢说话之际，玉团儿一掌拍出，劲风恻然，沈郎魂提起剑柄一撞，她"哎呀"一声额头被撞，后仰摔倒晕去。

沈郎魂冷笑道："就凭这样三脚猫功夫的一个小姑娘，你就想脱离苦海，是你小看了沈郎魂，还是沈郎魂错看了你？"

柳眼淡淡地道："就算她赶不走你，刚才你欠我一条命，现在是不是应该还我？"他冷冷地道，"救命之恩，你该不该报？"

"不要着急，再过几天，等你身上的伤痊愈，我自然会放了你。"沈郎魂淡淡地道，"你真的能治她的脸？"

柳眼也淡淡地道："我说能，你也不信；我说不能，你也不信。何必问我。"

沈郎魂凝目去看倒在地上的女子："这女子的脸的确很古怪，好端端的人怎会生成这样？"

柳眼将手中的树枝丢入篝火，火焰一暗，道："她的情形不算这种病里最差的。"

沈郎魂微感诧异："听起来，你居然对这种怪病很熟？"

柳眼道："得了这种病的孩子，很少能活过十三岁，她的确是个奇迹，并且她只是面部衰老，身体四肢都还健康。有些孩子……一岁的模样，就像八十岁的老人，包括四肢和躯干都是。"他微微叹了口气，凝神看着火焰，眼神清澈而忧郁。如果不知道他是柳眼，看着他此时的眼神，定会觉得他是一位满怀悲悯的哲人。

正说着话，玉团儿醒了过来，惊奇地看着沈郎魂，似乎觉得他能将她一举击倒非常可怕。

沈郎魂瞟了她一眼:"十六岁的娃儿,练成你这样也算不错了。"

玉团儿的眼睛眨了眨:"听你这样说,你的武功肯定很好了,你愿不愿意教我?"听她说话,似乎对沈郎魂刚才把她击昏一事并不放在心上,心胸甚是豁达。

柳眼道:"你都要死了,要练武功做什么?"

玉团儿道:"武功练得越高,或许我就能活得越久,我娘亲一辈子的心愿,也就是让我活得久些罢了。娘死了,我想念她,要对她好,就只有让自己活得久些。"

她随口说来,沈郎魂心中微微一震,突然想起如果荷娘未死,一生的期望也不过是让自己诸事无忧、平平静静地过一生,自己投入朱露楼当杀手、抢走柳眼剥他的脸皮、捏断他的腿,这些事荷娘是万万不乐意见的。

柳眼却冷冰冰地道:"就算你练成了天下第一的武功,一样活不了多久。"

玉团儿也不生气:"活不了多久便活不了多久,那有什么办法?"

她将烤好的山猫递给柳眼,将烤鱼递给沈郎魂,自己从火堆中摸出一个半生不熟的山药,慢慢地吃。

明月当空,湖水清澈如镜,三人围着篝火而坐,玉团儿心情愉快,柳眼和沈郎魂却都是一派沉默。

明月当空,溪水潺潺之地,树木枝叶掩映,树下的人影似被月光映得支离破碎,又似全然隐于黑暗之中。步履无声,衣不沾尘,有人行走在树林之中，看他行走的步态，应当在树林中走了很久了。

前方传来流水声，说明不远处就是避风林。

一人撩树枝而过，从容来到那幢小木屋门前，轻轻推门而入。这人背影修长，布衣珠履，正是唐俪辞。

流水声响，在屋内更为清晰，唐俪辞走过桌椅板凳，循声走到角落，揭起轻轻盖在地上的一块木板，地下露出一条暗道。他游目四顾，自怀里取出火折子，引燃桌上搁的一盏油灯，提起油灯，自暗道拾级而下。

昏暗的灯光映照之下，暗道下是出人意料的地下宫殿，不计其数的房间排列在数条通道两侧，风格装饰与飘零眉苑一模一样，这地方必定也已经建造许久，不可能是短短几个月内造就。

顺着通道往前走去，左右两侧又是数不尽的门，门里门外都是一样的黑暗，随着灯光的移动，角落的黑暗变幻着不同的形状，有时灯光突然照出门内一些奇怪的事物，但无论身侧随着昏暗的灯光如何变化，他前行的脚步依然安稳平缓，甚至连行走的节奏都没有起太大的变化。

从通道尽头传来轻微的水声，听不出是怎样的流水，只是有水流动溅落的声音，此外一切寂静若死。

唐俪辞走到了通道的尽头，尽头是一扇门。水声从门后传来，听声音很近，隔着一扇厚重的大门却又很缥缈。他轻轻叩了叩那门，只听"咚"的一声沉重的回音，那扇门居然是铜制的。

唐俪辞将油灯轻轻放在地上，自怀里取出了一柄粉色匕首，正是钟春髻那柄"小桃红"，利刃插入门缝之中，往下一划，只听"嚓"的一声轻响，铜门应声而开。

门内仍是一片黑暗，只有水声潺潺入耳，唐俪辞不知何故微微一颤，提起油灯照向门内,尚未见门内究竟是何物,他已轻轻叹了口气。

灯光照处……

一片血海。

十四 ◆ 乱心之事 ◆

人只有在信任的人面前才会放松警惕，所以她在唐俪辞怀里昏迷；但他不肯在她面前说两句真心话，或者……是他从来没有对任何人说过所谓真心话，他从来没有放松过自己，所以从来就没有弱点……

铜门的背后，是一个水牢。

油灯微弱的光线之下，水牢中的水呈现出一种可怕的血色，在水牢左上角有个小孔，外边的溪水不断地注入水牢，而又不知通过水牢泄向何方。水中有东西在游动，不知是蛇是鱼，还是别的什么东西，而在面对铜门的石壁上，依稀有一个人影，水牢里的水没到了人影的胸口，人影长发凌乱，看不清面目。

"哗啦"一声响，唐俪辞跳入水中，径直向那人影走去，一下将她横抱起来。那人脸向后仰，露在灯光之中，苍白若死，却是阿谁。一个铁扣扣在她腰间，一条铁索钉在石壁上。唐俪辞用"小桃红"一划，斩断铁扣，将她抱出水面，离开水牢。

她的裙上满是鲜血，水牢中浓郁的血色便是来自她的裙……

唐俪辞脸色微变，她小产了，看这情形必定失血极多，但她没有昏迷。唐俪辞将她抱出水牢，她眼眸微动，缓缓睁开了眼睛，却是浅浅一笑："唐……"

"不要说了，我带你去找大夫。"唐俪辞柔声安慰，"闭上眼睛休息，抚翠昨日已经带着人马攻上好云山，但并未成功，风流店的大部分人马被擒，双方伤亡不大。我是见昨夜上山的人中没有你，所以才——"他还没说完，阿谁微微一软，昏倒在他怀中。

他微微僵了一下，伸出手指按了下她颈侧的脉搏，抱起怀里冰冷的躯体，往外走去。

从好云山到避风林的路，他徒步行走，走了整整半天。柳眼已被抚翠当作弃子，而被柳眼宠爱甚至怀有身孕的阿谁会有怎样的遭遇，可想而知。她本就遭受众人嫉妒与猜忌，遭受折磨或是被杀都在意料之中……他徒步而来，只是在衡量……究竟来是不来？

四万八千三百六十一步……这个女子之于大局微不足道，是死是活无关紧要，而他孤身前来若是遇险，后果自是难测。这一路之上，若有任何可疑之处，他都会脱身而去，而这一路之上，重伤之后浸于冷水之中突然小产的阿谁，随时都可能死去，但……

但毕竟什么也未发生，他见到她的时候她还没死，是她的运气。

唐俪辞将阿谁抱出那小木屋。月光之下，只见她遍体鳞伤，显然受过一顿毒打，裙上血迹斑斑，不知在那水牢里流了多少血，而那水牢中游动的东西也不知是否咬过她几口。他从怀里摸出他平时服用的灰色药瓶，倒出两粒白色药片，塞进她口中，"唰"的一声，撕开了她的衣裙。

衣裳撕去，只见她满身鞭痕，伤口浸泡在水牢污水中，呈现出一种可怖的灰白色，淡淡地沁着血丝。他从怀里取出了一个黄金小盒，那盒上雕着一条盘尾怒首的龙，龙头双眼为黑色晶石，月光下神采灿然，看这东西的装饰、纹样，应当出自皇宫之内。打开黄金龙盒，里面是一层黑褐色的药膏，他给阿谁的伤口上了一层药，脱下外袍把她裹了起来，扎好腰带，双腿抬高搁在石上，头颈后仰使气息顺畅，随后点住她几处穴道。

静静看了她几眼，唐俪辞在溪边一块大石上坐了下来，他不是大夫，能做到这样已是极限，是死是活，一切但看她命。他目中带着丝丝疲惫，眼神有时迷乱，有时茫然，有时清醒，有时骄不自胜，停溪伴月，眼色千变，却终是郁郁寡欢，满身寂寞。

过了许久，天色似是数度变换，阿谁眼睫颤动，缓缓睁开了眼睛。

入目是一片蓝天，流水潺潺，温柔的阳光照映在她左手手心之内，感觉一团温暖。她微微扭头，只见一只翠蓝色的小鸟在不远处跳跃，叼着一根细细的草梗，歪着头看她。不知不觉牵起一丝微笑，阿谁微微动了一下手指，只觉身下垫着一层衣裳，身上套着一件衣袍，突然之间，想起了发生过的事。

她脸上的微笑一瞬而逝，显露出苍白。她张了张嘴巴，低声说了一个字："唐……"

一人从溪石之畔转过头来，面容依然温雅秀丽，微微一笑："醒了？"他身上穿着一件白色中衣，两件外衫都在她身上，显然昨夜持灯破门而入前来救她的人，并不是一场梦。

阿谁轻轻咳嗽了几声："你……在这里……在这里坐了一夜……"

唐俪辞只是微笑："我并没有帮上多少忙，能自行醒来，是姑娘自己的功劳。"

她苍白的脸上显露不出半点羞红："你……你帮我……"

唐俪辞仍是微笑："我帮姑娘清洗了身子，换了药膏，仅此而已。"

她默然半晌，长长一叹，叹得很倦："他……他呢？"

她没有说"他"是谁，两人心照不宣，唐俪辞温言道："他……他被沈郎魂劫去，不过我猜一时三刻，不会有性命之忧。"

她眼帘微动，目不转睛地看着唐俪辞，看了好一阵子，慢慢地道："你也倦了……昨日之战，想必非常激烈……咳咳，其实我就算死了，也……不算什么，实在不需唐公子如此……"

唐俪辞走到她身边坐下，三根手指搭上她的脉门："我不累。"

她淡淡地笑了，眼望蓝天："这是我第一次见唐公子孤身……一人……"

"我不累，也不怕孤单。"唐俪辞微笑，"姑娘尚记得关心他人，本已是半生孤苦，不该惨死于水牢之中，若是姑娘如此死去，未免令天下人太过心寒。"

阿谁仍是淡淡地笑，眼帘缓缓合上，她太累了，不管是身体，或是心。若唐俪辞肯和她说两句真心话，她或许还有精神撑下去，但他满口……说的全是虚话，不假，却也不真，让她听得很累。

人只有在信任的人面前才会放松警惕，所以她在唐俪辞怀里昏迷，但他不肯在她面前说两句真心话，或者……是他从来没有对任何人说过所谓的真心话，他从来没有放松过自己，所以从来就没有弱点……

神思缥缈之间，她糊糊涂涂地想了许多许多，而后再度昏了过去。

其实时间并非过去了一夜，而是过去了一日一夜。唐俪辞把她横抱了起来，转身往好云山行去，这一日一夜他没有进食，也没有休憩，一直坐在溪边的那块大石上静静地等她醒来。他薄情寡义、心狠手辣，不管是什么样的女人，一旦落入他计算之内，就算是他深以为重要的女人，也一样说牺牲便牺牲，绝不皱下眉头。但……阿谁毕竟无碍大局，他毕竟走了四万八千三百六十一步前来救她，而又在这里等了一日一夜，对唐俪辞而言，已是很多。

好云山。

邵延屏得到消息，唐俪辞和池云突然不翼而飞，真是屋漏偏逢连夜雨，如果不是上吊太丢脸，说不定他早已挂了脖子。余负人自从刺杀唐俪辞未成之后，成日痴痴傻傻，见人便问"唐俪辞在哪里"，整日剑不离手，不吃也不睡，不过一两日已形容憔悴。上官飞的尸身已经收殓，凶手却没个影子，那一百多俘虏的吃穿也是十分成问题，忙得邵延屏手忙脚乱。幸好百来封书信已经写好寄出，他叫这些红白衣女子的师门父母前来领人，各自带回禁闭管教，美女虽多，可惜他无福消受。

正当焦头烂额之际，突然弟子来报，唐俪辞回来了。

邵延屏大喜过望，迎出门去。只见唐俪辞一身白色中衣，横抱着一名女子，正踏入门来。邵延屏错愕了一下："这是？"

唐俪辞微微一笑："这是柳眼的女婢，阿谁姑娘。"

邵延屏叹了口气："眼下暂时没有干净的房间，这位姑娘唐公子只好先抱回自己房里去。你不见踪影，就是去救这位姑娘了？池云呢？"

唐俪辞转了个身："我派他追人去了，不必担心。"

邵延屏干笑一声，他不担心池云，唐俪辞怀里这名姑娘他却认得，这不就是前些天晚上神神秘秘孤身来找唐俪辞的那位青衣女子！唐俪辞才智绝伦、心机深沉，人正逢其时，不要被怀里那名来历不明的女人迷惑了心智才是！正逢乱局之时，为了一名女子弃中原剑会于不顾，真是危险的征兆。他眼球转了几转，招来一名弟子，指点他在唐俪辞门外守候，一旦唐公子有所吩咐，务必尽心尽力，事无巨细。

唐俪辞将阿谁抱入房中，放在床上，给她盖上被褥，凤凤也正睡在床上，阿谁仍未清醒。唐俪辞端起桌上搁置许久的冷茶，喝了一口，转身从柜子里取出一件淡青长袍，披在肩上。他无意着衣，就这么披着，坐在桌边椅上，一手支额，眼望阿谁。未过多时，他眼睫微微下垂，再过片刻，缓缓闭上了眼睛。

邵延屏等了半日，也不见那名弟子传来消息说唐俪辞有什么吩咐，自己却等得心急火燎，忍了好半天终是忍不下他那天生的好奇心，在午时三刻悄悄溜到唐俪辞窗外，往内一探。

只见房内凤凤睡得香甜，唐俪辞支额闭目，似是养神又似倦极而眠。倒是床上静静躺着的那名女子睁着一双眼睛，平静地望着屋梁，神色之间，别无半分惊恐忐忑之相。

见邵延屏在窗外窥探，她也不吃惊，慢慢抬起右手，缓缓做了个噤声的动作。薄被滑落，邵延屏见她手臂上伤痕累累，倒是吃了一惊，只见她目注唐俪辞，唇边微露浅笑。

邵延屏连连点头，识趣地快步离开。他屏息溜出十七八步，才长长吐出一口气，心里仍是越来越好奇，唐俪辞做了什么如此疲累？而这位青衣女婢被人打成如此模样，似乎自己也不生气怨恨；如此关心唐俪辞，这两人必定关系非浅。

"邵先生。"不远处一位剑会弟子站在庭院拐弯之处等他，悄悄道，"余少侠只怕情况不好，刚才在房里拔剑乱砍，非要找唐公子。我看他神志已乱，如此下去不是办法。"

邵延屏愁上眉梢，叹了口气："我去瞧瞧。"余负人身中忘尘花之毒,这花本是异种,要解毒十分不易,而这种花毒是中得越久越难根除,对心智的影响越大,除非……

邵延屏一边往余负人房里赶去,一边皱着眉头想:除非让中毒之人完成心愿,否则此毒难以根治。但要如何让余负人完成心愿?难道让他杀了唐俪辞?简直是笑话!

一脚还未踏进余负人房门,一股凌厉的杀气扑面而来,邵延屏足下倒踩七星,急急从门口闪开,定睛一看,暗叫一声"糟糕"。只见房里余负人披发仗剑,与一人对峙,与他对峙的那人黑发僧衣,正是普珠上师。不知何故,余负人竟和普珠对上了!

"这是怎么回事?"邵延屏一把抓住方才报信的剑会弟子。

那人脸色惨白:"我不知道……我离开的时候余少侠还只是烦躁不安……"

身侧有人插了句话,声音娇柔动听:"刚才余少侠非要找唐公子,我和普珠上师正从门口路过,余少侠无端端非把普珠上师当成唐公子,一定要和上师一决生死,以报杀父之仇。"说话之人,正是一身桃色衣裙的绝色女子西方桃。

邵延屏听闻此言真是啼笑皆非,普珠和唐俪辞的模样相差十万八千里,余负人的眼力真是差,可见他已疯得不轻。

邵延屏道:"余贤侄,其实乃父并未死在那场爆炸之中,既然乃父未死,你也不必再责怪唐公子了。你面前这位是少林寺的高僧普珠上师,和唐公子没有半点相似,你再仔细看看,他真的不是唐俪辞。"

他并不是不知道余负人是余泣凤之子,早在余负人加入剑会之时,他已暗中派人把余负人的身世查得清清楚楚。余负人年纪轻轻在剑会中有如此地位，也正是因为如此。他特意派余负人去将唐俪辞请来剑会，暗中观察余负人的反应，这才让他瞧见了那夜的杀人一剑。

邵延屏话说了一大堆，余负人就如一句也未听见，青珞剑芒闪烁，剑尖微颤，就在普珠胸前数处大穴之间微微摇晃。他的剑尖颤抖不定，普珠便无法判断他究竟要刺向何处。余负人年纪虽轻，剑上修为不凡，普珠冷眼看剑，眼神平和之中带着一股杀气，似乎只要余负人一击不中，他便有凌厉至极的反击。

邵延屏微微一凛，看这种架势，只怕难以善了："余贤侄……"一句未毕，余负人青珞一点，往普珠上师胸前探去。

这一招"问梅指路"，邵延屏见过余负人使过，这一剑似实则虚，剑刺前胸，未及点实便倒扫而上，若中了此招，剑尖自咽喉捅入剖脑而出，残辣狠毒无比，乃是余负人剑法中少有的杀招。他一开始就出此招，可见对面前的"唐俪辞"杀心之盛。

普珠双掌合十，似欲以双掌之力夹住剑尖，然而余负人剑尖闪耀青芒，"唰"的一声倏然上扫，直刺咽喉。普珠掌心一抬，仍向他剑尖合去。

邵延屏暗赞一声好，这双掌一合，笼罩了余负人剑尖所指的方向，可见这招"问梅指路"已被普珠看穿了关键所在。余负人剑尖受制，"唰"的一声撤剑回收，第二剑倏然而出，一股剑风直扑普珠颈项而去。

邵延屏在一旁看了几招，便知普珠胜了不止一筹，并无性命之忧，余负人发疯扑击对普珠伤害不大，倒是他自己两日两夜未曾休息进食，如此癫狂动手，不过二三十招便气息紊乱，再打下去必定是大损己身。

邵延屏暗暗着急，却是无可奈何。这两人动起手来，若有人插入其中，必定面对两大高手同时袭击，世上岂有人接得住普珠与余负人联手全力一击？

　　一边观战的西方桃目注普珠，一张俏丽的脸上尽是严肃，没有半点轻松之色。

　　剑光闪烁，缁衣飞舞，两人在屋中动手，余负人手持长剑，打斗得如此激烈，竟然没有损坏一桌一椅，进退翻转之间快而有序，也未发出多大的声响。旁观者越来越多，纵然明知这两人万万不该动手，却仍忍不住喝起彩来。邵延屏一边暗暗叫好，一边叫苦连天，实在不知该如何阻止才是。

　　正当围观者越来越多，战况激烈至极之时，"咿呀"一声，有人推开庭院木门，缓步而入。

　　邵延屏目光一扫，只见来人青袍披肩，银发微乱，可不正是唐俪辞！"哎呀"一声尚未出口，余负人剑风急转，骤然向尚未看清楚状况的唐俪辞扑去。他身随剑起，刹那间剑光缭绕如雪，寒意四射，这一剑，竟是御剑术！

　　普珠脸色一变，五指一张，就待往那剑上抓去，御剑术！此一剑威力极大，不伤人便伤己，余负人尚未练成，骤然出剑，后果堪虑！

　　他的五指刚刚伸出，后心却有人轻轻扯了扯他的衣裳，普珠微微一怔，手下顿时缓了。余负人剑出如电，已掠面而去，普珠回头一看，阻止他出手的人面露惊恐，正是西方桃。

　　唐俪辞青袍披肩，衣裳微微下滑，右手端着一个白色瓷碗，碗中不知有何物，一足踏入门内，剑光已倏然到了他面前，耳中方闻"唰"的一声剑鸣震耳欲聋，几缕发丝骤然断去，夹带寒意掠面而过。仓促之间反应不及，他转了半个身，刚刚来得及看了余负人一眼，众人失声惊呼，只听"嚓"的一声,鲜血溅上墙面,剑刃透胸而过,唐俪辞踉跄一步,青珞穿体而出,入墙三寸!

"啊……"邵延屏张大了嘴巴,震惊至极,呆在当场。一瞬间鸦雀无声,众人俱呆呆地看着余负人和唐俪辞,余负人这一剑竟然得手……虽然众人自忖若是换了自己,就算全神贯注提防,这一剑也是万万避不过去,但唐俪辞竟然被余负人一剑穿胸,以唐俪辞的武功才智,实在令人难以相信。

鲜血顺墙而下,唐俪辞肩上青袍微飘,滑落了大半,他右手微抬,手中端的瓷碗却未跌落,仍是稳稳端住。

死一般的寂静之中,余负人缓缓抬起头来,迷蒙地看着唐俪辞,双手缓缓放开青珞。唐俪辞唇角微勾,在余负人恍惚的视线中,那便是笑了一笑,余负人踉跄退出三五步,呆呆地看着被他钉在墙上的唐俪辞。

鲜血很快浸透了唐俪辞雪白的中衣,邵延屏突然惊醒,大叫一声:"唐……唐公子……"

众人一拥而上,然而唐俪辞站得笔直,并不需要人扶,他剑刃在胸,稍一动弹只怕伤得更重。邵延屏一只手伸出,却不敢去扶他,只叫道:"快快快,快去请大夫!"

唐俪辞右手往前一递,邵延屏连忙接过他手里的瓷碗,只见碗中半碗清水,水中浸着一枚色泽淡黄、质感柔腻的圆形药丸,犹如核桃大小,尚未接到面前,已嗅到淡雅幽香。这颗药丸必定是重要之物,否则唐俪辞不会端着碗不放。邵延屏心念一动:"这是伤药?"

唐俪辞唇齿微动,摇了摇头。旁人手足无措,他伸手点了自己伤口周围数处穴道,反手将青珞拔了出来。

众人齐声惊呼，剑出，鲜血随之狂喷而出，邵延屏急急将手里的瓷碗放下，将唐俪辞扶住："怎么办？怎么办？余负人你真是……真是荒唐……"平时只有他告诉别人怎么办，如今他自己问起旁人"怎么办"之时，众人脸色苍白，面面相觑。唐俪辞若死，江湖接下来的大局该如何处理？柳眼被沈郎魂劫走，抚翠未死，红蝉娘子逃脱，九心丸的解药未得，如果风流店死灰复燃，如何是好？何况唐俪辞身为国丈义子，一旦国丈府问罪下来，善锋堂如何交代？

"关起院门……"唐俪辞咳嗽了两声，低声道，"将在场所有人的名字……登记造册……咳……"

邵延屏已然混乱的头脑陡然一清："是了是了，拿纸笔来，人人留下姓名，今日之事绝不可泄露出去，如果传扬出去，善锋堂的内奸就在你我之中。"

当下立刻有人奉上纸笔，一片忙乱之中，有人指挥列队，一一录下姓名。唐俪辞唇角微勾，余负人目不转睛地看着他，混乱不清的头脑中仍然只觉那是似笑非笑，他在笑什么？他真的在笑吗？或者……只是习以为常？

凝目细看之下，余负人头脑渐渐清醒，又见唐俪辞分明是伤在胸口，却手按腹部，那是为什么？

在众人留名之时，邵延屏将唐俪辞横抱起来，快步奔向唐俪辞的房间。普珠目注地上的瓷碗，伸手端起，跟着大步而去。

唐俪辞的房间内仍旧安静，偶尔传出几声婴孩的笑声，邵延屏抱人闯入房中，只见床上斜斜倚坐着一名身披青袍的女子，凤凤扒在那女子身上笑得"咯咯"直响。蓦地，邵延屏将浑身是血的唐俪辞抱了进来，那女子"啊"的一声惊呼，踉跄着自床上下来，凤凤嘴巴一扁，笑眼变泪眼，"哇"的一声放声大哭。

邵延屏心急火燎，来不及顾及房中人的感受，匆匆将唐俪辞放在床上，撕开他胸前衣襟，露出青珞所伤之处。青珞剑薄，穿身而过所留的伤口不大，鲜血狂喷而出之后却不再流血，邵延屏为唐俪辞敷上伤药，心中七上八下，不知如此重伤，究竟能不能医。

普珠随后踏入房中，将那白色瓷碗递到青衣女子面前，西方桃站在门口，柔声道："这瓷碗名唤'洗垢'，任何清水倒入碗中，都会化为世上少有的无尘无垢至清之水，用以煮茶酿酒都是绝妙，用来送药也是一样。碗里黄色药丸看起来很像少林大还丹，是固本培元的良药，姑娘这就服下吧，莫枉费了唐公子一番好意。"

这普普通通一个白瓷碗和一颗药丸，西方桃居然能看穿其中妙处，果然见识过人。

邵延屏听说那是少林大还丹，猛地想起什么，问道："这药可还有吗？"

西方桃缓缓摇头："少林大还丹调气养息，是一味缓药，多用治疗内伤，唐公子胸前一剑却是外伤，需要上好的外伤之药。"

青衣女子接过瓷碗，眼中微现凄然之色："他……他怎会受伤如此？"震惊之后，她却不再惊惶，问出这一句，已有镇定之态。

邵延屏苦笑："这……一切都是误会。对了，普珠上师、桃姑娘，两位助我看住余贤侄，他的毒伤初解，闯下大祸心里想必也不好受，代我开导。"

普珠合十一礼，与西方桃缓步而去。

"阿谁姑娘……"唐俪辞伤势虽重,人却很清醒,"请服药。"

青衣女子端着碗,连药带水一起服下,而后缓步走到榻边:"我没事,已经好了很多,唐公子因我身受重伤,阿谁实在罪孽深重。"

邵延屏越发苦笑:"这都是我照顾不周,思虑不细,余负人中毒癫狂,我却始终未曾想过他当真能伤得了唐公子,唉……"

阿谁凝视着唐俪辞略显苍白的脸色,无论多么疲惫,受了怎样的伤,他的脸从来不缺血色,此时双颊仍有红晕,实在有些奇怪。

唐俪辞微微一笑:"是我自己不慎,咳……邵先生连日辛苦,唐俪辞也未帮得上忙,实在惭愧。"

邵延屏心道:我要你帮忙之时你不见踪影,此时你又躺在床上,一句惭愧就轻轻揭过,实在是便宜之极。邵延屏嘴上干笑一声:"我等碌碌而为,哪有唐公子运筹帷幄来得辛苦?你静心疗养,今天的事绝对不会传扬出去,我向你保证。"

唐俪辞本在微笑,此时唇角略略上翘,声音很轻却毫不怀疑地道:"今天的事……怎么可能不传扬出去?我既然说了不想传扬出去,结果必定会传扬出去……"

邵延屏张大嘴巴:"你你你……你故意要人把你重伤的事传扬出去?"

唐俪辞眼帘微合:"在剑会封口令下,谁敢将我重伤之事传扬出去?但唐俪辞如果重伤,万窍斋必定受影响,国丈府必定问罪善锋堂,中原剑会就要多遭受风波,说不定……麻烦太大还会翻船,我说得对不对?"

邵延屏额上差点有冷汗沁出,这位公子爷客气的时候很客气,斯文的时候极斯文，坦白的时候还坦白得真清楚无情。

"不错。"

唐俪辞慢慢地道："所以……消息一定会传扬出去，只看在中原剑会压力之下，究竟是谁有这样的底气，不怕剑会的追究，而能把消息传扬出去……"

邵延屏压低声音："你真的认定现在剑会中还有风流店的奸细？"

唐俪辞微微一笑："你知道风流店攻上好云山时，究竟是谁在水井之中下毒吗？"

邵延屏汗颜："这个……"

唐俪辞道："当时余负人和蒋文博都在避风林，是谁在水井中下毒，你不知道，我也不知道……"他低声咳嗽了几声，"你不觉得这是个好时机吗？"邵延屏脸色微变，的确，这是一个引蛇出洞的机会，但如果消息走漏，代价未免太大。

唐俪辞手按腹部，眉间有细微的痛楚之色："我干爹不会轻易相信我死的消息，至于万窍斋……你传我印鉴，我写一封信给——"他话说到此，气已不足，只得稍稍停了一下。

阿谁一直注意着他的脸色变化，当下按住他的肩："你的意思邵先生已经明白，不必再说了。"

邵延屏连连点头："我这就去安排，你好生休息，需要什么尽管说。"

唐俪辞闭目不动，邵延屏轻步离去。

"呜哇……呜呜……"凤凤等邵延屏一走，立刻含泪大哭起来，抓着唐俪辞染满血迹的衣裳碎片不住拉扯，"呜呜呜……"

阿谁将凤凤抱了起来，轻轻拍哄，心中半是身为人母的温柔喜悦，半是担忧。大难不死之后能和儿子团聚当然很好，但唐俪辞为准备那一碗药物无故重伤，除担忧之外，她心底更有一种无言的感受。

那一颗药丸和那个瓷碗，是唐俪辞从随身包裹里取出来的，既然带在身边，说明他本来有预定的用途……而怕她流产之后体质畏寒，不能饮冷水，他稍憩之后，端着瓷碗要去厨房煮一碗姜汤来送药，谁知道突然遭此横祸。她轻轻叹了口气，这一生对她好的人很多，爱她入骨的也是不少，但从没有人如此细心体贴地对待她，而不求任何东西。

这就算是世上少见的那种……真心实意对你好，不需要你任何东西的人吗？她从不认为自己有如此幸运，能遇见那样的好人。而唐俪辞，也实在不似那样无私且温柔的人，更何况自己也早已给不出任何东西……他何必对她如此好？

他是几乎没有缺憾的浊世佳公子，武功才智都是上上之选，甚至家世背景也是常人莫及，但……她从心底深深觉得，这个什么都不缺的人，内心深处缺了很多很多，充满了一种挣扎的渴望，纵然他隐藏得如此之深，她仍是嗅到了那种……同类的气息。

她聪慧、理智、淡泊、善于控制自己，甚至……也能坚持住自己的原则，在再极端的环境中也不曾做过违背自己人生理念的事。在旁人看来她达观、平淡、随遇而安，甚至逆来顺受，似乎遭遇再大的劫难都能从容度日，但她深深了解自己，就算隐藏得再自然再无形，克制得再成功，把自己说服得再彻底，她都不能否认心底深处那种……对家的渴望。

从唐俪辞身上，她嗅到了相同的气息，被深深压抑的……对什么东西超乎寻常的强烈的渴求，心底无边无底地空虚，得不到那样东西，心中的空虚越来越大，终有一天会把人连血带骨吞没。

他……到底缺了什么？她凝视着他温雅平静的面容，第一次细细看他左眉的伤痕，一刀断眉，当初必定凶险，这个众星环绕的"月亮"，究竟遭遇过多少次这样的危机，遇见过什么样的劫难？

凝视之间，唐俪辞眉宇间痛楚之色愈重，她踉跄着把凤凤放回床边的摇篮中，取出一方手帕，以水壶中的凉水浸透，轻轻覆在唐俪辞额头上。

窗外有人影一晃，一个灰衣人站在窗口，似在探望，眼神却很茫然："他……他死了吗？"

阿谁眉心微蹙，勉强自椅上站起，扶着桌面走到窗口，低声道："他伤得很重，你是谁？"

灰衣人道："余负人。"

阿谁淡淡一笑，脸色甚是苍白："是你伤了他？"

余负人点了点头，阿谁看了一眼他的剑，青珞归鞘，不留血迹，果然是一柄好剑。

"你为什么要伤他？"她低声道，"前天大战之后，他没有休息……赶到避风林救我，又照顾我一日一夜未曾交睫，若不是如此……"她轻轻地道，"你没有机会伤他。"

余负人又点了点头："我……我知道。"

阿谁多看了他两眼，叹了口气："你是余剑王的……儿子？"

余负人浑身一震，阿谁道："你们长得很像，如果你是为父报仇，那就错得很远了。"她平心静气地道，"因为余家剑庄剑堂里的火药，不是唐公子安放的，引爆火药将余泣凤炸成重伤的，更不是唐公子。"

余负人脸色大变："你胡说！世上人人皆知唐俪辞把他炸死，是唐俪辞闯进剑庄施放火药把他炸死，我——"

阿谁目有倦色，无意与他争执，轻轻叹了一声："余少侠，人言不可尽信。"她身子仍然虚弱，站了一阵已有些支持不住，离开窗台，就待坐回椅子上去。

余负人自窗外一把抓住她的手："且慢！是谁引爆剑堂里的火药？"

阿谁被他一抓一晃，脸色苍白如雪，但神色仍然镇定："是红姑娘。"

余负人厉声道："你是什么人？你怎么能知道得如此清楚？"

阿谁道："我是柳眼的婢子，余剑王重伤之后，我也曾伺候过他的起居。"她静静地看着余负人，"你也要杀我吗？"

余负人的脸色和她的一样苍白如雪，忽听他身后青珞阵阵作响，却是余负人浑身发抖，浑然克制不住："他……我……"

他一把摔开阿谁的手腕，转身便欲狂奔而去。院外有人沉声喝止，是普珠上师，随后有摔倒之声，想必余负人已被人截下。

阿谁坐入椅中，望着唐俪辞。余负人出手伤人，自是他莽撞，但唐俪辞明知他误会，为什么从不解释？唐俪辞为什么要自认杀了余泣凤？因为……他喜欢盛名，他有强烈的虚荣心，他天生要过众星捧月的日子。

阿谁轻轻叹了口气，凤凤本来在哭，哭着哭着又糊里糊涂地睡着了。她看着孩子，嘴角露出微笑，她已太久太久没有见过这个孩子，本以为今生今世再也无缘见到，方才醒来初见的时候，真是恨不得永远将他抱在怀里，永远也不分开了。但……可以吗？她能带孩子离开吗？目光再度转到唐俪辞脸上，突然之间……有些不忍，呆了一阵，仍是轻轻叹了口气。

院外。

余负人方寸大乱，狂奔出去，普珠上师和西方桃一直跟在他身后，只是他神色大异，尚不能出口劝解，只能趁机将他挡下。普珠袖袍一拂，余负人应手而倒，普珠将他抱起，缓步走向余负人的房间。身后西方桃姗姗跟随，亦像是满面担忧，走出去十余步，普珠突然沉声问道："刚才你为何阻我？"

西方桃一怔，顿时满脸红晕："我……我只是担心……"一句话未说完，她轻轻叹了一声，掩面西去。

普珠望着她的背影，向来淡泊的心中泛起一片疑问，这位棋道挚友似有心事？但心事心药医，若是看不破，旁人再说也是徒然。

普珠抱着余负人，仍向他的房间而去。放下余负人，只见这位向来冷静自若、举止得体的年轻人紧闭双眼，眼角有泪痕。普珠道了一声"阿弥陀佛"，解开余负人受制的穴道，问道："你觉得可好？"

余负人睁开眼睛，哑声道："我……不知道该如何是好……"

普珠缓缓说话，他面相庄严，目光冷清，虽然年纪不老，却颇具降魔佛相："做了错事，自心承认，虔心改过，并无不可。"

余负人颤声道："但我错得不可原谅，我几乎杀了他……我也不知为何会……"

普珠伸指点了余负人头顶四处穴道，余负人只觉四股温和至极的暖流自头顶灌入，感觉几欲爆炸的头忽然轻松许多，只听普珠继续道："你身中忘尘花之毒，一念要杀人，动手便杀人，虽然有毒物作祟，但毕竟是你心存杀机。"他平静地道，"阿弥陀佛。"

余负人长长吐出一口气："我爹身陷风流店，追名逐利，执迷不悟，他……他或许也不知道，引爆火药将他炸成那样的人不是唐俪辞，而是他身边的'朋友'。是我爹授意我杀唐俪辞……"他干涩地笑了一笑，"我明知他在搪塞、利用我，但……但见他落得如此悲惨下场，我实在不愿相信他是在骗我，所以……"

普珠面上并没有太多表情："你不愿责怪老父，于是迁怒到唐施主身上，杀机便由此而起。"

余负人闭目良久，点了点头："上师灵台清澈，确是如此，只可惜方才动手之前我并不明白。"

普珠站起身来："唐施主不会如此便死，一念放下，便无须执着，他不会怪你的。"

余负人苦笑："我恨不得他醒来将我凌迟，他不怪我，我更加不知该如何是好。"

普珠声音低沉，自有一股宁静稳重的气韵："该放下时便放下，放下，才能解脱。"随着这缓缓一句，他已走出门去。

放下？余负人紧握双拳，他不是出家人，也没有普珠深厚的佛学造诣，如果这么轻易就能放下，他又怎会为了余泣凤练剑十八年，怎会加入中原剑会，只为时常能见余泣凤一面？对亲生父亲一腔敬仰，为之付出汗水心血，为之起杀人之念，最终为之误伤无辜，这些……是说看破就能看破的吗？他更愿唐俪辞醒来一剑杀了他，或者……他就此冲出去，将余泣凤生擒活捉，然后自杀。

满脑子胡思乱想，余负人靠在床上，鼻尖酸楚无限，他若不是余泣凤之子……他若不是余泣凤之子，何必涉足武林，又怎会做出如此疯狂之事？

普珠返回大堂，将余负人的情况向邵延屏简略说明。邵延屏松了口气，他还当余负人清醒过来见唐俪辞未死，说不定还要再补几剑，既然已有悔意那是最好，毕竟中毒之下，谁也不能怪他。

放下余负人一事，邵延屏又想起一事："对了，方才桃姑娘出门去了，上师可知她要去哪里？"

普珠微微一怔："我不知。"

邵延屏有些奇怪地看着他，西方桃一贯与他形影不离，今天是怎么回事，尽出怪事？

普珠向邵延屏一礼，缓步回房。

有人受伤，有人中毒，邵延屏想了半晌，叹了口气，挥手写了封书信，命弟子快快送出。想了一想，又将那人匆匆招回，另换了一名面貌清秀、衣冠楚楚、伶牙俐齿的弟子出去，嘱咐不管接信那人说出什么话来，都要耐心聆听，满口答允，就算他开下条件要好云山的地皮，那也先答应了再说。

十五 ◆ 琵琶弦外 ◆

我不是戏台上普度众生的佛，我不是黄泉中迷人魂魄的魔，我坐拥繁华地，却不能够栖息，我日算千万计，却总也算不过天机……

青山如黛柳如眉，穿过重重森林，就已看见山间村落，以及村落之中升起的袅袅炊烟。沈郎魂和柳眼在林海之中行走了七八日，在玉团儿的引路和指点之下，安然无恙地走出山林，并且柳眼身上的伤也好了四五分，不再奄奄一息。

踏出林海，沈郎魂望了望天色，只见晨曦初露。柳眼伤势虽有起色，但行动不便，沈郎魂又将他一路拖行，此时浑身恶臭，山林中的蚊虫绕着他不住飞舞，观之十分可怖。

沈郎魂淡淡地看了柳眼一眼，将他提起，纵身掠出树林，在村口将他轻轻放下，露出一个极恶毒的微笑，翩然而去。

过不多时，有人从村里赶牛而出，走过几步，"哎呀"一声："这是什么东西？"

几头黄牛从柳眼身边走过，"哞"的一声叫唤，"啪啪"在柳眼身边拉下不少屎来。

柳眼自地上缓缓坐了起来，晨曦之下，只见他满面坑坑洼洼，全是血痂，尚未痊愈，猩红刺眼，一双眼睛睁开来却是光彩盎然，黑瞳熠熠生辉。赶牛人"啊"的一声惨叫："你……你是什么东西？还……还活着吗？"

柳眼不答，冷冷的目光看着赶牛人。赶牛人倒退几步，小心翼翼地从他身边绕过，忽地奔回村去，连那几头黄牛都不顾了。

未过片刻，村里浩浩荡荡来了一群人，为首的膀大腰粗，一张大嘴："这就是你说的那个山妖？这山妖在村里偷鸡偷鸭，偷女人的衣服，今天肯定是被谁捉住，打了一顿，才变成这种模样。大家谁被它偷过？"

村里人齐声吆喝，随着领首那大汉一拳下来，七八个年轻力壮的汉子咬牙切齿，围住柳眼拳打脚踢，一时间只听"砰砰"之声不绝。

原来此村穷困，每年出产的谷物粮食不多，但这几年来连年遭受窃贼之苦，往往一家储备一年的粮食，一夜之间不翼而飞，让人好不痛恨。除了偷五谷，那窃贼还盗窃女子衣物，有时闯进稍微富庶的人家盗窃金银首饰，只要稍微值钱的东西它都偷。数年之前的夜里，有人和那窃贼照了一面，却是个长着奇形怪状面貌的山妖，自此村民不寒而栗，对偷盗之事也不大敢开口埋怨了。而今日赶牛人居然在村口一眼看见了这个"山妖"，岂非机不可失？

柳眼人在拳脚之下，只觉"砰砰"重击之下五脏沸腾，气血翻涌，身上的伤口有些裂开，断腿剧痛无比，他一声不吭，闭目忍受。

"喂！拿衣服的人是我，你们打他干什么？"有个苍老的女声传来。

村民突然停手，退开了几步。柳眼抬手擦去嘴角的血迹，看着那双褐色的绣花鞋。那双鞋子已经很旧了，绣花的痕迹却很新，显然鞋子本没有绣花，是被人后来绣上去的，可见鞋子的主人很爱美。但那是玉团儿的鞋子。

众村民只见一团灰影从树林里扑了出来，等到看清楚，眼前是一个满脸皱纹的老太婆，身上穿着一件紫色外衫，腰系褐色长裙。人群中突然有人叫了一声："那是我老婆的衣服！"

人群中顿时一片哗然，大家瞪着这突然出现的老太婆，心中不免揣测是不是这老太婆和地上的山妖联手盗走谷物和衣物，听她出口为山妖正名，两人肯定是一伙的！

"这人没从你们村里拿过任何东西，我拿过三套衣裳，我娘在的时候拿过你村的野桃和野杏儿。"玉团儿拦在柳眼面前，"不是他做的，要打就打我好了。"她腰肢纤细，手指肌肤细腻柔滑，雪白如玉。两个村民抡着木棍本要上前就打，往她身上仔细一看，越看越毛骨悚然。

"你……你到底是人是鬼？我的妈呀！"其中一人将木棍一丢，"这是断头鬼！接着老人头颅的女鬼！大家快跑，白日见鬼了！"

随着这一声喊，村民四散开去，逃得无影无踪。

玉团儿把柳眼扶了起来，叹了口气。柳眼冷冷地问："我挨打关你什么事？"

玉团儿道："本来偷东西的人就是我，他们打你当然是他们不对。不过你这人真是个大坏蛋吗？人家误会你你为什么不解释？"听她的语气，颇有埋怨之意。

柳眼突然冷笑一声："你不过想要能救命的那种药而已，如果我死了，你永远不知道那是什么药！"他转过头去，虽然血肉模糊的脸上看不出脸色，却必定甚是鄙夷。

玉团儿皱起眉头："我早就忘了那什么药啦！一个人的脸被弄成这

样是很可怜的，何况你还是个残废，就算你真是个小偷，他们也不该打你啊。"

柳眼回过头来，眼神古怪地看着她："原来你早已'忘了'？那你跟着我做什么？你回你树林里去。"

玉团儿摇了摇头："你走不动，那个人又把你丢下不理，一个人坐在这里不是很可怜吗？而且你这么脏、这么臭，我给你洗个澡，带你回树林里好不好？"她越说越高兴起来，"我带你回树林里，我们藏起来谁也看不到我们，脸长得再难看也不要紧了。"

柳眼冷冷地道："我是个杀人无数的大恶人，你不怕吗？"

玉团儿凝视着他："你又动不了，你要做坏事我会打你的。"言罢，她伸手将柳眼提起，快步往树林深处奔去。提不了几步，柳眼比她高上太多，颇不方便，玉团儿索性将他抱起，几个起落，穿过重重树林，顿时到了一处池塘边。

这是个泉眼所在，池塘深处突突冒着气泡，池水清澈见底，水底下都是褐色大石，光洁异常，只有在远离泉眼的地方才生有水草。玉团儿径直将柳眼提起，泡入水中，从岸边折了一把开白花的水草，撕破他的衣服，在他身上擦洗起来。柳眼本欲抗拒，终是"哼"了一声，闭目不理。

过了片刻，玉团儿把柳眼身上的污垢血迹洗去，露出雪白细腻的肌肤，她的手慢慢缓了下来，怔怔地看着柳眼光洁的肩和背，那苍白略带灰暗的肌肤，不带瑕疵的肩和背，不知何故就带有一种阴暗和沉郁的美感。这个人分明在眼前，却就是像沉在深渊之中、地狱之内……

"你以前……是不是长得很好看？"她低声问。

柳眼淡淡地道："不是。"

玉团儿的手指滑过他的眉线:"你是因为我长得很丑,怕我伤心所以骗我吗?"她低低地问,"你以前一定长得很好看,可惜我看不到。"

柳眼一把抓住她的手,冷冷地道:"我从前长得好看,你想怎么样?引诱我吗?"

玉团儿睁大眼睛:"我只是觉得你以前长得很好看,现在变成这样很可……"

她又要把"很可怜"三个字说出来,柳眼手腕用力,将她拉了过来,一双炯炯有神的眼睛直直地看着她:"我很可怜,至少我还可以活很长时间,而你——就快要死了。"

玉团儿目中的光彩顿时黯淡下来,长长叹了口气。

柳眼甩开她的手,冷冰冰地道:"去帮我找件衣服来。"

玉团儿站住不动,目中颇有怒色,显然对柳眼刚才那句大为不满。柳眼仰躺水中,虽然腿不能动,一挥臂往后漂去,却是颇显自由自在。

过了一阵子,玉团儿道:"你真是个大恶人。"

柳眼冷冷地道:"你要杀我吗?"

玉团儿却道:"一个大恶人脸变得这么丑,又变成残废,心里一定很难过,我不怪你了。你等着,我给你找衣服去。"言罢,她微微一笑,转身走了。

柳眼在水中蓦然起身,看着这怪女孩的背影,心里突然恼怒之极,自水中拾起一块石头往岸上砸去,"哗啦"一声水花四溅,他竟然掷不到岸上。

过了一阵,柳眼浸泡在冷水中,渐渐觉得冷了,待要上岸,却衣不蔽体,要继续留在水中却是越来越觉得寒冷。正在此时,一个人影在树林间晃动,柳眼屏息沉入水中,以他现在的模样不便见人,更无自保之力。沉入水中之后,他慢慢潜到一块大石背后,半个头浮出水面,静静地望着树林。

树林里先冒出个中年男子的头,头顶有些秃,本来戴了个帽子,现在帽子也歪了半边。他低伏着穿过树丛,颇有些鬼鬼祟祟地东张西望。

柳眼眼睛微眯,这里距离村落有相当远的距离,这人跑到这么偏僻的地方来做什么?再看片刻,那人突然直起身来,只见他背后背着一个包袱,怀里抱着一样东西,他将那东西轻轻放在地下,将包袱掷在一旁,开始脱衣服。柳眼眉头皱起……

"哇——"的一声啼哭,被那中年男人放在地上的"东西"放声大哭,听那声音却是一个小女孩。那中年男子急急脱去衣服,满脸淫笑:"宝贝儿别哭,叔叔立刻要陪你玩儿了……"言罢扑下身去,那女孩越发大哭,声音凄厉之极。

"哗啦"一声水响,就如水中泛起了什么东西,那中年男子"咦"了一声,回过身来,只见身后池塘涌起了一个硕大漩涡,就如有什么东西游得很近,却突然沉了下去。他"呸"了一声,仍是淫笑:"这里竟有大鱼,等咱们玩过以后,叔叔陪你抓鱼。"

那女孩大叫:"我不要!我要回家!我——呜——"听那声息,是被人捂住了嘴。

"光天化日,朗朗乾坤,做事之前,也不看一下环境,在荒山野岭、鬼魅横行之地办这种事,真是毫无情调。"有个冰冷低沉的声音缓缓地道,"世上罪恶千万种,最低等下贱的,就是你这种人。"

那中年男子直起身来,只见清澈见底的池水中一蓬黑发漂散如菊,有人缓缓自水底升起，那颗露出水面的头坑坑洼洼、猩红刺眼，似乎都没有鼻子嘴巴。那中年男子顿时魂飞魄散，"啊"的一声惨叫，光着身体从树丛中窜了出去。他来得不快，去得倒是迅捷无比。

"妈妈……我要妈妈……"地上的女孩仍在哭，哭得气哽声咽，十分可怜。

水里的柳眼沉默了一阵，冷冷地道："有什么好哭的？衣服自己穿起来，赶快回家去。"

地上的女孩被他吓得一愣，手忙脚乱穿起衣服，趴在地上看他，却不走。

柳眼在水里看着那女孩，她约莫八九岁，个子不高，脸蛋长得却很清秀，是个美人坯子。两人互看了一阵，他问："你为什么不走？"

那女孩却问："你是妖怪吗？"

柳眼眨了眨眼睛，漠然道："是。"

那女孩道："我第一次看到妖怪，你和奶奶说的不一样。"

柳眼不答，那女孩却自己接下去："你比奶奶说的还要丑。"

柳眼淡淡地道："你还不赶快回家？待会儿又遇见那个坏人，我也救不了你。"

那女孩站了起来，从地上拾起一块小石子，忽地往柳眼身上掷去，只听"啪"的一声，那小石子正中柳眼的额头，她自己吓了一跳，随后"咯咯"直笑，很快往村庄方向奔去。

柳眼浸在水中，嘴边噙着淡淡一丝冷笑，这就是所谓世人、所谓苍生。他缓缓将自己浸入池塘之中，直至没顶，本来全身寒冷，此时更身寒、心寒。这世界本就没什么可救的，能将他们个个都害死，才是一件赏心悦目的乐事,世人无知、无情、自私、卑鄙、愚昧……

一只手伸入水中,突然将他湿淋淋地提了上来,玉团儿眉头微蹙:"你在干什么?"

柳眼指尖在她手腕一拂而过,虽然并无内力,也令她手腕一麻,只得放手。柳眼仰躺在水面,轻飘飘地滑出一人之遥:"衣服呢?"

玉团儿指着地上的包袱:"这些东西是哪里来的?"

柳眼不理不睬,就当没有听见,仍问:"衣服呢?"

玉团儿怒道:"这些东西是哪里来的?"

柳眼双臂一挥,漂得更远。玉团儿脾气却好,自己气了一阵也就算了,从怀里取出一团黑色布匹:"过来过来,你的衣服。"

柳眼手按石块撑起身来,他本以为会瞧见一件形状古怪的破布,不料玉团儿双手奉上的却是一件黑绸质地的披风,绸质虽有些黯淡,却整洁干净。看了那披风两眼,他自池塘一边漂了过来。双腿虽然不能动,他却能把自己挪到草地上,湿淋淋的肩头披上那件披风,未沾湿的地方随风飘动,裸露着胸口。

玉团儿似乎并不觉得瞧着一个衣不蔽体的男子是件尴尬的事,她道:"这是我爹的衣服。"

柳眼眉头一蹙:"那又怎么样?"

玉团儿道:"这是我爹的衣服,你不要穿破啦!"

柳眼双手拉住披风两端就待撕破,幸好他功力被废、双手无力,撕之不破。玉团儿大吃一惊,一扬手给了他一个耳光,怒道:"你这人怎么这样?好端端的衣服为什么要撕破?这是我爹的衣服,又不是你的。"

柳眼冷冷地道:"我想撕便撕,你想打人就打人,你我各取所需,有何不可?"

玉团儿打了他一个耳光,见他脸上又在流血,叹了口气,这人坏得不得了,但她总是不忍心将他扔下不管。她返身在树林里拔了些草药给他涂在脸上:"你这人怎么这么坏?"

柳眼淡淡地道:"我高兴对谁好就对谁好,高兴对谁坏就对谁坏,谁也管不着。"

玉团儿耸了耸肩:"你娘……你娘一定没好好教你。"

不料柳眼冷冷地道:"我没有娘。"

好云山。

邵延屏苦苦等候了三日,好不容易等到那弟子回来,身后却没跟着人。

"怎么了?神医呢?"邵延屏大发雷霆,"快说!你到底是哪里得罪了水神医,他为什么没来?"

那剑会弟子脸色惨白:"邵先生息怒,我我我……我什么都没做,只是那位公子说……那位公子说……"

邵延屏怒道:"说什么?"

那剑会弟子吞吞吐吐地道:"他……他说,最近运气不好,要去静慧寺上香,就算把好云山整块地皮送给他,他也不来。"

邵延屏怔了一怔:"他真是这么说的?"

那人一张脸苦得都要滴出苦瓜汁来:"我哪敢欺骗邵先生。水公子说他要先去静慧寺上香,然后要去宵月苑和雪线子吃鱼头,好云山既远又麻烦且无聊,更有送命的危险,他绝对不来,死也不来。"

邵延屏喃喃地道："既远又麻烦且无聊，更有送命的危险……聪明人果然逃得远，唉，宵月苑的鱼头……"他出神向往了一阵，重重叹了口气，"罢了罢了，你去重金给我请个又老又穷的药铺伙计过来，越快越好。"

那剑会弟子奇道："药铺伙计？"

邵延屏白眼一翻："我觉得药铺伙计比大夫可靠，快去。"

三日时间，阿谁的身体已有好转，照顾唐俪辞生活起居已不成问题。而唐俪辞的伤势愈合得十分迅速，似乎总有些神秘的事在他身上发生，就如当初蛇毒、火伤、内伤都能在短短几日内迅速痊愈一样，三日来他的伤已经颇有好转，伤口也并未发炎，这对一剑穿胸这样的重伤而言，十分罕见。但为了配合查明剑会内奸之事，唐俪辞仍然每日躺在床上装作奄奄一息。

余负人在房中自闭，三日来都未出门。邵延屏忙于应付那些前来接人的名门正派、世家元老，对江湖大局一时也无暇思考。而董狐笔、蒲尴圣、成缊袍、普珠上师和西方桃连日来讨论江湖局势，颇有所得。

唐俪辞房中。

"啊——啊啊——呜——"凤凤爬在桌上，用他那只粉嫩的小手对着阿谁指指点点。

阿谁轻轻抚摸他的头："长了六颗牙，会爬了，再过几个月就会说话、会走了。"

唐俪辞微笑道："你想不想带他走？"

阿谁微微一震："我……"她轻轻叹了口气，"想。"

唐俪辞唇角微抿："郝文侯已死，柳眼被风流店抛弃，不知所终，你将他托付给我时的那些不得已都已不存在,找一个青山绿水、僻静无忧的地方,我给你买一处房产、几亩良田,带凤凰好好过日子去吧。"

阿谁摇了摇头:"我只想回洛阳,回杏阳书房。"

唐俪辞微微一笑:"那里是是非之地。"

阿谁也微微一笑:"但那是我的家,虽然家里没有人在等我,我却还是想回去。"

唐俪辞闭上眼睛,过了一阵,他道:"我给你修书一封,你和凤凰回到京城之后,先去一趟丞相府,然后再回杏阳书房。"

阿谁眉头微蹙,奇道:"丞相府?"

唐俪辞闭着的眼微微上勾,有点像在笑:"去帮我办一件事。"

阿谁凝视着他:"什么事?"

唐俪辞睁开眼睛,浅笑嫣然:"你定要问得如此彻底?"

阿谁静了一阵,轻轻叹了口气:"你不必为我如此,阿谁只是芸芸众生中微不足道的一名女子,对唐公子只有亏欠,既无深厚交情,也无回报之力……"她明白唐俪辞的用意,他不放心他们母子二人孤身留在洛阳,所以修书一封寄往丞相府,信中不知写了什么,但用意必定是请丞相府代为照顾,之所以没有启用国丈府之力,一则避嫌,二则是唐俪辞牵连风波太广,国丈府必遭连累,丞相府在风波之外,至少常人不敢轻动。他为她如此设想,实在让她有些承受不起。

"我确实有事要托你走一趟丞相府,不一定如你所想。"唐俪辞眼望屋梁,"你不必把我想得太好,有一件事我瞒了丞相府三年,就为或许哪一天用得上赵普之力。虽然此时形势和我原先所想差距太远,但你帮我走一趟,或许不但保得住你和凤凰的平安,也保得住唐国丈的周全……"他柔声道，"你去吗？"

阿谁道："你总有办法说得人不得不去。"

唐俪辞微笑："那就好，你去把笔墨拿来，我现在就写。"

阿谁讶然："现在？我等你伤愈之后再走，你伤势未愈，我怎能放心回洛阳？"

唐俪辞柔声道："你要走就早点走，惹得我牵肠挂肚，哪一天心情不好，杀了你们母子放火烧成一把灰收在我身边……就可以陪我一生一世……"他从方才平淡布局之语变成现在偏激恶毒之言，眼睛眨也不眨一下，就似理所当然，完全不是玩笑。

阿谁听入耳中，却是异常地安静。过了好一阵子，她缓缓地道："我……我心有所属，承担不起公子的厚爱。"

唐俪辞柔声道："我想杀了之后烧成一把灰的女子也不止你一人，你不必介意，更不必挂怀。"

凤凤从桌上爬向唐俪辞那个方向，肥肥又粉嫩的手指对着唐俪辞不住指指点点，"咿咿呜呜"的不知说些什么。阿谁把他抱起，亲了亲他的面颊，轻轻拍了几下，本想说什么，终是没说。

在唐俪辞的心中，有许多隐秘。她不知道该不该出口询问，那些隐秘和他那些不能碰触的空洞纠结在一起，他的性格偏激又隐忍、好胜狠毒又宽容温柔，所以……也许表面上他没有崩溃，并不代表他承受得起那些隐秘。

"拿纸笔来。"唐俪辞道。

能回杏阳书房，本该满心欢愉，阿谁起身把凤凤放在床上，去拿纸笔，心中却是一片紊乱，沉重之极。

等她端来文房四宝，唐俪辞静了一会儿，道："罢了，我不写了。"

阿谁咬住下唇，心头烦乱，突道："你……你用意太深，你让我……让我……如何是好？"

唐俪辞见她实在不愿如此受人庇护，又受他重托不得不去，毫无欢颜，所以突然改变主意不再托她寄信。但他不托她送信，自然会假手他人，结果都一样，只不过或许做得不留痕迹、不让她察觉而已。这番苦心她明白，但无故连累他人保护自己已是不愿，何况唐俪辞如此曲折布置用心太苦，她实在是承担不起、受之有愧。

"你要回家，我就让你回家。"唐俪辞牙齿微露，似要咬唇，却只是在唇上一滑而过，留下浅浅的齿痕，"你不愿帮我送信，我就不让你送；你要带走凤凤，我就让你带走；你想要怎样便怎样。"他脸上没有什么表情，语气也很平淡，"你却问我你要如何是好？"

阿谁眼眶突然发热。她从小豁达，不管遭受多少侮辱折磨几乎从未哭过，但此时眼眶酸楚："你……你……究竟想要我怎样对你？我……我不可能……"

唐俪辞幽幽地道："我想要你从心里当我是神，相信我、关心我，保证这辈子会为了我去死，在恰当的时候亲吻我，心甘情愿爬上我的床……"

阿谁"啊"的一声，那文房四宝重重跌在地上，墨汁四溅。她脸色惨白："你……你怎么可以说出这种话？"

唐俪辞抬起头幽幽地看着她，眼瞳很黑。他的脸上没有表情，她却看见他眼眸深处在笑，一种隐藏得很深的疯狂的笑。他道："这就是男人的实话，一个男人欣赏一个女人，难道不是要她做这些事？那些强迫你的男人又难道不是逼你做这些事？难道你以为男女之间，真的可以阳春白雪、琴棋诗画，而没有半点肉欲？"

"你——"阿谁低声道，"这些话……是真心的吗？"

唐俪辞道："真心话。"

阿谁深深地咬住嘴唇："这些事我万万做不到。唐公子，我明日就告辞了，我一生一世记得公子的恩德，但求日后……不再有麻烦公子之处。"她拾起地上的文房四宝，端正放回桌上，抹去了地上墨汁的痕迹，抱起凤凤，默然出房。

唐俪辞望着屋梁，眼眸深处的笑意敛去，换成一种茫然的疲惫，就如一个人走了千万里的路程，历尽千辛万苦，满面沧桑却仍然不知道要往何处去，不知何处才是他能够休憩的地方。

过了好一阵子，他极轻极轻地叹了口气，从床上坐了起来，取过纸笔，在信上写了两三句话，随即将信叠起，放在自己枕下。他再照原样躺好，闭上眼睛一动不动。

"唐公子，唐公子。"过了一阵，窗外有人低声轻唤。

唐俪辞不言不动，窗外那人反复叫唤了十几声，确定唐俪辞毫无反应，忽地将一物掷进房中，随即离去。

那东西入窗后并没有落地的声音，唐俪辞眼帘微抬，扫了它一眼，只见那是一只似蜂非蜂、似蝶非蝶的东西，翅膀不大，振翅不快，所以没有声息。这就是传说中的"蛊"吗？或只是一种未知的毒物？

他屏息不动，那东西在房里绕了几圈，轻轻落在被褥上，落足之轻，轻于落叶。

那东西在床上停了很久，没有什么动静。唐俪辞心平气和，静静躺着，就如身上没有那一只古怪的毒物一样。

足足过了一炷香时间，那东西尾巴一动，尾尖在唐俪辞被上落下许多晶莹透明的卵，随即有许多小虫破卵而出。这许多透明小虫在身上乱爬的滋味已是难受，何况那还是一些不知来历的毒物，这种体验换了他人定是魂飞魄散，唐俪辞却仍是不动，看着那些小虫缓缓在被褥上扭曲蠕动。

"唐——"门外忽地进来一个满头大汗的紫衣人，却是邵延屏，一脚踏进房中，眼见那只怪虫，大吃一惊，"那是什么东西？"

唐俪辞目光往外略略一飘，邵延屏心领神会，接着大叫一声："唐公子！唐公子！来人啊！这是什么东西？"在他大嚷大叫之下，那只怪虫翩翩飞走，穿窗而去。

邵延屏往自己脸上打了两拳，鼻子眼圈顿时红了，转身往外奔去，一边大叫："唐公子你可千万死不得……"

在他大叫之下，很快有人奔进房来，第一个冲进房来的是蒲馗圣，只见唐俪辞僵死在床，脸色青紫，身上许多小虫乱钻乱爬，忽地，有一只自床上跌下，"嗒"的一声地上便多了一团黏液。

蒲馗圣大叫一声倒退五步，双臂拦住又将进房的成缊袍："不可妄动，这是'负子肠丝蛊'，该蛊在人身上产卵，随即孵化，钻入血脉，中者立死，全身成为幼虫的肉食，幼虫吃尽血肉之后咬破人皮爬出，最是可怖不过！"

成缊袍冷冷地道："我只见许多幼虫，又不知他死了没有，让我进去一探脉搏。"

蒲馗圣变色道："那连你也会中毒，万万不可！"

两人正在争执，邵延屏引着一位老迈的大夫快步而来："病人在此，快这边请。"

那老大夫一见房里许多虫，脸色顿时就绿了："这这这……"邵延屏不理他"这这这"，一把将他推了进去，"那是什么东西？"

那老大夫迈入房中，伸手一搭唐俪辞脉门："这人早已死了，你你你大老远的把老夫请来看一个死人，真是荒谬……这人四肢僵硬，脉搏全无，身上长了这许多蛆……"他急急自屋里退了出来，"这人老夫医不好，只怕天下也没有人能医好，节哀吧。"

邵延屏苦笑地看着唐俪辞："怎会如此？"

蒲馗圣长长地叹了口气："唐公子不知在何处中了负子肠丝蛊，那是苗疆第一奇毒，中者死得惨不忍睹，唐公子才智不凡竟丧于如此毒物之下，实在是江湖之哀、苍生之大不幸。"

邵延屏笑都快笑不出来了："现在人也死了，那些虫怎么办？"

蒲馗圣道："只有将人身连虫一起焚毁，才不致有流毒之患。"

邵延屏道："这个、这个……让我再想想。"

成缊袍皱起眉头，事情变化得太快，一时之间他竟不敢相信，唐俪辞真的死了？如他这般人物，就这么死了？他的目光往唐俪辞脸上看去，那脸色的的确确便是一个死人，胸腹间也没有丝毫起伏，但……他总觉得有什么地方不对。

邵延屏低声嘱咐大家不可将唐俪辞已死的消息传扬出去，大家照常行事，他今晚便派人搭造焚尸炉，明日午时便将唐俪辞的尸身焚毁。众人点头而去，邵延屏将唐俪辞的房门关起，命两个弟子远远看守，千万不可进去。

此时是日落时分，未过多久，夜色降临，星月满天。

邵延屏去了成缊袍房里嘀嘀咕咕不知说些什么，阿谁尚未得知唐俪辞"已死"，但她今夜也并无去看唐俪辞的意思，普珠上师和西方桃也尚未得知此事，知情的那位老伙计又已被邵延屏送下山去，今日善锋堂里一切如常，无人察觉有什么变故。

"噗噗"两声，看守唐俪辞房门的两人忽地倒地，一条黑影倏然出现在门前，轻轻一推，房门应手而开。

趁着明亮的月光，那黑影瞧见唐俪辞的尸体仍然在床上，那些透明小虫都已不见，而被褥上留下许多细细的空洞，显然虫已穿过被褥进入唐俪辞肉体之中，不禁长长吐出一口气，心中仍有些不大放心，伸手去摸唐俪辞的脉门。

触手所及，一片冰冷，唐俪辞果然已经死了。黑衣蒙面人低低"哼"了一声，抽身欲退，忽地那只"已死"的手腕一翻，指风如刀，刹那黑衣人的脉门已落入"死人"的掌握之中！

黑衣人大惊失色，扬掌往唐俪辞身上劈去，唐俪辞指上加劲，黑衣人这一掌击在他身上毫无力道，只如轻轻一拍。只见幽暗的光线之下，那"死人"仍旧闭着眼睛，忽地勾起嘴角笑了一笑，这一笑，笑得黑衣人全身冷汗："你……你没死！"

"你说呢？"唐俪辞睁开眼睛柔声道。他一睁开眼睛便坐了起来，右手扣住黑衣人的脉门，左手五指伸出，却是罩在黑衣人面上，"你说我是要把刚才那些小虫统统塞进你嘴里？还是要就这么五根手指从你脸上插进去，然后把你的眼睛、鼻子、嘴巴、牙齿、眉毛统统从你脸上拉出来？还是……"他那五指自黑衣人脸上缓缓下滑，柔腻细致的指尖自喉头滑至胸口，"还是——"

他尚未说"还是"什么，那黑衣人已惨然道："你想要如何？"

"我其实没有想要什么，"唐俪辞柔声道，"蒲馗圣蒲前辈，你可知我等你这一天，已是等了很久了？"

那黑衣人尚未自揭面纱，突被点破身份，更是惊骇："你——"

唐俪辞道："我什么？我怎会知道是你，是吗？"他右手一拖，蒲馗圣"扑通"一声在他床前跪下，唐俪辞左手在他头顶轻拍，"风流店夜攻好云山那一夜，谁能在水井中下毒？第一，那夜他要人在善锋堂；第二，他要懂毒；第三，他要武功高强——因为那聪明绝顶的下毒人运用阴寒内力凝水成冰，将溶于水的毒物包裹在冰块之中，然后丢进井里，这就导致了冰溶毒现之时，井边无人的假象。但这人其实也并不怎么聪明，现在是盛夏，将毒药包裹于冰块之中，那夜善锋堂内有几人能做到？那夜善锋堂内又有几人是懂毒药的大行家？所以蒲前辈你便有巨大嫌疑。"

蒲馗圣哑口无言："你——"

唐俪辞柔软的手掌在他颈后再度轻轻一拍："我什么？呵……依我的脾气，只要有一点嫌疑，说杀便杀，该扭断脖子便扭断脖子……但毕竟现在我在做'好人'哪……你战后收下毒蛇，蛇对你也太温顺，这点太易暴露，我猜你主子对你此举必定不是十分赞赏，所以你要另辟蹊径，在主子面前立功，所以你就派人施放毒虫意图杀我……"他轻笑了一声，"我若是你主子，早就一个耳光打得你满地找牙。唐俪辞若是这么容易就死，你主子为何要费尽心机潜入中原剑会，他何不如你一样扯起一块黑布蒙面，闯进我房里将我杀了？他潜伏得如此高超绝妙，偏偏有你这样的手下给他丢脸献丑，真是可怜至极。"

听到此处，蒲馗圣反而冷笑一声："胡说八道！我主子远在千里之外，我还当你真的料事如神，原来你也是乱猜。中原剑会中本有蒋文博和我两人服用那九心丸，所以不得不听令于风流店，此外哪有什么主子？可笑！"

唐俪辞闻言在他后脑一拍："呆子！"随即轻轻地对着蒲馗圣的后颈吹了口气，蒲馗圣只觉后颈柔柔一热，全身寒毛都竖了起来，只听他道，"你不知情，说明你死不死、暴露不暴露，你的主子根本不在乎，他不会救你，因为他没有保你的理由。"

蒲馗圣浑身冷汗，唐俪辞对他笑得很愉快，右手放开了他的脉门，屈指托腮："我不杀你——你主子还等你将我重伤快死的消息传出去，然后你被人发现，然后你才能死……"

蒲馗圣脸色惨淡："我……我……"

唐俪辞柔声道："就算邵延屏不揭穿你，你那聪明绝顶的主子也会揭穿你，这事就是一场游戏，而前辈你嘛……不过是枚必死的棋子，大家玩来玩去，谁都把你当成一条狗而已。"

蒲馗圣忽地在他床前"扑通"一声跪下："公子救我！公子救我！我不想死、我不想死……我是受那毒药所制，内心深处也万万不想这样……"

唐俪辞食指点在自己鼻上，慢慢地道："你……找了一种世上最恶毒的毒虫来要我的命，现在却求我救你的命？"

蒲馗圣跪在地上，月光越发明亮，照得他影子分外黑。呆了半响之后，他大叫一声，转身冲了出去。

屋里月光满地，黑的地方仍是极黑，蒲馗圣奔出之后，忽地有人冷冷地道："原来言辞当真可以杀人，我从前还不信。"说话的人自屋梁轻轻落下，丝毫无声，正是成缊袍。

唐俪辞红唇微抿："你来做什么？"

成缊袍微微一顿："我……"

唐俪辞润泽的黑瞳往他那儿略略一飘："想通了为什么我没有中毒？"

成缊袍长长吸了口气："不错，你运功在被褥之上，那毒虫难以侵入，并且烈阳之劲初生小虫经受不起在被上停留稍久，就因过热而死。"

唐俪辞微微一笑："不只是过热而死，是焚化成灰。"

成缊袍道："好厉害的刚阳之力，你的伤如何了？"

唐俪辞不答，过了一阵轻轻一笑："我不管受了什么伤，只要不致命，就不会死。"

成缊袍的目光在他身上上下一转："你天赋异禀，似乎百毒不侵。"

唐俪辞道："你遗憾你百毒俱侵吗？"

成缊袍微微一怔："怎会？"

唐俪辞目光流转，自他面上掠过。他觉得唐俪辞言下别有含意，却是领会不出，正在诧异，却见唐俪辞微微一笑："夜已深了，成大侠早些休息去吧，我也累了。"

成缊袍本是为暗中护卫而来，既然唐俪辞无事，他便点头持剑而去。

黑夜之中，唐俪辞缓缓躺回床上，哈……百毒不侵……这事曾经让他很伤心，只是此时此刻，却似乎真的有些庆幸，似乎快要忘了……他曾经怨恨自己是个怪物的日子。有许多不为人知的往事突然清晰，许多暗潮在心中压抑不住。他坐了起来，房中墙上悬着一把琵琶，那是邵延屏专门为他准备的，自是针对柳眼的黑琵琶。此时他将琵琶抱入怀中，手指一动，"叮咚"数声，深沉鸣响如潮水涌起，漫向了整个善锋堂。

阿谁抱着凤凤在她自己房里，凤凤吮着手指，已快睡了，她叠好明日要带走的衣物，正要就寝，突听一声弦响，如暗潮涌动刹那漫过了她的心神。她蓦然回首，一时间思绪一片空白，只怔怔地望着弦响来的方向。

成缊袍尚未回房，本待在林中练剑，突听一声弦响，说不上是好听还是不好听，他缓步向前，凝神静听。

邵延屏仍在书房中烦恼那些无人来领的白衣女子该如何是好，也是听这一声弦响，他抬起头来，满心诧异，那夜风流店来袭的时候他千盼万盼没盼到唐俪辞的弦声，为什么今夜……

普珠和西方桃仍在下棋，闻声两人相视一眼，低下头来继续下棋，虽然好似什么都未变，但静心冥思淡泊从容的气氛已全然变了。

整个善锋堂就似突然静了下来，各人怀着各种各样的心思，静听着弦声。

"怎么……谁说我近来又变了那么多？诚实，其实简单得伤人越来越久。我嘛……城市里奉上神台的木偶，假得……不会实现任何祈求。你说，你卑微如花朵，在哪里开放、在哪里凋谢也不必对谁去说；你说，你虽然不结果，但也有希望，也有梦啊，是不必烦恼的生活；我呢，我什么都没有说，人生太长、人生太短，谁又能为谁左右？"唐俪辞低声轻唱，唱得很轻、很轻，只听见那琵琶弦声声声寂寞，"我不是戏台上普度众生的佛，我不是黄泉中迷人魂魄的魔，我坐拥繁华地，却不能够栖息,我日算千万计,却总也算不过天机……五指千谜万谜,天旋地转如何继续……"这一首歌,是很久很久之前,他和方周合奏的第一首歌,叫作《心魔》。

阿谁静静地听。她并没有听见歌词,只是听着那叮咚凄恻的曲调,由寂寞逐渐变得慷慨激越,曲调自清晰骤然化为一片凌乱混响,像有人对着墙壁无声地流泪,像一个疯子在大雨中手舞足蹈,像一个一个喝过的酒杯碎裂在地,和酒和泪满地凄迷……她急促地换了口气,心跳如鼓,张开嘴却不知道要说什么,以手捂口,多年不曾见的眼泪夺眶而出,而她……仍不知道自己为什么哭!

只是因为他弹了琵琶吗?

成缊袍人在树林中,虽然距离唐俪辞的房间很远,以他的耳力却是将唐俪辞低声轻唱的歌词听得清清楚楚,听过之后,似懂非懂,心中诧异这些颠三倒四不知所云的语言,究竟是什么意思?但听在耳中并不感觉厌烦。他踏出一步,张开五指,低头去看那掌纹,多年的江湖岁月在心头掠过,五指千谜万谜,究竟曾经抓住过什么?而又放开了什么?

邵延屏自然也听到了那歌声,张大了嘴巴半晌合不拢。他也曾是风流少年,歌舞不知瞧过多少,再有名的歌伎他都请过,再动听的歌喉他都听过,但唐俪辞低声唱来信手乱弹,琵琶声凄狂又紊乱,溃不成曲,却是动人心魄。听到痴处,邵延屏摇了摇头,长长吐出一口气,常年辛劳压在心上的尘埃,就如寻到了一扇窗户,忽而被风吹得四面散去,吐出那口气后,没有了笑容,不知该说些什么。

有时候,有些人脱下了面具,反而不知道如何是好。而唐俪辞,他是戴着各种各样光怪陆离的面具,还是其实从来都没有戴过?

普珠和西方桃仍在下棋，琵琶声响起之后，西方桃指间拈棋，拈了很久。普珠道："为何不下？"

西方桃道："感慨万千，难道上师听曲之后毫无感想？"

普珠平淡地道："心不动，蝉不鸣，自然无所挂碍，听与不听，有何差别？"

西方桃轻轻叹了口气："我却没有上师的定力，这曲子动人心魄，让人棋兴索然。"

普珠道："那就放下，明日再下。"

西方桃放下手中持的那枚白子，点了点头，忽地问："我还从未问过，上师如此年轻，为何要出家？"

普珠平静地道："自幼出家，无所谓年幼、年迈。"

西方桃道："原来如此，上师既然自幼出家，却为何不守戒？"普珠号称"出家不落发，五戒全不守"，作为严谨的少林弟子，他实是一个异类。

"戒，只要无心，无所谓守不守，守亦可，不守亦可。"普珠淡淡地道。

西方桃明眸流转，微微一笑："但世人猜测、流言蜚语，上师难道真不在意？"

普珠道："也无所谓，佛不在西天，只在修行之中，守戒是修行，不守戒也是修行。"

西方桃嫣然一笑："那成亲呢？上师既然不守戒，是否想过成亲？"

普珠眼帘微合，神态庄严："成亲、不成亲，有念头即有挂碍，有挂碍便不能潜心修行。"

西方桃微笑道："也就是说，若上师有此念头，就会还俗？"

　　普珠颔首："不错。"

　　西方桃叹道："上师一日身在佛门，就是一日无此念了。"

　　普珠双手合十："阿弥陀佛。"

　　长夜寂寂，两位好友信口漫谈，虽无方才下棋之乐，却别有一番清静。

　　琵琶声停了，善锋堂显得分外寂静，唐俪辞的房里没有亮灯，另一间房里的灯却亮了起来，那是余负人的房间。他已把自己关在屋里三夜四日，邵延屏每日吩咐人送饭到他房中，但他闭目不理，已饿了几日。虽然他不吃饭，酒却是喝的，这三日喝了四五坛酒，他的酒量也不如何，整日里昏昏沉沉，就当自己已醉死了事。邵延屏无暇理他，其他人该说的都已说了，余负人仍是整日大醉，闭门不出。

　　但琵琶声后，他却点亮了油灯，从睡了一日的床上坐了起来，呆呆地看着自己的双手。他的双手在颤抖，点个油灯点了三次才着，看了一阵，他伸手去握放在桌上的青珞，一握之下，青珞"咯咯"作响，整柄剑都在颤抖，"当"的一声，他将青珞扔了出去，名剑摔在地上滑出去老远，静静躺在桌下阴影最黑之处。他在桌边又呆呆地坐了很久，望着桌上摆放整齐却早已冰冷的饭菜，忽地伸手拾起筷子，趴在桌上大吃起来，边吃，边有热泪夺眶而出。他要去唐俪辞房里看一眼，而后重新振作，将余泣凤接回来，然后远离江湖，永远不再谈剑。

　　唐俪辞静静地躺在屋里，怀抱琵琶，手指犹扣在弦上，那床染过毒虫的被子被他掷在地上，人却是已经沉沉睡去。他恣意侵扰了别人的休息，纵情之后便睡去，却是对谁也不理不睬。

十六 ◆ 碧云青天 ◆

他道了一声"阿弥陀佛",转身而去,背影挺拔,步履庄严,一步步若钟声鸣、若莲花开,佛在心间。

洛水故地,在碧落十二宫旧地,一处气势恢宏、装饰雅致的殿堂正在兴建,宛郁月旦和碧涟漪正在巡视工程进度,许多工匠或雕刻木柱或起吊屋梁,十分忙碌。

宛郁月旦虽然看不见,但听那敲凿之声也大概可以想象是怎样兴盛的场景。碧涟漪边走边简单地转述江湖局势:唐俪辞在好云山大胜风流店,俘获风流店红白衣役使百余人,柳眼被沈郎魂劫走失踪等。

现在江湖中最为重要的事,是九心丸的解药,就算风流店完败,没有寻获解药也无法解决九心丸流毒无穷的难题。宛郁月旦微笑静听,并不发表什么意见,缓步行来,即使路上有什么木料、石块等障碍,他也能一一跨过。江湖中风起云涌,唐俪辞翻云覆雨,风流店一败涂地,于宛郁月旦而言都只是微微一笑,就如他跨过一块砖瓦,衣袂鞋袜俱不沾尘。

"宫主,有一位姑娘求见。"一位青衣弟子面上带着少许诧异之色,向宛郁月旦道,"我已向她说明宫主有事在身,不便见客,她说她是风流店的军师,要和宫主商谈江湖大事。"

宛郁月旦眼角的褶皱微微一舒:"原来是风流店红姑娘,请她到碧霄阁稍等,上茶。"

青衣弟子讶然道:"宫主您真要见她?可是她……她不知是真是假,万一是计……"

宛郁月旦温和地微笑:"那请碧大哥陪我走一趟。"

碧涟漪点了点头,两人一起缓步而去。

碧霄阁是碧落宫这偌大一片殿堂中最高的一处楼阁,已经建好月余,宛郁月旦在巡看工程之余,偶有会客都在碧霄阁中。此楼白墙碧瓦,高逾五丈,洁净淡雅,虽没有什么精细出奇的花纹,却自有一份高洁潇洒。

一位白衣女子临窗而立,肤白如雪,眉黛若愁,远远观来,自成风景。碧涟漪陪宛郁月旦缓步而来,抬头望见,心头忽而微微一震,说不上是什么滋味,心神若失。他在碧落宫中护卫两代宫主,共计三十三年,向来尽忠职守,别无他念,此时忽然兴起的一丝倾慕之心,无关是非善恶,只纯粹为了那一眼的惊艳。

红姑娘临窗远眺,目光却都在宛郁月旦身上,高阁之下微笑而来的人果然是如传闻中一样纤弱稚嫩的温柔少年,她秀眉微蹙,究竟要用什么样的说辞,才能让宛郁月旦助她一臂之力?宛郁月旦是什么人?枭雄。面对枭雄,她最好说实话。

不过多时,宛郁月旦拾级而上,身边一位碧衣人俊朗潇洒,看模样应当是传说中的"碧落第一人"碧涟漪。

红姑娘颈项微抬,对宛郁月旦颔首示意,却不行礼:"宛郁宫主,久仰大名,今日一见的确名不虚传。"

宛郁月旦好看的眼睫微微上扬,有人递上两杯清茶。宛郁月旦先在椅上坐下,然后微笑道:"红姑娘请坐。"碧涟漪在他身后站着,目不转睛地看着红姑娘。

红姑娘却是目不转睛地看着宛郁月旦:"宛郁宫主待我如上宾,可见碧落宫名扬九霄之上,并非是侥幸,当今天下能平心静气见我一面之人不多。"

"呵,红姑娘何等人物……"宛郁月旦道,"远上碧落宫要说的话,必定是值得一听的。"

红姑娘端起茶喝了一口:"不错,我远道而来,只为向宛郁宫主说明风流店的真相,并希望得宛郁宫主一臂之力。"

宛郁月旦微笑道:"哦?红姑娘希望得我宫一臂之力,可有合适的理由?"

红姑娘道:"九心丸的解药,算不算一个好理由?"

宛郁月旦默然。过了一阵,他柔声道:"九心丸的解药的确是一个很充分的理由,但红姑娘为何不求助于中原剑会,而要求助于我碧落宫?相信这样的理由,剑会邵先生要比我感兴趣得多。"

红姑娘盈盈一笑:"只因我相信九心丸的解药,对于碧落宫的帮助要比对中原剑会大得多,好云山上是中原剑会力败风流店,宛郁宫主如当真有心回归中原称王天下,九心丸的解药是一枚兵不血刃的好棋。"

宛郁月旦眼角好看的褶皱微微一舒:"这个……"

红姑娘轻轻叹了口气,她秀雅清绝的眉目顿时涌起了一种抑郁之色:"实不相瞒,风流店遭逢大乱,主人受人排挤陷害,已失去行踪。

如今主持店内大事的已不是主人,而究竟是什么人,我也不大清楚。"她抬起头来,凝视着宛郁月旦,"九心丸是主人亲手所制,所以要得解药,必定要主人亲手炼制。我希望得碧落宫一臂之力,寻回主人,而碧落宫可以得九心丸的解药,扫荡风流店称王天下,只要在得到解药后碧落宫能放任主人离去,我愿自此尽心尽力辅佐碧落宫,纵使粉身碎骨,也在所不惜。"她朗朗而谈,一字一句皆是出自肺腑,"我之所言,句句出于至诚,若有欺骗之处,上苍罚我今生今世不能再见主人之面,永远不知道他的安危下落,日日夜夜不能安睡,直至老死。"

她竟然发下如此毒誓,并且如此淡雅自持的年轻女子,在外人面前丝毫不掩饰自己对主人的倾慕爱恋之情,为他万里奔波,为他背身投敌,为他甘冒奇险,痴情厚意绝非常人所能想象。而对这般女子而言,实在没有比"今生今世不能再见主人之面,永远不知道他的安危下落,日日夜夜不能安睡,直至老死"更为恶毒的誓言了。

宛郁月旦柔声道:"贵主人可是黑衣琵琶客柳眼?"

红姑娘颔首:"宫主若当真识得他,就知道他其实不是坏人,所作所为一半是偏激使然,一半是受人利用。"

宛郁月旦道:"原来如此。"

世上有人为柳眼所作所为辩护,只怕一百人中有九十九人觉得荒谬可笑,宛郁月旦却是诚心诚意地说了一句"原来如此"。

红姑娘微微一怔,只觉和此人说话,一不会担心被反驳讽刺,二不会厌恶他身居高位,三不会畏惧他变脸动手,这位名动江湖素有铁血之称的碧落宫宫主,谈吐之间令人如沐春风,心情平静。

她长长地吐出一口气,又淡淡地喝了口茶:"风流店究竟是如何兴起，我也并不明了，三年前我做客芽船茶会，结识了风流店下一位白衣女郎，一丝好奇之心让我涉入其中，自此不能自拔。当年我在风流店飘零眉苑故居，见到了前所未见的奇妙机关、匪夷所思的毒药怪虫，还有几位谈吐武功都不俗的蒙面人。我虽非江湖中人，却也略了解江湖中事，知道是遇上了奇人，但并不知道他们面貌如何、是何姓名。其中有一人黑帽盖头黑纱蒙面，那一日是我好奇，在他专心作画的时候突然揭去了他的面纱……"她的声音微微一顿，过了一阵子才低声道，"而后我呆了很久，低下头的时候才看见他画了一个骷髅。"

"他就是柳眼？"宛郁月旦很有耐心地柔声问，虽然答案呼之欲出。

红姑娘点了点头："他就是柳眼，他……是一个美男子。"

宛郁月旦微笑道："传闻柳眼惊艳之相，能让千百女子为他倾倒，那必定是世上少有的容貌了。"

红姑娘低声道："但……他眼里别有一种缺憾，似是人生之中缺少了最重要的东西，让他一生都不会快乐，我想我那时……很想成为能让他展颜欢笑的那个'东西'。"她轻轻叹了口气，"当时他是风流店的客人，而那时风流店真正的主人究竟是谁，我至今也不知道。未过多时，柳眼就开始为风流店配制毒药，风流店中的白衣、红衣女郎越来越多，初成规模的同时，那些蒙面人却一个一个渐渐失去踪迹，柳眼成了风流店的主人。而东公主抚翠、西公主西方桃，甚至白素车、红蝉娘子等人物一一加入风流店，我一直怀疑这些新入门的贵人中有几人便是当年的蒙面人，但至今未能查清究竟是谁。不管是谁，交替身份的用意只让柳眼成为众矢之的，成为代罪之羊，真正的罪人潜伏在帮众之中，只让人嗅到气息，却看不见脸，最为可怕的事莫过于此。"

"红姑娘的意思是好云山之战正好印证此点——有人将柳眼作为弃子抛出局外,风流店轻易大败乃是另有所图,是吗?"宛郁月旦一双清澈好看的眼睛似乎真的凝视着红姑娘,那认真而稍微有些稚嫩的神态让人说起话来分外自信和顺畅。

红姑娘幽幽叹了口气:"不错,败了的只是柳眼,不是风流店,江湖赢了假象,却只怕会输给真相。"

宛郁月旦眉头略扬:"姑娘以为何谓真相?"

"真相……就是谁也不知道这件事的主谋会做到哪一步……"红姑娘幽幽地道,"或许……风流店和柳眼都只不过是他的一枚棋子,一枚随便就可以抛弃、只当作垫脚的棋。他究竟是谁?真正图谋的是什么?日后又将会怎样?要多少人为他而死才足够?宛郁宫主,我不想与这样的人为敌,但此时不为敌,日后真相大白之时,只怕已无还手的余地。"她眼波凄然望着宛郁月旦,"九心丸的解药、风流店的真相、江湖未来的隐患加小红一条命,换主人一身平安,宛郁宫主你……换是不换?"

宛郁月旦眼睫悄悄地上抬,过了一阵,他道:"这个……就算我答应了你,也是骗你的。"

红姑娘浑身一震,宛郁月旦也轻轻地叹了口气:"有些人一生能不能平安,非但不是你我说了算数,只怕也不是世人说了算数,也不是他自己说了算数的……"他很温柔地再叹了一口气,"谋士只能谋一时之势……"

"宛郁宫主……"红姑娘站了起来,"扑通"一声在他面前跪了下去,"那不谈局势,小红求你救他一命!就算是宫主你大慈大悲,发宏愿救一世人。"

她这一跪，碧涟漪吃了一惊。

宛郁月旦伸手将她扶起："我能帮你寻人，但不能帮你救他。"

红姑娘泪水夺眶而出，已是喜极而泣："多谢宫主！"

碧涟漪看在眼中，摇了摇头，如此一个痴情女子，却是误入歧途，当真可惜了。

会谈之后，宛郁月旦交代宫中弟子为红姑娘安排一处客房，若有柳眼的消息他会前来通知，至于风流店错综复杂的内幕，他要她写成书信，列明疑点和可能，寄往好云山。红姑娘一一答允，碧涟漪将她送到客房，看了她一眼，飘然离去。

红姑娘入住客房，不禁长长吐出一口气。宛郁月旦真是难以撼动，饶是她真情流露哭成如此模样，也不能博得他丝毫同情，思路依然冷静清晰。如此人物，必定要为尊主除去。她站在窗前静静地思索，不管风流店中究竟是谁在捣鬼，只要柳眼活一天，她就要为他夺回风流店控制之权，然后为他夺取天下。

天下……是一个充满诱惑的词，谁能相信婢女小红会有染指天下之心？她却是在很小的时候就已有了，只是当年有心染指天下是为自己，而现在是为自己深爱的男人。她从小就很聪明，谁都赞她聪明，聪明的意思就是她会比普通人更轻易做成自己想做的事。

从武夷山脉向北走，经过大半个月的路程就迈入苏州姑苏山。苏州为春秋吴国都城，越王灭吴之后归属越国，楚国又灭越，又归属楚国，秦始皇一统天下后，此地为会稽郡，设吴县。五代陈祯明元年，设为吴州，领吴县、嘉兴、娄县三县。隋开皇九年，因此地太湖之畔有姑苏台，故改吴州为苏州,苏州之名由此而来。

　　苏州城内人流涌动,这日是六月十九,观音大士生辰,前往西园寺、寒山寺、北塔报恩寺等著名寺庙上香的人络绎不绝,沿途摆摊卖香的小贩也是生意兴隆。一辆马车也在人群之中沿着山道缓缓往东山灵源寺前行,别人前来为观音进香看热闹无不欢天喜地,这辆马车却默默前行,赶车的目光呆滞脸色蜡白,车身挂着黑色帘幕,让人丝毫看不出其中究竟坐的什么人。

　　有人留意这辆马车很久了,这人姓林名逋,钱塘人,乃是江淮一带著名的名士,这日也正是雇了一辆马车要前往东山灵源寺,不过他不是前去上香,而是前去品茶。前面那辆黑色马车与他同路,自杭州前往苏州,一路同行时常相遇,车中人始终不曾露面,更不曾与他打过半句招呼。但让他好奇的不只是这马车阴森怪异,而是沿途上这辆马车所经之处,不少富贵人家遗失财物,而沿途之上的著名医术高手都曾受邀到马车中一会,不知这马车里坐的究竟是什么人?究竟是窃贼,还是病患?

　　一匹身带花点的白马慢慢走在林逋马车之旁,他回头一看,是一位容貌秀美的紫衣少女默默骑马而行,她的鞍上悬着一柄长剑,在人群中分外突兀,许多人侧目观看,心里暗暗称奇。这位少女却是双目无神,脸色苍白,放任马匹往前行走,要去往何处她似乎并不在意。林逋望了望前边的黑色马车,再看了看身边的紫衣少女,越看越奇,难道今日灵源寺内有什么大事要发生?

　　未过多时,已到灵源寺门前。林逋下车付了银钱,缓步往后山行去,洞庭东山灵源寺后,有野茶林,树林中桃、杏、李、梅、柿、桔、银杏、石榴、辛夷、玉兰、翠竹等与茶树相杂而生，故而茶味清香馥郁，与别处不同。他远道而来，一半是灵源寺中青岩住持请他前来品茶，一半是为了一观这世上罕有的奇景。

但他缓步行入后山，那梅花点儿的白马也"咯噔咯噔"踏着碎步跟了上来，而那辆黑色马车在窄小山径中行走困难，不知如何竟也入山而来。僻静的后山道上，林逋一人独行，心里暗暗诧异。

未过多时，马车领先而行，超过两人扬长而去，那紫衣少女的马儿却慢了下来，默默行了一阵，只听马上少女幽幽叹了口气："先生……先生独自前往这荒凉之所，敢问所为何事？"

林逋微微一怔，他未曾想到这位失魂落魄的紫衣少女会先开口，回道："此地是在下旧游之地，纯为游山玩水而来，不知姑娘又是为何来此？"

紫衣少女翻身下马，牵马而行，幽幽地道："我……我嘛……做了平生从未想过的坏事，无处可去，听说洞庭东山灵源寺内有一口灵泉，能治人眼疾、心病，所以……前来看看。"她低声叹了口气，"先生既然是旧游客，能否为我引路？"

林逋欣然道："当然，泉水就在山中，但此时天色已晚，此去路途甚远，荒凉偏僻……"

紫衣少女道："我不怕妖魔鬼怪。"

林逋看了她鞍上的剑鞘一眼，心道：年纪轻轻的女子身佩一柄长剑能防得了什么盗贼？他虽然刚到弱冠之年，足迹却已踏遍大江南北，最近朝廷又待兴兵北上，世道有些乱，盗贼盛行，虽然东山仍属游人众多之地，却也难保安全。但这位姑娘似有伤心之事，他有些不忍婉拒。

"那山中的灵泉，可真的灵吗？"紫衣少女问。

林逋微笑道："山中观日月，冷暖自知之。你说灵便灵，你说不灵便不灵。你之不灵，未必是人人不灵；人人皆灵，未必是你之灵。"

紫衣少女黯淡的双眸微微一亮："先生谈吐不俗，敢问姓名？"

林逋道："不敢，在下姓林，名逋，字君复。"

他只当这位紫衣少女不解世事，多半不知他在江淮的名声，却不料她道："原来是黄贤先生，无怪如此。"

林逋颇为意外："姑娘是哪位先生的高徒？"他是大里黄贤村人，自幼离家漫游，友人戏称"黄贤先生"。

"我……"紫衣少女欲言又止，"我姓钟，双名春髻。"她却不说她师父究竟是谁。

林逋微笑道："姓钟，姑娘不是汉族？"

钟春髻幽幽地道："我不知道，师父从来不说我身世。"

林逋道："在闽南大山之中，有畲族人多以钟、蓝为姓。"

钟春髻呆呆地出了会儿神，摇了摇头："我什么也不知道，这世上的事我懂得很少。"

能知晓"黄贤先生"，她的来历必定不凡，却为何如此失魂落魄？林逋越发奇怪，忽地想起一事："钟姑娘和方才前面那辆黑色马车可是同路？"

钟春髻微微一怔："黑色马车？"她恍恍惚惚，虽然刚才黑色马车从她身边经过，她却视而不见，此时竟然想不起来。

林逋道："那辆马车行踪奇特，我怕里面坐的便是盗贼。"言下他将那马车的古怪行径细诉了一遍。

钟春髻听在耳中,心中一片茫然。若是从前,她早已拔剑而起,寻那马车去了,但自从在飘零眉苑刺了唐俪辞一针,逃出山谷之后,她便始终不知道自己在做什么,数日前没了盘缠,竟在路边随意劫了一户人家的金银,又过了两三天她才想到不知那户人家存下这点银子可有急用?但她非但劫了,还已顺手花去,要还也无从谈起。此时听林逋说到"盗贼",她满心怔忡,不知自己之所作所为,究竟算不算他口中的"盗贼"?她现在究竟是个好人,还是坏人?

林逋见她神色古怪,只道她听见盗贼心中害怕,便有些后悔提及那黑色马车。正各自发呆之际,突然山林深处传来一声尖叫,是女子的声音。林逋吃了一惊,钟春髻闻声一跃上马,微微一顿,将林逋提了起来放在身后,一提马缰两人同骑往尖叫声发出之处而去。林逋未来得及反应人已在马上,大出意料之外,这位娇美柔弱的少女竟有如此大的力气。

梅花儿俊蹄狂奔,不过片刻已到刚才发出尖叫之处,但人到之后,钟春髻全身大震,却是呆在当场,一动不动。

林逋自马上翻身下来,只见眼前一票红衣人将一位黑衣蒙面女子团团围住,一辆黑色马车翻倒破碎在地,车夫已然身首异处,而高高的树梢上有一人一手攀住树枝,悬在空中飘飘荡荡,地上红衣人各持刀剑,正待一拥而上将这两人乱刀砍死。

林逋眼见如此情形,脸色苍白,有人尸横就地,如此惨烈的情景是他平生仅见,要如何是好?是转身就逃,还是冲上前去,徒劳无益地陪死?

那一手悬在树上的人露出半截手臂,盖面的黑帽在风中飘拂,那露出的半截手臂雪白细腻,带着一种说不出的妖魅蛊惑之意,这人不就是……不就是那日树林之中给她一瓶毒药，要她针刺唐俪辞的那个人吗？那日针刺唐俪辞之后，她反复细想，自然明白这人教她针刺唐俪辞绝非出于好意，而是借她之手除去劲敌。钟春髻面如死灰，手按剑柄，这人受人追杀，她要如何是好？

那个被包围的黑衣女子手中持着一柄长刀，长刀飞舞，她一刀刀砍向身周红衣人，奈何武功太差，丝毫不是对方敌手，落败受伤只是转眼间的事。钟春髻呆呆地看着这场面，显然树上那人身受重伤，否则岂会让如此一群三脚猫的角色欺负到如此地步？只要她不救，只要她不出手相救，这两人不消片刻就尸横在地，而她……而她针刺唐俪辞的事，她那自私丑陋的心事就再也没人知道。

"当"的一声，那黑衣蒙面女子长刀落地，红衣人一脚将她踢翻在地，就待当场刺死。而有人已爬上树去，一刀刀砍向树上那人攀住的那根树枝。

眼见此景，钟春髻一咬牙，手腕一翻，剑光直奔身侧与她一同前来的林逋。林逋浑然没有想到会有如此一剑，"噗"的一声长剑贯胸而入，震惊诧异地回过头来，只见与他同来的紫衣少女收剑而起，头也不回地驾马而去，梅花儿快蹄如飞，刹那已不见了踪影！

为什么？林逋张大嘴巴，仰面倒下，她为什么……天旋地转之前，他突然明白——因为她想见死不救，而在场唯一知道她见死不救的人只有自己，所以她杀人灭口。

好狠的女子……

正当林逋昏死过去之时，树林中也有人叹了口气："好狠的女人。"

随着这一声叹息，那群红衣人纷纷倒退，林中树叶纷飞，片片伤人见血,"啊"的几声惨叫,那些被树叶划开几道浮伤的红衣人突然倒地而毙,竟是刹那间中了剧毒,其余红衣人眼见形势古怪,不约而同大喊一声,掉头狂奔而去。

"春园小聚浮生意,今年又少去年人。唉……想要随心所欲地过日子,真是难、难、难,很难,难到连走到大和尚寺庙背后,也会看到有人杀人放火……阿弥陀佛。"树林之中走出一位手挥羽扇的少年人,脸型圆润,双颊绯红,穿着一身黄袍,手中那柄羽扇却是火红的羽毛。黄衣红扇,加之晕红的脸色,似笑非笑轻浮的神色,来人满身都是喜气,却也满身都光彩夺目,无论是谁站在他身旁都没有他光芒耀眼。

"你是谁?"从地上爬起的那名黑衣蒙面女子低沉地问,听那声音却似很老。

黄衣人挥扇还礼:"在下姓方,草字平斋,绰号'无忧无虑',平生少做好事,救人还是第一桩。"

那黑衣女子跃起身来将悬在空中的黑衣人抱下地来:"你救了我们,真是多谢你啦!"

方平斋道:"不必客气,马有失蹄,人有错手,方平斋偶尔也会救人。"

那黑衣女子道:"那你想要我们怎么报答你?"

黄衣红扇方平斋哈哈一笑:"如果你们俩肯把蒙面纱取下来给我看上一眼,就算是报答我了。"

那黑衣女子却道:"我不要。"

这黑帽蒙面的男子自然是柳眼,而这武功极差的蒙面女子便是玉团儿了。她本不愿离开森林,但柳眼说能治她怪病的药物必须使用茶叶、葡萄籽、月见草、紫苏籽等东西所炼，为了炼药，两人不得不从大山里出来。

而出来之后，那一路上盗窃之事自然是这两人所为。玉团儿心思单纯一派天真，柳眼言出令下她便出门偷盗，虽然心里觉得不对，但也没太多愧疚之意，毕竟她偷得不多，又都偷的是大户人家。而邀请名医前来就诊更是理所当然，玉团儿稀世罕见的奇症令不少大夫啧啧称奇，流连忘返，但无论是哪家名医都治不好这早衰之症。

就这么一路北上，渐渐到了苏州，倒也平安无事，今日突然被一群红衣人围攻，听前因后果却是不久前被玉团儿偷盗过的一户人家雇来出气的杀手。这等人若在当年柳眼吹一口气吓也吓死他们了，但虎落平阳，今天如果没有方平斋突如其来插入一脚，两人非死不可。

"你不要？"方平斋红扇一扬，"那就是说——你在诱惑我非看不可了。"地上林逋生死不明，他却只一心一意要看两人的真面目，果然是视人命如草芥。

黑衣女子犹豫了一下："你要是把地上那人也救了，我就给你看。"

方平斋"嗯"了一声："那人又不是我杀的。"

黑衣女子道："你再不救他，他就会死了。"

方平斋不以为意，却听柳眼冷冷地道："谅他也救不活。"

他顿时"哎呀"一声，笑道："方平斋无所不通、无所不会，救这么区区一个书生有什么困难？困难的是你这个激将法并不能激到我。"他那红艳艳的羽扇又挥了两三下，"这样吧，我不看你的脸，我要看他的脸，只要他自己把面纱撩起来，让我看个清楚，我就把地上这人带走。"

黑衣玉团儿推了柳眼一下，柳眼撩起面纱，冷冷地看着这位"无忧无虑"方平斋。

方平斋果然"哎呀"一声,却是面露笑意:"好汉子,我敬你三分,地上这个人我带走了。"他将地上的林遘提起,黄影一晃,已不见了踪影。

"他为什么非要看我们的脸?"玉团儿很困惑,"我们便是因为长得不好看才蒙面,他明明知道,为什么还要看?"

柳眼淡淡地道:"因为这人喜欢出风头,越是正常人不做的事他偏偏要做,大家都以为他应该这样,他就偏偏要那样。刚才他出手救人不是因为他善良,是他看见钟春髻见死不救,他就偏偏要救,你明白吗?"

玉团儿点了点头:"他以为你不相信他会守信救人,所以他偏偏要守信,偏偏要救人。"

柳眼冷冷地道:"我的确不相信他会守信,他救不救人我也不关心,要死的又不是我。"

玉团儿却道:"但如果你没有那样说的话,他肯定是不肯救人的啦!"

柳眼眼睛一闭,淡淡地道:"你爱怎么想就怎么想,现在快离开这里,这不是什么好地方。"

玉团儿将他背在背上,快步往山林深处奔去:"刚才那位紫色裙子的姐姐为什么要杀人呢?明明她和那书生是同路的。"

柳眼仍是淡淡地道:"她?她是个极端自私又爱做梦的女人,不过她会杀人灭口,真是让我出乎意料,了不起啊了不起,雪线子教的好徒弟。"

玉团儿仍问:"她为什么要杀人灭口?"

柳眼今日出乎意料地有耐心,仍是淡淡地答:"因为她是白道江湖女侠，今日见死不救的事一旦传扬出去，她就无法在江湖中立足了。"

玉团儿又问："她为什么不救你？"

柳眼道："她做了一件伤天害理的事，世上没几人知道，其他人不会说，她怕我说出去。"

玉团儿道："这也是杀人灭口啊……她究竟做过几件坏事？"

柳眼冷冷地笑："人只消做过一件坏事，自己又不想承认，就要做上千万件坏事来遮掩……"

说话之间，两人已奔入洞庭东山深处，只见满目茶树交杂各色果树而生，越行入深处越闻芳香扑鼻，沁人心脾，吸入肺中就似人全身都轻了。

玉团儿在一处山泉前停下："你身上的伤还痛吗？"

柳眼不答，玉团儿将他轻轻放下，揭开他的盖头黑帽，以泉水轻擦他脸上的伤疤。经她这么多天耐心照顾，柳眼脸上的伤口已经渐渐痊愈，狰狞可怖的疤痕和疤痕边缘雪白细腻的皮肤形成鲜明的对比，望之越发触目惊心。

看着他冷漠的神色，玉团儿心情突然不好了："你为什么不理我？"柳眼冷冷地看她，仍然不答，她顿了一顿，"你……你从前长得好看的时候，肯定有很多人喜欢你、关心你，是不是？"

过了一阵，依然没有回答，玉团儿怒道："你为什么不理我？我长得不好看，我关心你、照顾你，你就不稀罕吗？"

"如果是我求你的，你关心照顾我，我当然稀罕。"柳眼冷冷地道，"是你自己要关心照顾我，又要生气我不稀罕，我为何要稀罕？莫名其妙。"

玉团儿怔了一怔，自己呆了半晌，长长叹了口气："你自己的命，你也不稀罕吗？"

柳眼道："不稀罕。"

玉团儿默默坐在一边，托腮看着他："我真是不明白，你是一个坏得不得了的大恶人，却没有什么大的志向，连自己的命都不稀罕，那你稀罕什么？为什么要带我从山里出来呢？"

"我一生只有一件事，只恨一个人，除此之外，毫无意义。"柳眼索然道，"带你从山里出来，是为了炼药。"

玉团儿低声问："你为什么要为我炼药？"不知为何，她心里突然泛起了一股寒意，对柳眼即将开口之言怀有一种莫名的恐惧。

柳眼淡淡地道："因为这种药是一种新药，虽然可以救你的命，我却不知道吃下去以后会对身体产生什么其他影响。"

玉团儿怒道："你就是拿我试药！你、你、你……我娘当我是宝贝，最珍惜我，你却拿我来试药！"

柳眼冷冷地看着她："反正你都快要死了，如果没有我救你，你也活不过明年此时。"

玉团儿顿时语塞气馁，呆呆地看着柳眼，实在不知该拿这人怎么办，这人真是坏到骨子里去了，但她总是……总是……觉得……不能离他而去，也不能杀了他。

"哎呀呀，我又打搅美人美事了，来得真不是时候，但我又来了。"茶林里一声笑，黄衣飘拂，红扇轻摇，刚才离去的那名少年人牵着一匹白马，马上背着昏迷不醒的林遄，赫然又出现在柳眼和玉团儿身后，"我对你们两个实在很有兴趣，罢了罢了，舍不得离开，只好大胆上前攀交情，看在刚才我救了你们两条命的分上，可以把你身边的石头让给我坐一下吗？"

"方平斋。"玉团儿睁大眼睛，"你为什么要跟着我们？"

方平斋笑道："因为我很无聊，你们两人很有趣，并且——我虽然救了这个人的命，但是我不想照顾他。"

玉团儿一眼望去，只见林遘胸口的伤已被包扎，白色绷带上涂满一些鲜黄色的粉末，不知方平斋用了什么药物，但林遘脸色转红，呼吸均匀，伤势已经稳定。

柳眼淡淡看了一眼方平斋，方平斋嘴露微笑，红扇摇晃："你叫什么名字？"

柳眼淡淡地道："我为何要告诉你？"

方平斋端坐在另外一块大石上："哎呀！名字是称呼，你不告诉我，难道你要我叫你阿猫或者阿狗，小红或者小蓝吗？"

柳眼道："那是你的事。"

"嗯……你的声音非常好听，是我听过的最好听的男人的声音，你旁边那位是我听过最难听的女人的声音，我的耳朵很灵。"方平斋用红扇敲了敲自己的耳朵，"既然你不肯告诉我你的名字，你又穿的是黑色衣服，我就叫你小黑，而你旁边这位，我就叫她小白。"

玉团儿仍在关心马背上的林遘，闻言道："我叫玉团儿。"

方平斋充耳不闻，谈笑风生："小白，把马背上那位先生放下来，他身受重伤再在马背上颠簸，很快又要死了。"

玉团儿轻轻把林遘抱下，让他平躺在地上："我叫玉团儿。"

"黑兄，我能不能冒昧问下，你是做了什么伤天害理惨绝人寰的事，又是什么人如此有创意和耐心，把你弄成这种模样？哎呀呀，我的心实在好奇，很好奇，好奇得完全睡不着呀。"方平斋摇头道，"我实在万分佩服把你弄成这样的那个人。"

柳眼不理不睬，玉团儿却道："天都没黑，你怎么会好奇得睡不着？"

方平斋道："呃——有人规定一定要天黑才能睡觉吗？"

玉团儿怔了一怔："那说得也是。"

方平斋转向柳眼："我刚才听见你说，你一生只有一件事，只恨一个人，如果你告诉我好听的故事，让我无聊的人生多一点点趣味，我就替你去杀让你怨恨的那个人，这项交易很划算哦，如何？"

柳眼淡淡地道："哦？你能千里杀人吗？"

方平斋红扇一挥，"哈哈"一笑："不能，但也差不多了，这世上方平斋做不到的事，只怕还没有。"

柳眼道："把我弄成这样的人，叫沈郎魂。"

方平斋怔了一怔："这样就完了？"

柳眼淡淡地道："完了。"

方平斋道："他为什么要把你伤成这样？你原来是怎样一个人？讲故事要有头有尾，断章取义最没人品、没道德了。"

柳眼闭上眼睛："等你杀完了人，我再讲给你听。"

方平斋摇了摇头，红扇背后轻扇："顽固、冷漠、偏执、怨恨、自私、不相信人——你真是十全十美。"

听到这里，玉团儿本来对这黄衣人很是讨厌，却突然"扑哧"一声笑了出来。

方平斋"哈"的一声笑："我的话一向很精辟，不用太感动。黑兄不肯和我说话，小白，告诉我你们两个到洞庭东山灵源寺来做什么，说不定我心情太好，就会帮你。"

"我们到东山来采茶炼药。"玉团儿照实说，"我得了一种怪病，他说能从茶叶里提炼出一种药物治我的病。"

方平斋"哦"了一声，兴趣大增："用茶叶炼药还是第一次听说，有趣有趣，你们两个果然很有趣，那我们现在即刻搭一间茅草屋，以免晚上风凉水冷。"他说干就干，一句话说完，人已蹿进树林，只听林中枝叶之声，他已开始动手折断树枝，用来搭茅屋。

玉团儿和柳眼面面相觑，柳眼眼神漠然，无论方平斋有多古怪他都似乎不以为意，玉团儿却是奇怪之极——世上怎会有这种人，别人要炼药，他却搭茅草屋搭得比谁都高兴？

黄昏很快过去，在夜晚降临之前，方平斋已经手脚麻利地搭了一间简易的茅屋，动作熟练之极，就如他已搭过千百间一模一样的茅屋一般。玉团儿一边帮忙一边问，方平斋却说他之前从来没有搭过茅屋。

不管他有没有搭过，总之，星月满天的时候，柳眼、玉团儿、林逋和方平斋已躺在那茅草屋里睡觉了。鼻间嗅着茶林淡雅的香气，耳听潺潺的水声，四人闭目睡去，虽是荒郊野外，却居然感觉静谧平和，都睡得非常安稳。

第二天清晨，林逋缓缓睁开眼睛，一时间只觉头昏眼花，浑然不知身在何处，呆了好半晌才想起昨日突如其来的一剑，虽说和钟春髻相交不深，但这一剑委实令他有些伤心。他以真心待人，却得到如此回报，那位貌美如花的紫衣少女竟然出手如此狠辣，世人说知人知面不知心，真真是人心难测。

再过片刻,他骤然看到一把红艳艳的羽扇在自己面前飘来荡去,一张圆润红晕的少年人的脸正在自己眼前,只听他道:"恭喜早起,你还没死,不必怀疑。"林逋张开了嘴只是喘气,半句话说不出来,黄衣红扇人一拂衣袖,"哎——你不必说话,我也不爱听你说话,你安静我清静,你我各得所需,岂不是很好?"

林逋满腹疑惑地躺着看那少年,这人究竟是谁?昨天到底发生了什么事?他年纪虽轻,见识却广,心知遇上奇人,处境危险,便不再说话。目光转动,只见身处之地是一个茅屋,身下也非被褥,而是树叶石块铺成的草窝,身旁一位黑衣人盘膝而坐,面罩黑帽,看不见面目,另一位黑衣女子却在搅拌浆土,似乎要烧制什么巨大的器皿。而那位黄衣红扇人高坐一旁,看得饶有兴味:"哈哈,烧一口一人高的陶罐,采百斤茶叶,只为炼一颗药丸,真是浪费人力金钱的壮举,不看可惜了。"

看着玉团儿卖力地搅拌泥浆,林逋心里诧异,要烧制巨大的陶罐,必须有砖窑,没有砖窑这陶罐不知要怎么烧制?那黑帽蒙面人手中握着一截竹管,注意力都在竹管上,右手拿着一柄银色小刀,正在竹管上轻刻,似乎要挖出几个洞来。林逋心念一动:他在做笛子?

"抱元守一,全心专注,感觉动作熟练之后手腕、肩部、腰力的变化,等泥水快干、黏土能塑造成形之时,再叫我。"柳眼不看玉团儿搅拌泥浆,却冷冷地道。

方平斋笑道:"哈哈,如果你只是要可塑之泥,刚才放水的时候放少一些不就完了?难道人家不是天仙绝色,你就丝毫不怜香惜玉吗?可叹可叹,男人真是可怜的生物。"林逋心道可怜的明明是这位姑娘,却听方平斋接着又大笑道,"哈哈,这位躺着的一定很奇怪为什么男人真是可怜的生物,因为世上男人太多,而天仙绝色太少,哎呀,僧多粥少很可怜哦。"

玉团儿却道:"我知道他在教我练功夫,搅拌泥浆并不难,不要紧的。"她在树林中挖掘了一个大坑,拔去上面的杂草,直挖到露出地下的黏土,然后灌入清水,以一截手臂粗细的树枝搅拌泥浆。柳眼要她将清泉水灌满大坑,却又要她搅拌得泥水能塑造成形,分明是刁难,她也不生气。

这位蒙面女子心底纯善,看起来不是坏人,如果她不是恶人,为什么要和两个看起来就不像好人的人同路?林遒神志昏昏,正在思索,突听一声清脆,几声笛音掠空而起,顿时他心神一震,一颗心狂跳不已,竟不受自己控制,"哇"的一声吐出一口鲜血,即刻昏死过去。

方平斋"哎呀"一声跳了起来,脸色微变:"你……哈哈,好妙的笛音!好奇妙的人!好奇异奥妙的音杀!黑兄你——留得好一手绝技,让小弟我大大地吃惊了。"

柳眼手中竹笛略略离唇,淡淡看了方平斋一眼:"好说。"

方平斋手按心口:"这一声震动我的心口,黑兄既然你已断脚毁容,留这一手绝技称霸武林也没有什么意思,不如传给了我,我替你称霸天下,杀人盈野,消弭你心头之恨如何?"

他含笑而言,玉团儿蓦然转头,抗议之言尚未出口,却听柳眼冷冷地道:"哈!如果我心情好,说不定就会传你。"

方平斋笑容满面,红扇挥舞:"哎呀呀,言下之意,就是从此时此刻开始,我就要费尽心思讨好你、拥戴你、尊重你、保护你、爱慕你,将你当成天上的月亮、水里的仙子、手心的珍珠、热锅里的鸭子，只怕一不小心你会长了翅膀飞了？"

柳眼眼睛微闭："随便你。"

方平斋摇头叹道："好冷漠的人，真不知道要拿什么东西来撼动你那颗冷漠、残忍、目空一切却又莫名其妙的石头心了，真是难题难题！"他一边说难题，一边站了起来，走到林遁身边探了一眼，"好端端一名江淮名士，风流潇洒的黄贤先生，就要死在你冷漠残忍、目空一切却又莫名其妙的笛声下，你难道没有一点惋惜之心？说你这人铁石心肠，真是冷漠残忍、目空一切……"他还待说下去，柳眼举笛在唇，略略一吹，一声轻啸让方平斋即刻住嘴。

玉团儿不耐烦地道："你这人真是啰唆死了，快把这位先生救活过来，他都快要死了，你还在旁边探头探脑，你自己才是铁石心肠。"

方平斋"唉"的一声，手按心口，摇头晃脑："爱上一样东西，就是要为它付出所有，方平斋啊方平斋，对老大你最温柔与有耐心，所以——还是乖乖听话吧。"说着一扬指，点中林遁几处穴道，一掌抵住他后心为他推血过宫，再喂了他一粒药丸。

"我饿啦。"玉团儿搅拌泥浆，过了片刻突然道，"方平斋你去打猎。"

方平斋救了林遁第二次之后，老老实实地倚靠在茅屋里闭目养神，不再多话，此刻"啊"了一声，笑如春风："自然，老大要吃饭，我这个打下手的即刻去办，放心，我这个人除了不通音律，煎炒煮炸样样皆通，是世上罕见的妙铲奇才。"

玉团儿道："煎炒煮炸？可是晚上我们要烧烤啊，用不上锅铲。"

方平斋咳嗽一声:"哎——烧烤是超乎煎炒煮炸的上层厨艺,对煎炒煮炸我是'皆通',对烧烤我是'精通',晚上你们就会吃到绝世罕见的美味,美味到知道自己从前吃过的都是垃圾,是次品,甚至是废品。"

玉团儿道:"你很啰唆啦!快去吧。"

方平斋叹了口气,红扇一拍额头,起身离开,自言自语:"我的风流妙趣还是第一次如此不受欢迎,真是令人欣慰的新经验,平心静气,我要欣慰、欣慰。"

未过多时,方平斋提着两只野鸡悠悠返回,却听柳眼横笛而吹,吹的不知是什么曲子,夜风吹来,他遮脸的黑帽猎猎而飘,看不见神色,只听满腔凄厉,如鬼如魅、如泣如诉,一声声追忆、一声声悲凉、一声声空断肠。

玉团儿仍在搅拌泥浆,侧耳听着,似是叹了口气。林遄心中却生出淡泊之意,只觉人生一世而已,活得如此辛苦又何必?怀有如此强烈的感情,执着于放不开的东西,痛苦悲伤的难道不是自己?百年之后谁又记得这些?人都会死,天地仍是这片天地,短短人生的恩怨情愁那是何等狭隘渺小,何苦执着?"一池春水绿于苔,水上花枝竹间开。芳草得时依旧长,文禽无事等闲来。"他轻轻吟了两句诗,闭目养神,不再说话。

"哦……哈哈。"方平斋提着野鸡进门,"我听到——"

玉团儿不耐烦地挥挥手,打断他的话:"我不要听,你说起来没完没了,去杀鸡,我来生火。"

方平斋以手掩口:"啊……"虽然不是第一次有人说他啰唆,却是第一次有人,并且是一个女人,还是一个很丑的女人开口打断他的话,真是没面子、没人品、没天理、没天良、无可奈何啊!

好云山，善锋堂内。

"唐公子，碧落宫传来一封书信。"邵延屏手持一封书信，轻敲唐俪辞的房门。

前几日阿谁母子已经启程前往洛阳，邵延屏派了几名剑会女弟子护送，目前平安无事。而阿谁去后，唐俪辞经过七八日静养，伤势已经无碍，万窍斋听闻主人重伤，各种疗伤圣药、千奇百怪价值连城的防身辟邪之物源源不断送上善锋堂，虽然万窍斋非江湖派门，气势却是压得邵延屏有些抬不起头来。但比之万窍斋的殷勤关切，国丈府却是悄无声息，仿佛唐俪辞不是国丈府的义子一般。

"书信？"唐俪辞倚在床上，白色绸裳珍珠为饰，天气仍有些热，但季节已渐入秋，他的衣领袖角缀有轻柔细密的白色貂绒，衬以明珠，更是精致秀雅。床榻被褥甚至桌椅餐盘也都统统换了新的，此时他倚在一张梨花木贴皮瑞兽花卉床上，拥着一床雪白无暇轻薄温暖的蚕丝织被，桌子是小八角嵌贝绘花鸟太师茶几，桌上搁着紫檀三镶玉如意，放的酒壶是犀角貔貅纹梨形壶。虽然唐俪辞的神色谈吐与房里没有这些东西时并无不同，但每次邵延屏踏入这个房间心头总有无形的压力，皇帝的龙床锦榻锦衣玉食只怕也不过如此而已吧。

"碧落宫传来的书信，内容如何我还没看。"邵延屏将一封刚刚由快马送来的书信递给唐俪辞，"此信想必不是宛郁月旦所写，哈哈。"

唐俪辞放下手里卷着的那本《三字经》，拆开书信慢慢地看，信上字迹娟秀整洁，但他看得极慢。邵延屏探头过去已看了两三遍，唐俪辞还没看完。过了好一会儿，唐俪辞收起书信，微微一笑："好云山之战不见红姑娘的踪迹,原来身在碧落宫。"

邵延屏大皱其眉:"她求宛郁月旦救柳眼,说风流店中另有阴谋,但此女外表柔弱心性刁滑,她说的话十句只怕不能信得一两句,宛郁月旦是真的要帮她救人吗?"

唐俪辞道:"就算没有红姑娘上门求救,宛郁月旦一样要找柳眼的,现在江湖之中谁不在找柳眼?找到柳眼才能找到九心丸的解药,有解药才能救命。"他挺身下床,"红姑娘找上碧落宫,除了希望得到柳眼的消息,我想多半另有目的。宛郁月旦寄信给我,是提醒我局面出现了新的变化。"

"另有目的?什么目的?暗杀宛郁月旦?"邵延屏耸了耸肩,"就凭她一个娇滴滴不会武功的小姑娘……"

唐俪辞侧身看了他一眼:"也许,真的是。"

邵延屏叹了一口气:"真的吗?你若反驳我说绝不可能,我倒还安心些。"

唐俪辞自身后紫檀柜中取出一个杂丝水晶盆,盆里有洗净的水果若干,且这些水果形状颜色怪异,邵延屏前所未见。唐俪辞将果盘放在桌上:"这是异国他乡远道而来的水果,滋味虽不如何,但有养生之效,请用。"

邵延屏伸手拿了一个咬了口,滋味倒还香甜:"你以为那位红姑娘当真会暗杀宛郁月旦?"

"碧落宫和剑会合围风流店的局面已很明显,如果柳眼当真被人找到,难道碧落宫和剑会真的有可能饶他不死?"唐俪辞微笑道,"退一步说,就算我并无杀人之心,但天下皆以为其人不可活——这种局面一旦形成，柳眼绝无生机。所以要救柳眼，要先破除这种合围之势，再令天下大乱，人人自危，柳眼就有活下去的契机和缝隙。为了这一线生机，红姑娘选择杀宛郁月旦也在情理之中。但宛郁月旦何许人也？他必定也很清楚关键所在，红姑娘心计过人，她会如何做，我还真猜不出来。"

邵延屏口嚼水果，含含混混地道："那关于信里所说的风流店内讧之事，有几成可信？"

唐俪辞道："十成。"邵延屏吓了一跳，唐俪辞白衣绒袖，略略倚在镏金人物花卉榻上的神色既慵懒又秀丽，更笑意盎然，"邵先生见过宛郁月旦本人没有？"

邵延屏道："自然见过。"

唐俪辞轻轻一笑："那你会在宛郁月旦面前说谎吗？"

邵延屏道："不会。"

唐俪辞衣袖略拂，洗骨银镯在他雪白的袖间摇晃，衬托得衣裳分外白："那便是了。红姑娘聪明绝顶，在这种事上绝对不会做得比你差的。"

邵延屏不以为意，哈哈一笑："说的也是，关于那封信上提到的风流店幕后主使，唐公子可有腹案？"

唐俪辞唇角微勾："我……"他欲言又止，轻咳了一声，"此事言之尚早，徒乱人意，妄自猜测只会让剑会人心惶惶，不谈也罢。"

邵延屏连连点头："好不容易击败风流店，若是提出主谋未死，只怕谁也无法接受，你我心知就好。"

唐俪辞颔首，邵延屏转身正要离开，突然道："对了，桃姑娘给了我一个锦囊，说是向白马寺方丈求来的，要我转交给你。"

唐俪辞眉头微蹙，随即一扬："锦囊？"

邵延屏从怀里取出一个桃红色绣有并蒂莲花的小小锦囊，脸上泛起一丝鬼祟的微笑："我当这位姑娘对普珠有点意思，原来她对你也——哈哈……"他将锦囊放在桌上，"先走了，你慢慢看。"

洛阳白马寺……唐俪辞打开锦囊，锦囊中没有一字半句，却是一束黑色长发，嗅之，没有半点气味。真是耐人寻味的好礼物，他眼帘微垂，神思流转，将锦囊弃在桌上，拂袖出门。

水雾弥漫，善锋堂景色如仙，一人平肩缓步，徐徐走过唐俪辞房外。两名剑会弟子在走廊路过，见人都行了一礼："普珠上师。"

普珠微一点头，龙行虎步而过。一剑会弟子赞道："上师果然如传闻，虽然不落发、不受戒，却是堂堂正正的佛门高僧，看到他我总像看到活生生的罗汉。"

另一人连连点头："唐公子温文尔雅、智计出众，普珠上师武功高强、精研佛法，成大侠、董长老等人也都是高手中的高手，剑会现在实力强劲，前所未有啊。"

"邵先生。"邵延屏将书信交给唐俪辞之后，负手在自己院里的花园里溜达游玩，享受难得的清闲，尚未吐得两口大气，普珠推门而入。

听他那一成不变的沉稳声调，邵延屏就有叹气的冲动，回身微笑："普珠上师，无事不登三宝殿，有什么重要的事发生了？"

普珠平静地道："没有，只是此间事情已了，我想应该向剑会辞行，返回少林寺了。"

邵延屏"啊"了一声："听说少林近来要召开大会，解决方丈之位悬而未决之事，你可是为这件事回去？"

普珠颔首："少林即将召开一月大会，全寺大字辈和普字辈的僧侣共计三十八人参加武功与佛理的比试，各人各展所长，由全寺僧侣选择一人作为方丈。"

邵延屏"噫"了一声："那岂不是会变成比武斗嘴大会？哪个武功高强、舌灿莲花，哪个就能成为少林方丈？"

普珠摇了摇头，淡淡地道："比武论道只为各展所长，胜败并不重要，全寺僧侣也不会以胜败取之。"

邵延屏道："少林寺的想法真是超凡脱俗，就不知有几人有你这样的觉悟……啊，得罪得罪，上师灵台清明，当不会计较我无心之言。对了，那位桃姑娘呢？"他问道，"可是随你一起走？"

普珠微微一怔："她自来处来，往去处去，我乃出家之人，无意决定他人去留。"

邵延屏道："哈哈，说得也是。少林寺若有普珠上师为方丈，是少林之幸。"

普珠淡淡地道："只要是静心修业、虔心向佛之人，无论谁做住持，有何不同？"他道了一声"阿弥陀佛"，转身而去，背影挺拔，步履庄严，一步步若钟声鸣、若莲花开，佛在心间。

少林寺要开大会选方丈，看来近期江湖的焦点，不会在风流店与中原剑会，而要在少林寺了，届时前去旁观的武林人士想必数以千计。邵延屏心里盘算到时能否找个借口去看热闹，有偌大热闹而看不到，岂非可惜？

而此时此刻，西方桃房中，一人踏门而入，她正要出门，一只手横过门框,将她拦在门内。西方桃退后一步,那人前进一步,仍是横袖在门,袖口雪白绒毛,秀丽的微笑丝毫看不出其人十来天之前身受重伤,正是唐俪辞。

西方桃明眸流转:"不知唐公子突然前来所为何事?"

唐俪辞道:"来谢桃姑娘赠锦囊之情。"

西方桃盈盈一笑:"唐公子客气了,举手之劳,何足挂齿?"

唐俪辞出手如电,一把将她右手扣在墙上,欺身直进,一张秀丽的脸庞赫然压近,他双眸凝笑,脸泛桃花,本是温柔多情的眉眼,凑得如此近看却是有些妖邪可怖:"你把他藏在哪里?"

西方桃骤然被他扣在墙上,并不震惊畏惧,也不生气,仍是浅笑盈盈:"唐公子在说什么,恕我听不懂。"

唐俪辞红唇上勾,却并不是在笑,使那微微一勾显得诡异非常:"普珠不在,只有你我二人,再演下去未免落于二流了。"

西方桃嫣然一笑:"你真是行事出人意料,能和唐公子为敌、为友,都令人不枉此生。你问我将那人藏在哪里——我却想知道你以为那束头发是谁的?"她仰头迎着唐俪辞的目光,眼波流转,娇柔无限。

唐俪辞扣住她的右手顺墙缓缓下拉。一个人右手抬高反背在墙,被人往下压落,若是常人早已疼痛难当,再拉下去必定肩头脱臼,但西方桃神色自若,满面春风,丝毫不以为意——于是右手被直拉至腰后,唐俪辞的气息扑面而来,扣人在墙的姿势,变成了搂人入怀的相拥。

只是肩头软骨被翻转了整整半圈,除了两位当事人,谁也瞧不出来。

唐俪辞对这等暧昧姿势丝毫不以为意,俯身越发靠近,张口欲答之时,红唇微动,触及了西方桃的左耳:"头发是你的头发,人嘛……

你将池云藏在哪里?"

西方桃只觉左耳酥麻,半张脸都红了起来,咬唇"哧哧"地笑:"哎呀你……你真是……你怎知是池云?为何不问你那天生内媚秀骨无双的阿谁姑娘?我看你对她是用情至深,怎么却凉薄如此?"

唐俪辞低声地笑,震动她的耳郭:"你如果能确定我对她'用情至深',就不会擒拿池云,不是吗?毕竟生擒阿谁比生擒池云容易得多。"

西方桃叹道:"我的确不知你对她'用情至深'究竟是真情还是做戏,如果你是做戏给我看,我贸然出手拿人,万一你设下计策让邵延屏做黄雀,我岂不是白白杀人吗?"她俏眼流波,双颊红晕,"但池云却必定是你重要的人,看你今天如此,就知道我没错。"

"让他孤身一人去追沈郎魂和柳眼,的确是我失策。"唐俪辞柔声道,"我那时心烦意乱,忘了还有你这头失心疯的人妖在身后,导致他落单被擒,这完全是我的过失——"他以额头与她相贴,一股真气自眉心印堂直透西方桃脑中,"说,你把他藏在哪里?"

西方桃浅笑嫣然,运气回抵,两人俱是惊世骇俗的内力修为,都是偏激怪异的左道邪功,就在两人额头紧贴的分毫之地冲击、相撞、回流,如此斗法惊险之处远胜于手掌相抵,稍微不慎便是真气爆脑而亡。但看唐俪辞和西方桃揽腰交颈,贴额而笑,怎知其中杀机毕露,凶险异常?只听西方桃柔声道:"换功大法好烈的真气,真是了不起得很,你之所得远胜柳眼,难怪几次三番他都斗不过你……想知道池云在哪里?可以……你杀了邵延屏,我就告诉你他在哪里……"

唐俪辞浅笑,真气更是澎湃而出,烈若炎刀:"哈!我杀了邵延屏,你就可以化身中原剑会之主了吗?要中原剑会认'女子'为主,可是非常困难。"

西方桃化解他一往无前的烈焰之力,却显得游刃有余:"举世无双的谋略,妙不可言的一步棋,岂能事事让你猜到。"

唐俪辞道:"万一我不去杀邵延屏,却杀了普珠呢?"

此言一出,西方桃内息微乱,显然是吃了一惊,唐俪辞顿占上风,西方桃脸色转白,烈阳真气震得她头昏目眩,双耳疼痛异常:"你——"

唐俪辞柔声道:"普珠正要回去参加少林方丈大会,以他的才识、武功、佛学根基,被选为方丈想必不难,再加上你为他稍微铺路,少林普珠得方丈是十拿九稳。而你已在他身上花费许多功夫,等他当上方丈号令少林,你那温柔情网一收,他突然发现人生无你不可,情根深种回头已晚,方丈之身犯下大错,就算普珠真是现世罗汉肉身菩萨,也逃不出你指掌之间。少林寺就是你入主中原剑会一大强援,我是不是神机妙算,料事如神呢?"

"你……你真是令人意外得很,像你这样风流美貌心思狠毒的伪君子,为什么非要和我作对?如果你助我,世上事无不简单容易得多,你不这样觉得吗?"西方桃凝神运气,渐渐将唐俪辞的烈阳真气抵住,"你我虽非一类人,却相差不远。"

唐俪辞露齿一笑:"我为什么要和你作对?这天下苍生本来与我无干,但是你——你收留柳眼教他武功,你要他炼制九心丸陷他于万劫不复,你让他当风流店主人、让他在江湖中成为众矢之的,然后你让他在好云山大败、让他沦为丧家之犬!阿眼心思简单脾气顽固,他不懂他这一步一步的不归路是你一早为他安排,他也许根本不会恨你只会恨我——你说我为什么要和你作对?"他唇齿轻张,咬住西方桃的左耳,"嗯……"

"别咬……"西方桃轻笑,"哎呀,得罪也已经得罪了,无可奈何。"她的内力并非刚阳之力,但也非阴冷,自成一派,与唐俪辞传来的真气相抵并不势弱,究竟修为如何,难以猜测,"普珠对我重要得很,莫要发狠说要杀人,这样吧,我也不要你杀邵延屏,我告诉你他在哪里——三天之内,你若不能把他救出来,那便不能怪我了。"

唐俪辞的牙齿放开,唇齿却仍在她耳上,触耳酥麻温热仍在,气息更是动人心魄:"他在哪里?"

"此去向北三十里,西风园茶花树下,有一处地牢。"西方桃满脸红霞,左耳温热,连左手都酸软无力,水汪汪的眼睛轻轻瞟了唐俪辞一眼,"唐公子调情的手段当真是……让我佩服得很。"

唐俪辞微微一笑,放开她的右手,缓缓抬头,顺势一捋她的下巴,飘然而去。

他手指柔腻而有力,西方桃倚墙站着,轻抚自己的脸,脸上的娇红渐渐消失。这人和柳眼不同,柳眼不过凭着先天相貌和性格的优势,能令女子倾心,而他……深谙自己身上每一处优点,动则有效,绝不做无意义之举,所谓调情圣手不过如此。看来对唐俪辞,万万不能使用美人计,西方桃轻轻一笑,心想:真是只刁滑狠毒的白毛狐狸,让人有些无从下手啊。

走廊之外,普珠刚刚走过,他没瞧见西方桃屋里两人相依相偎,揽腰吻耳的热烈场面,在他后面路过的成缊袍却是看见了。

十七 ◆ 三天之内 ◆

没有人逼他事事非全赢不可，没有人逼他事事都必须占足上风，是他自己逼自己的。

洞庭东山。

茶林深处。

"为什么要考验我能不能一手飞百叶？小白，我无限怀疑是黑兄没有耐心等你去采茶，又想到我这个不要钱、不化缘、不叫苦、不喊累、不还嘴、不后悔的未来弟子不用可惜，所以叫我替你采茶啊。"方平斋手挥红扇，"幸好我是万事皆通、无所不能的方平斋，区区手飞百叶，雕虫小技，虽然江湖上少有人能练成，但是……"

玉团儿双手拍在黏土捏就的巨大胚罐上，凝神运气，欲以烈阳之力将黏土烧为陶罐。此法已经被方平斋反复批判了十来次，说就算江湖一流高手，苦练刚阳之力数十年的前辈高人也未必能拍土成陶，玉团儿这样一个根基浅薄的小姑娘，就算在这里拍上三十年也造不出一个陶罐。但柳眼充耳不闻，玉团儿拍坏一个胚罐，他就叫她推倒重来，到如今已是第八个胚罐了。听闻方平斋滔滔不绝，自吹自擂，玉团儿打断他的话："什么叫手飞百叶？"

"手飞百叶,就是以掌中的气劲、暗器、兵器、流水、火焰、树叶等,任何东西皆可,一手对外扬出很小的动作,就能从百步之外一棵大树上打下整整一百片树叶来。"方平斋坐在茅屋最阴凉的一个角落,红扇对玉团儿一挥一指,"也就是你苦练三十年也练不成的一门奇功,而对我来说——那就是举手之劳。"

柳眼坐在一旁,淡淡地道:"既然是举手之劳,你就多举几下,采回百斤茶叶来。"

方平斋红扇一背:"我实在很好奇,你要那么多茶叶干什么?她又不是牛,又不是羊,又不是驴子,更不是骡子,要炼一颗药给她,需要百斤茶叶炼百斤草木灰吗?"

柳眼闭上眼睛:"既然不懂,就不要多问。"

方平斋连连摇头:"哎,敏而好学,不耻下问,你不告诉我原因,我可是会睡不着的。我睡不着说不定夜里就会在外面吟诗作对,长啸高歌,以发泄心中的不安。"

柳眼淡淡地道:"你确定要听?"

方平斋颔首点头:"要听,一定要听,非听不可。"

柳眼道:"茶叶,新鲜的绿茶通过许多种手段秘制,可以练成一种奇药,也许可以治她。"

方平斋眯着眼睛思考了一会儿,忍不住追问道:"你怎么知道这种药能治她?哪本秘籍上教的吗?"

柳眼仍闭着眼睛,似答又似自言自语:"我做梦梦到的,很久之前的梦。"

过了一会儿,他睁开眼睛,方平斋仍在一旁闲坐,并不去采茶。玉团儿蒙面黑纱飘动，第九个胚罐又将失败，她浑身汗流浃背，黑色的衣裙紧紧贴在背后，勾勒出美好的曲线。活着当真有这么重要？千百年后，照旧是无人相识的荒尸一具，谁也不会记得，谁也不会怀念。不求活得轰轰烈烈的人，曾经活着与不曾活过，其实没有什么差别，但……虽然他想得到这许多，为何仍要救她，连他自己都不明白。

林谞昏昏沉沉地躺在地上，他的伤口虽然敷了上好的金疮药，但毕竟是利刃入胸，不过两日他就发起高烧来，此时伤口发炎，全身高热，已一脚踏入鬼门关。

静了很久，柳眼低低地道："他死了没有？"

方平斋道："没有，但是快了。"

柳眼道："把他抱过来。"

方平斋道："抱过去也是死，不抱也是死，所以我不抱，这个人我又不认识，又不是我杀的，我很抱歉说这种不吉利的话，但事实就是如此。"

柳眼低沉地道："他不会死。"

方平斋"嗯"了一声，站了起来转了个圈，黄衣飞扬，兴致勃勃："你说他不会死，我一定说他会死，如果没有我和你抬杠岂不是显不出你这位旷世神医救死扶伤的手段？嗯……他伤得这么重又不会武功，结果一定是死。"

"玉团儿。"柳眼低声道，"去树林里拾一些青色发霉的果子回来。"

玉团儿应声而去，未过多时，拾了十来颗发霉的果子，兜在裙摆中带了回来。柳眼从果子中选了一颗，乃是一种爬蔓的甜瓜，在瓜上发霉处仔细查看，只见那霉上挂着几滴金黄色的水珠，他小心翼翼地将那金黄色水珠取下，要玉团儿仔细敷在林逋胸口伤处。

方平斋诧异地看着他，这金黄色的水滴难道是疗伤圣药？区区微不足道的几滴水珠，又能如何了？

但事情在方平斋意料之外，那几滴水珠滴在伤口处，林逋的伤竟出乎意料地快速愈合起来，之后每日玉团儿都寻获几颗发霉的果子，经柳眼辨认之后，取出金黄色水珠，为林逋敷上。一个月之后，奄奄一息的林逋居然精神振作，能够起身行走了。柳眼此人不是大夫，不会诊脉看病，更不会针灸推拿，但何物能制成药、何药能治何病，他了如指掌，如此精通药理而非医术的人，方平斋平生首见。

一个月时间过去，玉团儿仍旧未炼成那个陶罐，但身法武功已进步不少。林逋伤势将愈，这时提出，他在东山不远处有处房产，邀请三人到他家中暂住，至于这一人高的大缸，他会设法购买，也不必玉团儿如此辛苦。柳眼没有拒绝，当下四人离开茶林，动身前往林逋在东山的房产。

山中日月自古长，柳眼自此深居林逋家中，为玉团儿炼药。他炼药初成，却不知道这几天江湖风涌浪急，发生了数件大事，而其中最大的一件，就是有人宣称知道柳眼的下落，并且如果有人能请少林寺未来方丈向他磕三个响头，并为他作诗一首，他就告诉那人柳眼的下落。

柳眼隐居洞庭东山茶林的同时，唐俪辞却从好云山上下来了。

他上好云山的时候，是余负人轻裘马车，千里迢迢送上来的，并且池云、沈郎魂左右为护，邵延屏、成缊袍等人坐堂相迎，何等轰轰烈烈。他从好云山上下来却是踏着月色，在夜深人静、伸手不见五指的时刻，越墙而出，直奔好云山北方。

好云山北去三十里地，是一座荒无人烟的大山，在深夜之中更显阴森可怖。就算是白天，要在这一座大山之中找到所谓"西风园"已是很难，何况夜黑如墨，伸手不见五指。唐俪辞一身华丽的软绸白衣，足踏云纹鞋，负袖望着眼前这座黑压压的大山。

"西风园茶花树下，有一处地牢。"

这是一个提示，也是一个陷阱，但他不得不去。就像上次他闯进菩提谷飘零眉苑，吃尽苦头去找方周的尸体，这一次，计策仍是一样的计策，而他也仍旧来了。

唐俪辞负袖仰望眼前的大山，看了一阵子，往前踏了一步，身形一动，正要往前奔去，身后突然有人道："唐……唐俪辞……"

唐俪辞脚步一顿："你实在不该跟着我。"

他身后那人摇了摇头："你要到哪里去？"月光之下，这人青衣空手，脸色苍白，但神色还算镇定，正是余负人。

唐俪辞回身微微一笑："我出来走走。"柔和的月光映照在他的脸上，其人眉目如画，更显丰神如玉。

余负人道："出来走走，未免也走得太远，你的伤……"他说到"你的伤"三字，整张脸突然涨得通红，青筋暴起，过了好一会儿才苦涩地接下去，"你的伤尚未痊愈，不宜走这么远。"

唐俪辞见他神色怪异，眼角上扬，挑起了一丝笑意，缓步走了回去，伸手一拍他的肩："余少侠……"

余负人听到这三个字几乎惊跳起来，唐俪辞目中含笑越发明显："这几天心情好吗？"

余负人苦笑,不知该如何回答,却见唐俪辞缓缓伸出手来,食指微抬,掠过他一缕头发,柔声道:"你欠我一条命……"

月光之下,这张秀丽至极的红唇突然说出这句话来,结结实实把余负人吓了一跳,浑身上下起了一阵寒意,心中对这人怀有的愧疚悔恨突然之间化为疑惑不安,竟一时呆在当场。

唐俪辞一笑转身:"回去吧,你情绪未定,又未带兵器,深更半夜在荒山野岭四处乱闯,若是遇到了危险,你要如何应付?"他白衣素素,就待踏入黑暗之中。

余负人站在原地,不知是该留下还是离开,忽地忍不住道:"你……你深更半夜,在荒山野岭到处乱闯,究竟在做什么?"

唐俪辞本已一脚踏入林中,闻言又退了一步,似有些无可奈何:"以你的聪明智慧,难道不明白有些事不该问?"

余负人沉默了一阵,深深吸了口气:"你可是在冒险?"

唐俪辞微微一笑:"不错。"

余负人道:"为了什么?"

唐俪辞叹了口气,温和地看着他:"看来你是不肯回去,罢了罢了,若是把你打昏在地,我又怕你不知被谁劫去。有人告诉我池云落单被擒,就关在这座山里,三天之内要是救不出来,就会有性命之忧。"

余负人吃了一惊:"什么……池云被擒?谁给的消息?是真是假?"

唐俪辞道:"多半是真。此地必然有诸多陷阱,要是消息走漏,剑会必定人心惶惶,妄自揣测是谁擒走池云,热血善良之辈又会到这里来自投罗网,说不定会有不少人枉死在里面,所以……"

余负人道:"所以你才半夜三更,趁无人之时孤身前来救人。"

唐俪辞微微一笑："既然你不肯回去，那么……"他转身向前，"跟着我来吧。"

余负人陡觉热血上涌，池云被擒，唐俪辞孤身救人，他岂能不全力相助？

"我……我欠你一条命，"他沉声道，"今夜，余负人拼死也要救池云出困！"唐俪辞人在前面，也不知他听到没有，白影一晃，已踏入了山林之中。余负人紧跟在后，不消片刻，月光被树冠遮去，树林之中真正难以视物，幸好两人内力精纯，才能顺利行走。

林里夜寐的鸟雀"呀呀"惊飞，还有些不知名的动物也都悄悄避开，两人走出二三十丈，不得已唐俪辞引燃怀中碧笑火，提在手中用以照明，只见这树林荒凉原始，满地断树、藤蔓、蛛网、苔藓，还有些形状古怪的虫蛇在灯下缓缓爬行，似根本没有路。但在荒凉之极的林间有人以朱砂为记，在树干上、大石上、藤蔓上画了几处箭头，鲜红朱砂，夜中灯火下观来，就像凝血一样，触目惊心。

"看这箭头所指，似乎是一路向山顶而去。"余负人低声问，"跟着走吗？"

唐俪辞往四周看了看："这是些什么东西？"箭头所画的树干、大石等等上都攀爬着一些古怪的藤蔓，藤蔓纤细，枝叶卷曲，火光下看来似乎枝叶都是黑色，在藤蔓上生长着一些紫黑色的浆果。唐俪辞拾起一块石头往那箭头上一掷，只听"噗"的一声轻响，石子震动藤蔓，那紫黑色浆果突然裂开，自裂口处飘出少许黑色烟雾。余负人和唐俪辞双双屏息，但仍嗅到一股淡淡的甜香，这浆果显然不是什么好东西，两人身形一动，远远避开箭头之处，跃上树梢。

"西风园茶花树下，有一处地牢。"唐俪辞低声自语，仰头望月，这座山迎向西风的方向，在东方，而茶花……必须日照，那就是在山的阳坡。

余负人闻言眉头一扬："那应该是在阳坡，你为何不往阳坡去？"

唐俪辞眉头微蹙，阳坡、阳坡……

"我……"

余负人往前一步："怎么？"

唐俪辞衣袖轻挥："没什么，走吧。"

余负人看了唐俪辞一眼，有些奇怪，他为何不往阳坡去？唐俪辞眼前却是闪过菩提谷中，写着方周名字的墓碑，那块充满阳光的雪白沙地，开满奇异的花朵，那块布满墓碑的寂静坟地，就在阳坡。

阳坡……灿烂的阳光下，如血的奇异藤蔓，盛开着雪白的花朵，碎裂腐败的尸身，寄生在尸身上的各种蛆虫，也就在那明媚的阳光之下扭动……空气中掺杂着恶臭和芬芳的气味……"咯噔"一声轻响，唐俪辞足下一顿。余负人吃了一惊，凝神观望四面八方，却不见有敌人出现，心中一凛：他是怎么了？

"换了是你，你会在阳坡设下什么埋伏？"唐俪辞一顿之后，步履加快，往阳坡奔去，雪白颀长的身影，在夜间似是从容自若。

余负人跟随其后，身形亦是卓然不群："我……或许会列出重兵，在前往阳坡的路上拦截你，将你截杀在半途之上。"

唐俪辞负袖在后，微微一笑："哈！你不擅心机。"

余负人道："如果是你，你会如何？"

唐俪辞轻描淡写地道："我会先杀了池云，抓数十名人质震慑来人，令他不敢轻举妄动，不能尽展所长，然后在通向地牢的沿途撒下毒药布下毒蛇，列出手中最强战力，把守每一个入口，在地牢底下埋下数百斤炸药。等来人穿过毒药毒蛇，打过车轮战，如果侥幸未死到达地牢，必已是身心俱疲，再看到池云的尸体，必定大受打击，然后——"

余负人听得冷汗淋淋而下："然后？"

唐俪辞淡淡地道："然后我胁持部分人质离去，再引爆地牢底下的炸药，将整座山头连同山上的男男女女、花花草草一起夷为平地，炸得干干净净，寸草不生。"

余负人张口结舌，骇然道："你……你……"

唐俪辞微微一笑："我什么？"

余负人苦笑道："你怎能想出如此恶毒的计策？"

唐俪辞道："要杀人，自然就要做得彻底。"

余负人越发苦笑，心想：但你是想出如此恶毒的计策对付你自己，如那生擒池云的敌人和你一样想法，你我岂有生还之望？而你既然想得到如此恶毒的计策，仍旧孤身一人前来，是你对自己太有信心，还是……你是……

你是为"义"之一字可以赴汤蹈火、杀身成仁的人吗？

余负人跟在唐俪辞身后，这人……实在不像。

阳坡转眼即到，两人沿山坡一步步登上。阳坡处的草木生长更为旺盛，两人劈藤萝向前，经过数处山涧，明月当空，眼前突然出现一处空地。

"小心！"余负人伸手一拦唐俪辞，"五星之阵！"

只见这处空地本是一片密林，有人将树木齐齐砍去一片，只留下二尺来长的树桩，空地做五星状，一股淡雅宜人的芳香不知从何而来，随风四散。唐俪辞叹了口气："何谓五星之阵？"

余负人道："此阵传自西域，听闻阵中奇诡莫测，变数横生，多年之前有许多江湖名侠葬身此阵，故而名声响亮，但在江湖中也已销声匿迹多年了。"

唐俪辞道："我不懂阵法。"

余负人仍将他挡在身后："我先为你一探虚实。"言下一跃上阵，五星木桩上霎时起了一阵微风，风中芬芳之气越发浓郁，却不见任何敌人的踪迹。

余负人心中微凛，这五星之阵传说纷纭，他也只是听师父说过，从未亲眼见过，阵中芳香之气究竟是什么？是有人藏身于此，还是什么奇特毒物？正当他凝神之时，陡然眼前五星之角火焰升起，刹那之间，他已身陷火海之中！"哈"的一声震喝，余负人纵身跃起，双袖扫起疾风，往五星正中、香气最盛之处扑去。

唐俪辞人在阵外，眼眸微动，不对！只见五星阵中乍然冲起二丈来高的焰火，余负人往阵中双掌齐出，却是"刺啦"一声似有什么东西破裂，芳香之气大盛，被周围火焰引动，爆炸开来。余负人全身起火，随轰隆爆炸之气冲天飞起，唐俪辞如影随形，一把将余负人接住，随即横飞倒跃，离开五星之阵。

余负人身上的火焰随之熄灭，口角挂血，脸色苍白，这阵中的火焰并不厉害，厉害的是那瞬间爆破之力，震伤了他的内腑。

"唐公子……此阵十分厉害……"

唐俪辞探手入怀，取出一粒白色药片，塞入他口中，随即将一物按在余负人手心："先给自己上药，到一边静坐调息。"

余负人骇然："你想做什么？"此阵如此厉害，难道他没有看见前车之鉴，又要孤身闯阵？

唐俪辞微微一笑："这是一个五芒星，从上顶到右下一笔画成为召唤术，召唤火之灵，中心五角之形为恶魔之门，其中囚禁恶魔。所以你往顶角走去，阵中起火，你往阵心冲去，它化为爆炸。五芒星以结束笔作准，右下为火、右上为水、左下为地、左上为风、上顶为灵，所以由左下起点画到顶点，为收式，可以出阵。"他跃上左上五星之角，足踏画星之途，果然平安无事走到对面顶点，随即返回，"如何？"

余负人惊喜交集，却是满腹狐疑："但你不是说自己不懂阵法？此阵如此奇特，为何你却能了如指掌？"

唐俪辞立足夜风之中，白衣猎猎，站得很近，在余负人眼中却是缥缈遥远，只听他道："这不是阵法，这是一种传说。西域人相信这种图形能够防止妖魔鬼怪的侵犯，并且能将恶魔封印在五星的中心，所以流传广泛。五星的每一角各代表一种能力，而这个所谓'阵法'，只不过在努力表现西域五星所表达的含义。你闯入阵中，引发火焰之力，就告诉我五角所代表的方向，知道方向，就知道出路。"

余负人叹了口气："若非你博学广识，大家在阵中乱闯，不免死在奇奇怪怪的机关之下。你为何对西域传说如此了解？"

唐俪辞唇角微勾："你可以佩服我。"

余负人一怔，忽地哂笑，要说佩服还当真起了那么一点佩服之意，低头看他按在自己手里的东西，是一方黄金雕龙的小盒，打开盒盖，里面是剩余的一些黑色药膏，当下涂抹在自己被火焰烧伤之处。

片刻之后,余负人敷药完毕,盒中的药膏也已用完,唐俪辞随手一掷,将那价值不菲、精雕细琢的黄金龙盒丢在杂草丛中,衣袖一背:"走吧。"

两人通过五星之阵,眼前所见是一条河流,河流之上有一座桥。

"轻易通过五星之阵,唐俪辞果然名不虚传。"一声长笑,一人手持双刀,自桥那端威风凛凛地走了过来,"在下'七阳刀'贺兰泊,唐公子虽然风流潇洒,在下也很佩服公子威名,但今夜不能让公子从此通过,还请见谅。"这人方脸浓眉,身高八尺,相貌堂堂,不是什么猥琐奸险之辈。

"贺兰泊,七阳刀威震一方,并非奸险小人,唐公子贵为中原剑会之客,亦是江湖中流砥柱,你深夜拦路,所为何事?"余负人朗声道,"看在剑会情面,请让路。"

贺兰泊双刀交架:"我知道唐公子深夜上山,是为救人,为朋友能赴汤蹈火,贺某也是十分佩服,但事出无奈,今夜此路,却是不能让。"

余负人眉头深蹙:"既然你知道唐公子前来救人,为何不让?"

贺兰泊道:"我平生有一大敌,'浮流鬼影'阴三魂,阴三魂杀我兄弟,毒我妻儿,夺我宝物,此仇不共戴天。现在此人被囚禁在西风园茶花牢中,唐公子前去救人,必定破牢,牢中除了唐公子的朋友,还有许多江湖恶霸、武林奸贼,一旦茶花牢破,祸害无穷,所以——"

余负人与唐俪辞相视一眼,唐俪辞微笑:"不知这茶花牢是何人所建,其中囚禁何人?"

贺兰泊哈哈大笑:"茶花牢是前任江湖盟主江南丰当年所留,江湖中人敬他功业,故而一旦擒拿江湖要犯,多囚禁在茶花牢。茶花牢地点隐秘，本来少有人知，最近却不知为何，知晓的人突然增多，囚禁的人犯也是越来越多。"

唐俪辞温和地道："但池云必定不是茶花牢应当囚禁的江湖要犯，他被关入牢中，难道你们没有疑问？"

贺兰泊摇头道："看守茶花牢的人不是我，详情不知，我等只是受人通知，说唐公子近来会来劫狱，茶花牢能入不能出，一旦牢破，无可补救，所以虽然唐公子高风亮节在下深感钦佩，却不能为一人之失，让众多江湖要犯破牢而出。"他目中有愧疚之色，"池云之事我等会想办法处理，但今夜万万不能让唐公子破牢。"

唐俪辞的白衣在夜风中猎猎飘动，零落的银发在鬓边扬起："那你能否告诉我，他现在如何了？"

贺兰泊一怔："这个……"池云人在茶花牢中，这件事他也是今日知情，究竟情况如何，他也不清楚，"池云究竟为何入牢，情况如何，我也不甚清楚，应当无事。"

唐俪辞微微一笑："无罪之人因何入牢，如何入牢，入牢之后情况如何，你一概不知，何以自居正义？这样暧昧不清的江湖公义，岂能让人心服？茶花牢中，还有多少如池云一般冤屈之人，你可知情？"

他语调温文儒雅，平淡从容，却说得贺兰泊脸色微变："这——"

余负人沉声道："七阳刀让路！我不想和你动手。"

贺兰泊双刀互撞，"当"的一声响："贺某抱歉之至，如果你们非要闯入，只好得罪了。"

余负人踏步向前，一身青衣虽受火焚有所破损，却仍是气度不凡："那让我先领教斩鬼七阳刀了！"

贺兰泊不再客套，双刀一前一后，掠地而来，刀刃破空之声响亮之极，显然在双刀之上功力深湛、非同一般。余负人足踏七星，他身上带伤，不待缠斗，一出手就是绝学，一掌"混元分象"往贺兰泊胸前拍去。双方一触之下，掌劲触及双刀，只听"嚓啪"作响，似是冷刀插入了油锅一般。贺兰泊双刀挥舞，纵横开阔，气势磅礴，余负人这一掌却是连破双刀，只可惜掌力近胸而止，无法再往前一步伤敌。贺兰泊双刀急收，正待暗叫一声侥幸，余负人衣袖随掌而起，后发而致，轻飘飘拂中他胸口，贺兰泊一呆，大叫一声，口吐鲜血仰后就倒。

袖风落，余负人立在月下，却是卓然不群。唐俪辞"啪、啪"击掌两声，微微一笑，不再理睬倒地昏迷的贺兰泊，当先往桥后密林中闯去。余负人紧随其后，心下担忧——果然如唐俪辞所料，地牢里关的不止池云，还有不计其数的江湖要犯，这些人就是那主谋的人质和把柄，今夜西风园茶花牢之会，实在是危险万分。茶花牢能破吗？若是不能破，如何救人？若是破了，如何收场？生擒池云的究竟是谁，竟然能把人困在茶花牢中？

密林中亮起了两排火光，唐俪辞人在前面，"嗒"的一声轻响左足落在左边第一把火把之上，余负人一怔之下，跟着踏上右边火把，两人身形如电，只听一阵风声掠过，林中火把全熄，复陷入一片黑暗。余负人估算自己总计踏灭二十三支火把，这火把插在地上，并无人看守，究竟是何用意？

正当疑惑之时，前边乍现人影，翻飞纵横，为数不少，余负人提气就待出手，却是胸口一阵剧痛，方才内伤未愈，竟是真气不调。而耳边只听"啪啪"一连串微响，白影在黑暗之中似是转了几圈，人影顿时不动。

唐俪辞一声轻笑:"走吧。"

余负人跟在他身后走过,只见密林中十来个手持黑色短刀的黑衣人僵在当场,手中比画着各种奇异古怪的姿势,自是被人点了穴道。

唐俪辞在踏灭火焰一瞬出手打乱敌阵,竟能出手如此之快之准,令人难以想象。余负人额头冷汗淋淋,以唐俪辞的武功,自己能伤他一剑,更是难以想象。

"累了吗?"唐俪辞右手在他肋下一托,带着他往前疾掠。余负人不甚通畅的内息骤然运转自如,纵跃之势也流畅起来。

"不碍事。"

唐俪辞托着他起落飞掠,不再说话,身形是少见地利落敏捷。两人闯出未及百丈,骤然剑光闪烁,一剑自密林中当面劈来,怪的是剑势险峻,却无声无息。唐俪辞衣袖一拂,来剑受他袖风所挡,偏向一边,蓦地密林中第二剑带起一声惊人的尖啸,直刺余负人胸口——来人竟是手持双剑,并且这两剑剑刃都比寻常长剑长了三尺,导致剑已出,人却未见,仍然藏身树林之中。

余负人匆匆避过一剑,失声道:"神吟鬼泣无双剑——是'鬼神双剑'林双双!林大侠你为何——"他一句话还未说完,林中一人跃出,左右手各持一剑,左手剑剑刃细长轻软,银光闪闪;右手剑色作青黑,剑刃宽阔,其中三环作空,那古怪的尖啸正是此剑发出。

来人叫作"林双双",像个女子的名字,人也生得白面细眉,但满面阴沉沉的,自是谈不上英俊,更说不上风神俊朗。但莫看此人阴阳怪气,却是位列剑会第六名的剑手,"鬼神双剑"威震江湖,传闻双剑齐出,总共只败过一次。余负人是剑会晚辈,一共也只见过林双双一次,此时突然见他现身挡路，不由得失声惊呼。

林双双冷冷地盯了唐俪辞一眼："要闯茶花牢，先做我剑下之鬼。"唐俪辞探手入怀，摸出一柄粉色匕首，正是小桃红。

林双双道："我是双剑，你只有一剑，若是两人一起上，就算扯平了。"他躲在林中出剑偷袭，本来有损高手身份，现在他说出此话，却又是宽宏大度，自视甚高。

唐俪辞拔出小桃红，却是横臂递给余负人，微微一笑："鬼神双剑为何要挡我去路？中原剑会正逢风起云涌，前辈身居剑会第六，却为何不在好云山？"他温雅地发问，问的寻常的问题，言外之意却是锐利如刀。

林双双阴森森地道："你是怀疑我对中原剑会落井下石，故意针对你唐俪辞了？"

唐俪辞踏前一步，柔声道："不错。"

林双双剑指山顶，冷冷地道："你可知牢中囚禁多少人？"

唐俪辞秀丽地微笑，再踏一步，负袖半转身，侧看林双双："我不必知道牢中囚禁多少人，我只消看前辈在如此午夜衣着整齐、家伙在身、恰到好处地出现在这荒山野岭，就知道前辈必定是故意针对唐俪辞，否则——难道林前辈你今夜守在这鸡不下蛋鸟不拉屎的鬼地方，完全是爱好而已？"他负在背后的衣袖略略一抖，袂角风中长飘，"针对唐俪辞，难道不是对中原剑会落井下石？而对剑会落井下石就表明你和风流店利益相合……"

"黄口小儿，胡说八道！"林双双冷冷地道，"就凭你如此刁滑，剑会就不该听命于你！茶花牢中近来要犯甚多，我应牢主之请，前来相助护卫,有何不对?"

唐俪辞柔声道:"那茶花牢主是害怕谁来劫狱,而需动用到前辈您呢?"

此言一出,林双双顿时语塞,怒道:"你——"

唐俪辞微微一笑:"我料事如神、聪明绝顶?"这话一说出口,林双双左手银剑刺出,弹向唐俪辞胸口,右手剑尖啸声凄厉至极,疾扑他咽喉要害!

余负人手握小桃红,见状变色,林双双双剑之威他曾经见过一次,和余泣凤足以一战,只是剑术虽高,功力却分为两半,双剑之力不如单剑,被余泣凤断剑落败。但落败不代表林双双剑术不高,神吟鬼泣无双剑却是当今世上最高强的剑术之一!左手阴劲右手阳劲,内力截然相反,世上少有人及。

唐俪辞面对江湖中最快最狠和最令人心神动摇的剑鸣,双手空空,只见银剑忽地剑刃一晃,竟笔直往林双双右手青剑弹去。林双双急催内劲,银剑剑刃陡然变直,双剑攻势如奔雷闪电,已斩到唐俪辞身上!唐俪辞飘身急退,余负人握住小桃红的掌心一片冷汗,只见白影晃动,林双双剑尖如蝗,急追唐俪辞飘忽的身影,只听剑啸如泣,鬼哭狼嚎,哀鸣满天,四周树叶簌簌而下,宛如暴风疾雨。

那剑风激落的树叶打在身上,竟是彻骨生疼。唐俪辞疾势避退,林双双愈攻愈急,双剑阴阳两分,越打越是如行云流水,气势如虹。正当树叶狂舞、剑气如龙之时,一声尖锐至极的哨声乍然破空而起,林双双"啊"的一声哑声呼叫,变色道:"这是——"

唐俪辞翩然转身,手中握着一把铜笛,方才铜笛掠空一声响,震破催魂剑啸。仅仅是空笛掠风就能破剑啸，林双双当然震惊，若是让他吹奏起来，那还了得？当下双剑加劲，风雷之声大作，夜空中狂风疾扫，恍若双龙盘旋流转，欲将唐俪辞吞没殆尽。

余负人眼见唐俪辞铜笛出手，心道：人人皆说唐俪辞能抗柳眼音杀之术，果然不假，这一声怪音和柳眼的音杀毫无二样，是同门功夫。林双双剑走龙蛇，余负人是剑道中人，心中虽是希望唐俪辞速战速决，却不知不觉为林双双剑法所吸引，竟是越看越入神。唐俪辞铜笛挥舞，招架林双双双剑之攻，余负人灵台一片清澈，渐渐目中只有双方招式身法，再快的移动、再诡变的路数他都能看得清清楚楚，心领神会，在这短短时刻之中，对武学的领悟却是更深了一层。

"叮——"一声清脆的金铁交鸣之声震碎攻守平衡的局面，余负人心中那片宁静清澈随之乍然爆裂，刹那头脑一片空白，只听耳边"叮叮当当"一连串急促的金铁之声，那声音不是兵器交加，却是一连串轻重缓急有致的鸣奏之声，冲击入耳、胸口震痛，竟似承受不了这种震响。

林双双双剑骤然对上唐俪辞如此强劲的反击，铜笛敲上双剑，双剑材质不同，发出的声音也不相同，唐俪辞连进八步，林双双却是倒退了十步。那似乐非乐的敲击声震心动肺，退了十步之后，林双双口角带血，凄笑一声："好笛！果然是好笛！三十八年来，我还从未听过这么好的笛音！唐俪辞，这是什么武功？"

唐俪辞握笛微笑："我以为——这个曲子你应该已经听过，并且在这个曲子下吃过亏，是吗？"他低唇轻触铜笛，"以鬼神双剑的根基，不必后退十步，除非——你心有所忌，知道这段曲子后面……会敲出什么东西来，所以——你怕。"

林双双"唰"的一声将那青剑归鞘，拭去嘴角的血迹："呸！笑话！"他手持单剑，"唰"一剑刺出，并不服输，但也不再给唐俪辞敲击双剑的机会。

唐俪辞唇触铜笛，一声柔和至极的笛音随之而出，这笛音的节奏韵律和方才他在双剑敲击所发出的声音一模一样，不知为何真正吹奏出来却是柔和低调，而这柔和的笛音听在耳中，令人一口气喘不过来，竟是压抑至极。

余负人听入耳中，只觉头昏眼花，胸口真气沸腾欲散，勉强站稳，双眼看去一片昏黑。林双双"哇"的一声一口鲜血喷了出来，手中剑招不停，仍是冲了上去。唐俪辞笛音再低，几近无声，压抑之感更为明显。余负人抵挡不住，坐倒在地，林双双银剑下垂，几欲脱手。

正当两人全力抵抗笛音之际，忽地林中有人影一晃，一位蒙面黑衣人跃出伸手将林双双捞起，扬手点中他后心两处穴道，随即放手。唐俪辞笛音一停，余负人松了口气，凝目望去，只见唐俪辞目不转睛地看着那黑衣人，眉头微蹙。

音杀之术，依靠施术者高明的音律之术和听者对乐曲的领悟，激起自身真气气血震荡，反攻丹田和心脉。而这林中出现的黑衣人点中林双双后心两处穴道，阻止气血逆涌心脉，虽然是封住鬼神双剑五成功力，却是救他一命，并且破了音杀之术。这个人是谁？余负人手握小桃红，这人就是好云山一役中出现的那个黑衣人，始终不曾露出真面目又在半途消失不见的那个黑衣人，毋庸置疑，他是风流店的人。

风流店的人出手救林双双，果然中原剑会第六支剑"鬼神双剑"林双双和风流店也脱不了干系，余负人心中一寒：如果是风流店中人擒走池云，如何能将他关入茶花牢中？除非……除非那人在江湖白道中极有分量，要不然便是……便是茶花牢的牢主也……涉入其中。此事牵连太广，从山脚到茶花牢的路不长，却如隔着千山万水，可望而不可即。

树林中，唐俪辞和那黑衣人仍在对视，林双双银剑在手，脸露冷笑，仿佛在说"你唐俪辞失了音杀之术，还剩下什么？"唐俪辞握笛在手，眼睫微垂，月色映在他的脸颊上，映得那平素温雅的眉眼都黑冷起来："好冷静的高手。"

那蒙面黑衣人不答，炯炯目光自面纱后射出，右手一提，摆了个起手式，那意思很清楚，便是他要和林双双一起阻止唐俪辞上山。

"我见过你一次，今日是第二次，武当派的高手。"唐俪辞道，"第三次让我见到你，如果还不能认出你是谁，你就是真正的高明。"他将铜笛递出，"只要你还有第三次的机会。"此话说罢，林双双冷冷一笑，似乎觉得唐俪辞正在痴人说梦。

余负人骤然回首，只听树林中规律整齐的脚步声传来，唐俪辞微微叹了口气，只见背后一人负剑缓步而来，浑身邋遢的模样，正是自剑庄爆炸之后死里逃生的余泣凤！

林双双、黑衣人、余泣凤成三角包围唐俪辞和余负人，余负人一丝苦笑上脸，这种阵势，只怕三角之内连一只蚂蚁都爬不出去。

"动手吧。"唐俪辞轻轻吸了口气，缓缓吐出，"今夜要杀我之人，想必不止尊驾三位。"

林双双尖声冷笑："哈哈，听说唐俪辞聪明绝顶，以你自己猜想，杀你的最好人选——是谁呢？"

唐俪辞微微一笑："先动手吧，动手了，不论什么结果，你我彼此接受就是。"

余泣凤暗哑道:"好气魄!"他森然转向余负人,"你要和我动手吗?"

余负人脸色煞白:"你——我有话和你说。"

余泣凤剑指余负人:"咳咳,我叫你杀人,你却一路将他护到这里,咳咳……你那孝心都是假惺惺,都只是在骗我,逆子!"

余负人气得浑身发抖:"你……真正在你剑堂埋下炸药将你炸成这般模样的不是唐俪辞,而是红姑娘!你已是身败名裂,再和风流店同流合污,只能为人利用至死!毁容瞎眼,还不能让你醒悟吗?难道杀了唐俪辞,就能让你的眼睛复明吗?能让你回归剑王的名望地位吗?"

余泣凤剑垂支地:"咳咳……你懂什么,逆子!我连你都杀——"

此话一出,唐俪辞衣袖一背,明眸微闭,身后掠过一阵微风,吹动他银发轻飘,仪态沉静。余泣凤一言未毕,手中那柄黑黝黝如拐杖一般的长剑往前递出,剑风动,唐俪辞风中轻飘的银发乍然断去,这种剑势的张狂磅礴,与狂兰无行的八尺长剑相类似,却比之更为浩荡。黑衣人轻飘飘一双手掌已印到唐俪辞身后,方才唐俪辞说他是"武当派的高手",他没有作声,此时这一掌轻若飘絮,果然是武当嫡传绵掌,并且功力深湛之极。林双双银剑指向余负人胸前,青剑似发未发,令人捉摸不透。

唐俪辞身形旋转,反手一掌,"啪"的一声和黑衣人对了一掌。那黑衣人"噫"了一声,后退半步,衣发扬起,唐俪辞这一掌浩然相接,气度恢宏,没有丝毫弄虚作假,掌力雄浑真纯,实力深沉。前头余泣凤一剑刺至,唐俪辞横笛相挡,只听"叮"的一声,声震百丈内外,人人心头一震。然而黑衣人、余泣凤皆非等闲之辈,受挫一顿之后,默契顿生,剑刃掌影越见纵横犀利,唐俪辞铜笛挥舞,一一招架,他以一人之力对抗两大高手,竟是丝毫不落下风。余负人看了一眼,胸中豪气勃发,喝了一声:"让路!"小桃红艳光流闪,和林双双战作一处。

月影偏东,漆黑的密林之中,尚有数十双眼睛静静地看着这场酣斗,林中数十支黑漆漆的短箭架在大弓上,拉弦的手都很稳,一寸一寸、一分一分、无声无息地拉着,再过片刻,就是满弦。

箭尖所向,不只是唐俪辞,还有余负人,甚至……是林中这块不足两丈的空地的每分每寸。

"叮叮叮"之声接连不断,唐俪辞面对余泣凤和黑衣人越来越见融洽的夹击,渐渐趋于守势,铜笛和长剑相交的时间越来越短,招架得越来越急、越来越快,也就表示剑刃越是近身了。余负人空有相助之心,但便是只余五成功力的林双双也非易与之辈,丝毫不得分神。

便在这刹那之间,黑衣人一掌拍出,堪堪及唐俪辞的后心,尚未发力,唐俪辞一声闷哼,往前踉跄了几步。黑衣人一怔,他尚未发力,唐俪辞怎会受伤?一瞬间尚未明白,林中"嗖嗖"数十支黑箭齐发,射向踉跄而行的唐俪辞,余箭所及,连黑衣人、余泣凤和林双双都不得不出手挡箭。便在这片刻之间,余负人只觉腰间一紧,唐俪辞一把将他夹住,身形一起如掠雁惊鸿穿过黑衣人、余泣凤和林双双三人组,直往密林中落去。

"啊!"密林中箭手黑箭已发,要再搭箭已来不及,黑衣人恍然,当下和余泣凤、林双双大喝一声,三剑一掌全力往唐俪辞后心劈去!

黑暗之中,唐俪辞一身白衣煞是好认。余负人脸色一变,世上有谁挡得住这三人联手一击？虽说久战也必落败，但冒险闯关只有死得更快！脑中念头尚未转完，只听"轰"的一声惊天震响，黑衣人、余泣凤和林双双三剑一掌一起击在了一大片乍然扬起的红色布匹上，那东西似绸非绸，又滑又韧，黑衣人撤回绵掌，只见林双双双剑刺在布匹上，竟是丝毫无损，而余泣凤出剑何等威力，却也只在布匹上刺出了一个核桃大小的洞来。三人见形势不对，纷纷后退，只见红色布匹一扬而去，随唐俪辞消失于密林之中。

"那是什么东西？"林双双骇然道。

黑衣人摇了摇头，沉默不语。余泣凤咳嗽了几声："嘿嘿！想不到唐俪辞身怀至宝，难怪他有恃无恐。有这东西在身，刀剑难伤，要杀他，只有放弃刀剑，动用拳脚。"

林双双阴恻恻地道："若是护身宝甲，岂有这么宽阔，又这么长的一块？那明明是一块布匹。"

余泣凤冷眼看他，知他所想，冷冷地道："不错，若是你得到刚才那块红布，至少能做成两件宝甲，价值连城。"林双双眼中，已露出贪婪之色。

密林之中，唐俪辞身后红布扬起，往前疾掠而去，漫长宽阔的红布一扬即落，他并不回头，一抖手那红布在他身上缠绕了几圈，掩去白衣之色，浑然隐入了密林黑暗之中。余负人被他有力的手牢牢夹住，一起全力往山头赶去，一边心中惊骇——他是几时察觉林中有箭阵？又是哪里来的信心能接三人合力？他这背后倏然打开的红布究竟是什么？

"飘红虫绫，一块世上独一无二的绫罗。"唐俪辞似乎知道他在想什么，忽地柔声道，"刀剑难伤，若非余泣凤的剑，任谁也无法在它上面划出一道痕迹来。"

余负人拍拍他的手,示意自己伤得不重,能跟上他的速度。唐俪辞放手,两人并肩疾奔。

余负人道:"原来你早已算好了退路,这块虫绫竟然能化去武当绵掌的掌劲、消去鬼神双剑的剑气,实在了不起。"

唐俪辞微微一笑:"它只不过很长而已,被我真力震开,抖出去有十来丈长,武当绵掌又不是劈空掌力,十来丈外的武当绵掌和鬼神双剑能起到什么作用?"

在背后飘红虫绫被他真气震开的同时,唐俪辞已经携人扑出去十来丈,因为红绫障目,所以三人合击估计错误,攻击落空。一瞬间的错觉,一瞬间的误差,几乎创造了一个武林神话。余负人吐出一口气:"你是在赌一把运气。"

唐俪辞微笑道:"不错。"

余负人道:"万一失败了,万一他们没有受红绫影响,立刻追上来,你怎么办?"

唐俪辞柔声道:"我除了会赌,还会拼命。"

拼命?余负人默默向前奔驰,心中再度浮起了那个疑问:他是为了"义"之一字,可以赴汤蹈火、杀身成仁的人吗?

山顶转眼即到,所谓茶花牢在茶花树下,要找入口,必须先找到茶花树。但两人尚未看见什么茶花树,便看见了山顶地上一个大洞。

其实也不是很大的洞,是一个比人身略大的洞穴,呈现天然漏斗形状,在山顶处的开口较大,而往山中深入的一端洞口较小,若是有人不小心滑入洞中,必定直溜溜掉进底下的漏斗口中,一下子就滑进山腹中去了。余负人和唐俪辞走近那洞穴，只见洞穴映着月光的一面赫然刻着三个血红大字"茶花牢"，而在"茶花牢"三字中间，一道白色划痕直下洞内，不知是什么含意。

"茶花牢……这就是茶花牢。"余负人咳嗽几声，"咳咳……不亲身下去，根本不能知道底下的情况。"

唐俪辞目光流转，这里四野寂静，不见半个守卫，草木繁茂犹如荒野，只是生得整齐异常，都是二尺来长，却并没有看见什么茶花。

"你在看什么？"余负人提一口气，平缓体内紊乱的真气，他方才受爆炸所伤，内息始终不顺。

"茶花。"唐俪辞道。

"茶花？"余负人皱眉，林双双三人不消片刻就能赶到，唐俪辞不下牢救人，却在看茶花？

唐俪辞的目光落在洞口一处新翻的泥土上："这里本有一棵茶花树。"

余负人咳嗽了几声："咳咳……那又如何？我爹他们很快就会追来……"

唐俪辞的目光移到不远处一块大石上："那里……有利刃划过的痕迹。"

余负人转目看去，的确不远处的石头上留着几道兵器划痕："有人曾在这里动手。"一句话说完，突觉后心一热，唐俪辞左手按住他后心，一股真气传了过来。这一次不是携他跳落茶花牢，而是推动他真气运转，刹那间连破十二处大穴，受震凝结的气血霍然贯通。

唐俪辞道："石头上有银屑，划痕入石半寸，是池云的'一环渡月'。

茶花树连根拔起，草木被削去一截，显然不是一环渡月所能造成的，再加上洞内这一道刀痕……"他幽幽地道，"说明什么呢？"

余负人低声道："有人……和池云在这里动手，池云不敌，被逼落洞中。"说出这句话来，他心头沉重，"天上云"何等能耐，是谁能逼他跳下茶花牢？又是在怎样的情形之下，他才会跳落茶花牢？

"说明跳下去的时候，他并没有失去反抗之力，仍以一刀抵住山壁，减缓下降之势。"唐俪辞慢慢地道，"将偌大一片荒草整齐削去一截，以及将茶花树连根拔起，不像同一人所为，我猜那是几人联手施为，茶花牢外，毕竟是牢主的天下……"余负人为之毛骨悚然，是谁能在茶花牢外聚众将池云逼落牢中？莫过茶花牢主。

"哈哈，仅凭几道痕迹，就能有这样的猜测，是要我说唐公子你聪明绝顶，还是愚蠢至极？"明月荒草之中，一道灰色人影影影绰绰地出现，"茶花牢是天下重地，就算是我逼落池云，难道你要冒天下之大不韪，击破茶花牢顶，放出江湖重犯，只为救池云一人？"来人淡淡地道，"当然，若你要全朋友之义，自己跳下去陪他，也无不可。每日三餐的饭食，茶花牢绝对为唐公子准备周全。"

"哦？"唐俪辞解开缠身的红绫，将它收入怀中，"听你这样的口气，是有必杀的信心了？"

余负人凝视来人，来人面上戴着一张雪白的面具，似是陶瓷所造，却不画五官，就如一张空脸："你是什么人？中原武林哪有你这号人物？自称茶花牢主，简直贻笑大方。"

瓷面人负手阔步而来："哈哈，黄口小儿，小小年纪就敢妄言中原武林人物……可笑可叹。"他手指余负人，"你是余泣凤的儿子，我不与你一般见识，要杀人也该让他亲自动手，至于你嘛——"他抬起另一只手，食指指向唐俪辞，"唐公子修为智慧，足堪一战，出手吧！让老夫领教你的换功大法、音杀之术！"

夜风吹，星垂四野，皓月当空。

唐俪辞铜笛在手，横臂将余负人轻轻一拨，推到身后："出剑吧。"

夜风清凉，略带初秋的寒意。

在唐俪辞夜闯茶花牢的同时，普珠收拾好了简单的行囊，正待明日动身返回少林寺。二更时分，他如往常一样闭目静坐，灵心证佛，真气运行之下听力敏锐之极，似乎可以听到方圆百丈之内的丝毫声息。虫鸣风响，窗棂吱呀，万物声息轮回之音，是妙乐，也是佛音，说不定……也是心魔，只看证佛人如何理解、如何去做。

突然之间，似从极远极远之处传来低柔的歌声，有人在唱歌："怎么……谁说我近来又变了那么多？诚实，其实简单得伤人越来越久。我嘛……城市里奉上神台的木偶，假得……不会实现任何祈求……"声音温柔低婉，似有些怅然，有些伤心，正是西方桃的声音。

这是那一天唐俪辞唱过的歌，普珠那夜听的时候，入耳并不入心，但今夜突然听见，立刻便记了起来，不想只是那夜听过一次，西方桃便已全部记下。盘膝坐课，耳听她幽幽地唱："……我不是戏台上普度众生的佛，我不是黄泉中迷人魂魄的魔，我坐拥繁华地，却不能够栖息，我日算千万计，却总也算不过天机……五指千谜万谜，天旋地转如何继续……"唱者依稀几多感慨，三分凄然，普珠本欲不听，却是声声入耳，字字清晰，待要视作清风浮云，却有所不能，僵持半晌，只得放弃坐课，睁开了眼睛。

"唉……"歌唱完了,遥遥传来一声轻轻的叹息,随即悄然无声。普珠下床走了几步,站在房中,望着明月,继续坐息也不是,不继续坐息也不是,总而言之,他是睡不着了。

一道人影自普珠窗外走过,普珠凝目一看,却是成缊袍,一贯冷漠的眉间似有所忧,一路往邵延屏房中走去。

是什么事要成缊袍半夜三更和邵延屏私下约谈?普珠并未追去,一贯澄澈的心境突然涌起了无数杂思,一个疑念涌起便有第二个疑念涌起,她……她为何要唱那首歌?那首歌很特别吗?究竟唱的是什么?她为何听过一次便会记得?自己却又为何也生生记得?她为何不睡?成缊袍为何不睡?邵延屏为何不睡?愕然之中,只觉心绪千万,刹那间一起涌上心头。普珠手按心口,额头冷汗淋淋而下,一颗心急促跳动,不能遏止。过了片刻,普珠默念佛号,运气宁神,足足过了大半个时辰方才宁定下来,缓缓呼出一口气,他是怎么了?

二更近三更时分,天正最黑,邵延屏苦笑地静坐喝茶,他在等成缊袍,已经等了两个时辰,喝了五六壶茶,去光顾了几次马桶,成缊袍再不来,他就要改喝酒了。

"咚咚"两声。

"进来。"邵延屏吐出一口气,"成大侠相邀,不知有何要事?"

今日下午,成缊袍突然对他说出一句"子夜,有事",就这么四个字,他便不能睡觉,苦苦坐在这里等人。成缊袍要说的事他不能不听,能让成缊袍在意的事,必定十分重要。

成缊袍推门而入,邵延屏干笑一声:"我以为你会从窗户跳进来。"

成缊袍淡淡地道:"我不是贼。"

邵延屏打了个哈哈:"我这房子有门没门、有窗没窗对成大侠来说都是一样,何必在意?敲门忒客气了,坐吧。"

成缊袍坐下:"明日我也要离开了。"

邵延屏点了点头,好云山大事已了,各位又非长住好云山,自然要各自离去:"除了要离去之事,成大侠似乎还有难言之隐?"不是难言之隐,岂会半夜来说?

成缊袍淡淡地看了他一眼:"我要回师门看望师弟。"

邵延屏张大嘴巴,这种事也用半夜来说?只得又打了个哈哈:"哈哈……说得也是,剑会耽误成大侠行程许久,真是惭愧惭愧。"

成缊袍端起茶杯喝了一口,突然道:"今日——"

邵延屏问道:"什么?"

顿了顿,成缊袍道:"今日——我看到唐俪辞和西方桃在房里……"

他未说下去,意思却很明显,邵延屏一口茶"噗"的一声喷了出来:"咳咳……什么?"

成缊袍淡淡地接着说:"在房里亲热。"

邵延屏摸出一块汗巾,擦了擦脸:"这个……虽然意外,却也是唐公子的私事。唐公子风流俊雅,桃姑娘貌美如花,自然……"

成缊袍冷冷地道:"若是私事,我何必来?西方桃来历不明,她自称是七花云行客中的'一桃三色',而一桃三色分明是个男人,其中不乏矛盾之处。她能在风流店卧底多年,为何不能在剑会卧底?唐俪辞年少风流,要是为这女子所诱,对中原武林岂是好事?"

邵延屏顺了顺气:"你要我棒打鸳鸯,我只怕做不到,唐公子何等人物,他要寻觅风流韵事,我岂能大煞风景?"

成缊袍冷冷地道:"明日我便要走,西方桃此女和普珠过往密切,又与唐俪辞纠缠不清,心机深沉,你要小心了。"

邵延屏又用汗巾擦了擦脸:"我知道了,这实在是重任,唉……"成缊袍站起身来,转身便走,一迈出房门便不见了踪影,身法之快,快于鬼魅。

邵延屏苦笑着对着那壶茶,唐俪辞和西方桃,事情真是越来越复杂、越来越古怪了:这位公子哥当真是看上了西方桃的美貌?或是有什么其他原因?若他当真和西方桃好上了,那阿谁又算什么?要他派遣十位剑会女弟子将人送回洛阳,又要董狐笔亲自送一封信去丞相府,唐俪辞为阿谁明保暗送,无微不至,难道只是一笔小小风流债而已?这位公子哥心机千万,掌控江湖风云变幻,仍有心力到处留情,真是令人佩服。

邵延屏慢慢给自己斟了杯茶,把玩着茶杯,茶水在杯中摇晃,闪烁着灯光,忽然之间,他自杯中倒影看到了一双眼睛——乍然回头,一道人影自窗沿一闪而逝,恍如妖魅。

邵延屏急追而出,门外空空荡荡,风吹月明,依稀什么都没有,但方才的确有一双眼睛在窗外窥探,并且——很有可能在成缊袍和他说话的时候,那双眼睛就在!是谁能伏在窗外不被他们二人发现?是谁会在半夜三更监视他们二人的行踪?是谁敢窃听他们的对话?若那真是个人,那该是个怎样骇人的魔头?

邵延屏心思百转,满头起了冷汗,想起白天宛郁月旦信里所说风流店主谋未死之事,顿时收起笑意,匆匆往唐俪辞房中赶去。

几个起落,邵延屏闯进唐俪辞屋内,却见满屋寂静,不见人影,唐俪辞竟然不在!

月光自门外倾泻入内,地上一片白霜,突而黑影一闪,邵延屏蓦然回首,只见一人黑衣黑帽蒙面,衣着和柳眼一模一样,静悄悄站在门口,无声无息,只有一股冰凉彻骨的杀气阴森森地透出,随风对着邵延屏迎面吹来。

糟糕!邵延屏心下一凉,退了一步,他没有佩剑,普珠和成缊袍已生离去之心,唐俪辞踪影不见,眼前此人显然功力绝高,这般现身,必有杀人之心。

如何是好?

"出剑吧。"唐俪辞横笛将余负人挡在身后,温和地道。

夜风飒飒,吹面微寒,天分外地黑,星月分外地清明,余负人有心相助,却知自己和唐俪辞所学相差甚远,只得静立一边,为他掠阵。

"第一招,"瓷面人腰间佩剑,他却不拔剑,双掌抱圆,交掠过胸,五指似抓非抓、似擒非擒,虚空合扣,翻腕轻轻向前一推,"大君制六合。"

余负人距离此人十步之遥,已觉一股逼人的劲风扑面而来,竟似整个山头西风变东风,一招尚未推出一半,已是气为之夺。

唐俪辞缓步向前,面对如此威势的双掌,他竟然迎面而上,出掌相抵。单掌推出,只听空中轻微"噼啪"作响,地上草叶折断,碎屑纷飞,瓷面人双掌一翻,刹那之间已是三掌相抵!余负人脸色陡变,只听"砰"的一声闷响,三掌相接,并未如他想象一般僵持许久,而是双方各退一步,竟是平分秋色!

瓷面人赞道："好功夫！换功大法果然是惊世之学，《往生谱》果然是不世奇书。让老夫猜上一猜，教你武功的人，可是白南珠？"

余负人闻言心中一震，不久前引发江湖大乱，杀人无数的恶魔，竟是唐俪辞的师父？

唐俪辞退势收掌，负手微笑："前辈也是不同凡响，居然能在一招之间就看出我师承来历。"他这么说，便是认了。余负人吁了口气，白南珠最多不过比唐俪辞大上几岁，却又如何做得了他的师父？

瓷面人"哈哈"大笑："纵然是白南珠也未必有你这一身功夫！当年杀不了白南珠，现在杀你也是一样，看仔细了，第二招！"他右拳握空疾抓，右足旋踢，"啪"的一声震天大响，竟是一击空踢，口中冷冷喊道，"良佐参万机。"

唐俪辞旋身闪避，这一踢看似凌空，却夹带着地上众多沙石、草叶、树梗，若是当作空踢，势必让那蕴劲奇大的杂物穿体而过，立毙当场！

一避之后，瓷面人长剑出鞘，一声长吟："大业永开泰——"剑光耀目，其中三点寒芒摄人心魂，余负人骇然失色——瓷面人这剑竟然是一剑三锋！同一剑柄之上三支剑刃并在，剑出如花，常人一剑可以挽起两三个剑花，他这一剑便可挽起八九个剑花，伏下七八十个后着！

唐俪辞人在半空，尚未落地，瓷面人这一剑可谓偷袭，但听铜笛掠空之声，"当当当"三响，唐俪辞已与那三花剑过了一招，借势飘远，微笑道："这明明是'短刀十三行'，韦前辈另起名字，果然是与众不同。"

瓷面人一滞，唐俪辞口称"韦前辈"，余负人"啊"的一声叫了起来，脸上微微变色："韦悲吟！"

201

这戴着瓷面具、手握长剑却施展短刀功夫的怪人，竟是韦悲吟！听说这人在江南山庄一战中伤在容隐、聿修二人手下，随后失踪，结果竟然是躲在这里当了什么茶花牢主，委实匪夷所思，其中必有隐情。韦悲吟的武功天下闻名，当年容隐、聿修两人联手方才重伤此人，此时唐俪辞一人当关，能幸免于难吗？

韦悲吟剑刃劈风，短刀招式既被看破，他不再佯装，"唰唰唰"三剑刺出，唐俪辞在三招之内看破他身份，此人非杀不可！正在韦悲吟三剑出、化为九剑的同时，三条人影极快地自树林中跃出，将唐俪辞团团包围，正是余泣凤、林双双和那名黑衣人！

余负人脸色惨白，韦悲吟加上这三人，唐俪辞万万不是对手，如何是好？此时就算跳下茶花牢，也不过是让这四人有机会将出口封住，将唐俪辞锁入牢中！想必池云就是受这几人围困，被迫跳下去的……

唐俪辞见四人合围，却是唇角上勾："一起上来吧！"言下顿时就有三支剑向他递了过来，两支是林双双的双剑，一支是韦悲吟的长剑，三剑齐出，威力奇大，"啪"的一声脆响，唐俪辞胸前衣裳碎裂，露出了红绫的一角。

余负人纵身而上，小桃红流光闪动，架住林双双一剑，只听"嚓"的一声，小桃红锋锐无比，林双双的青剑应声折断，余负人也是连退两步，不住喘息。

就在这片刻之间，唐俪辞横笛放到嘴边，余泣凤眼明手快一剑向他手腕刺来，黑衣人身影如魅，立掌来抓。余负人大喝一声，剑光爆起，御剑术冲天而起，力挡两人联手一击。

就在此时，一缕笛声破空而起，其音清亮异常，此音一出，韦悲吟快速回退，双手掩耳，运功力抗唐俪辞音杀；黑衣人抽身便退，眨眼间不见踪影；余泣凤一手掩耳，一声厉笑，仍旧一剑刺来；只有功力受制的林双双未受太大影响，"唰唰唰"三剑连环，竟是凌厉如常。

余负人力挡两招，气空力尽，唐俪辞的音杀难分敌我，他只觉天旋地转，仰天摔倒，很快失去知觉，耳边仍听剑啸之声不绝，笛音似是起了几个跳跃……

之后是一片黑暗。

不知过去了多久，真气忽转平顺，有一股温暖徐和的真气自胸透入，推动他的气血运行，在体内缓缓循环，余负人咳嗽几声，只觉口中满是腥味，却是不知何时吐了血。他睁开眼睛，那股真气已经消失，眼前仍是一片黑暗，过了好一会儿，才瞧见周围是一处天然洞穴，一缕幽暗的光线自头顶射下，距离甚远。又过了好一会儿，他突然醒悟这是茶花牢底，猛地坐起身来，只见身侧一具尸首，满身鲜血甚是可怖，却是林双双。

"觉得如何？"身边有人柔声问道，余负人蓦然回头，只见唐俪辞坐在一边，身上白衣破损，飘红虫绫披在身上，在黑暗中几乎只见他一头银发。

"我倒下之后，发生了什么事？"他失声问道，"他们呢？"

唐俪辞发鬓微乱，三五缕银丝顺腮而下，脸颊甚白，唇角微勾："他们……一个死了，一个重伤，还有两个跑了。"

余负人心头狂跳："谁……谁重伤？"

唐俪辞浅浅地笑："你爹。"

余负人脸色苍白，沉默了下来。过了一阵，他问道："只有你一个人?"唐俪辞颔首。

余负人长长地吐出一口气,唐俪辞一个人,就能杀林双双、重伤余泣凤、吓走韦悲吟和那黑衣人,简直……简直就是神话,他问道:"你怎做得到?"

"是他们逼我——我若做不到,你我岂非早已死了?"唐俪辞柔声道,"人被逼到万不得已,什么事都做得出来。"

余负人苦笑:"你……你……你……"他委实不知该说些什么好。

唐俪辞站了起来:"既然醒了,外面也无伏兵,不想被人瓮中捉鳖,那就起来往前走吧。"

余负人勉力站起,仍觉头昏耳鸣:"你那音杀……实在是……"

唐俪辞轻轻地笑:"实在是太可怕?"

余负人道:"连韦悲吟都望风而走,难道不是天下无敌?"

唐俪辞仍是轻轻地笑:"天下无敌……哈哈……走吧。"他走在前面,步履平缓,茶花牢那洞口之下是一处天然的洞穴,往前走不到几步,微光隐没,全然陷入黑暗之中。

一缕火光缓缓亮起,唐俪辞燃起碧笑火,余负人加快脚步,两人并肩而行。深入洞穴不过七八丈,地上开始出现白骨,一开始只是零零星星的碎骨,再往前深入十来丈远便是成堆成群的白骨骷髅,但看这些骷髅的死状,俱是扭曲痉挛,可见死得非常痛苦,有些骨骼断裂,显然是重伤而亡。

两人相视一眼,余负人低声道:"中毒!"唐俪辞颔首,这些白骨死时姿态怪异,一半是刀剑所伤,一半却并无伤痕,没有伤痕却扭曲而死的应是中毒。只是在这茶花牢中究竟发生了什么事,竟然导致了如此多人的死亡？传说中囚禁的众多江湖要犯又在何处？难道是都已经化为白骨了？

"这些白骨上都有腐蚀的痕迹，不是自然形成，应当是有人用腐蚀血肉的药物将尸体化为白骨。"余负人俯身拾起一截白骨，"那说明这些人死后，茶花牢内有幸存者。"

唐俪辞目不转睛地看着满地白骨成堆，池云呢？池云是在这堆白骨之内，还是……

"能毒杀这么多人的毒，不是能散布在风中的弥漫之毒，就是会相互传染。"余负人低声道，"小心了。"

"没事，我百毒不侵。"唐俪辞低声一笑，"让开，跟我走。"他负袖走在前面，伸足拨开地上的白骨残尸，为余负人清出一条路，两人一前一后，慢慢往深处走去。

满地尸骸，不明原因的死亡，囚禁无数武林要犯的茶花牢中究竟发生了什么事？余负人越走越是疑惑，越走越是骇然，地上的白骨粗略算来，只怕已在五百具上下，是谁要杀人？是谁要杀这么多人？茶花牢内的幸存者是谁？毒死众人的剧毒究竟是怎样可怖的东西？身前唐俪辞的背影平静异常，洞内无风，碧笑火的火光稳定，照得左右一切纤毫毕现。

走过白骨尸堆，面前是一片空地，满地黄土，许多洞穴中常有的蜈蚣、蟑螂、蚯蚓之类却是半只都看不见，地上也没有血迹，只留有一条长长的刀痕，四周很空，像刚才那群白骨争先恐后地从洞穴深处奔逃出去，不敢在这块空地上停留片刻，故而纷纷死在入口处。"前面有人。"余负人低声道，他初学剑术之时，学的是杀手之道，对声音气息有超乎寻常的敏锐。唐俪辞微微一笑，前面不但有人，而且不止一人。

火光照处，黄土地漫漫无尽，两人似乎走了很长一段时间，眼前突然出现了许多蛛网。这地下并没有蚊虫，这许多蜘蛛也不知道吃的什么，自有蛛网之处开始，洞穴两侧又有许多小洞穴，洞穴口设有钢铁栅栏，应该是原本关押江湖要犯之处。但钢铁栅栏个个碎裂在地，破烂不堪，显然已被人毁去，非但是毁去，并且应当已经被毁去很久了。

"看样子茶花牢被毁应当有相当长时间了，后来被关进茶花牢的人，只怕未必全是所谓的'江湖要犯'。"余负人道，"但是外面那洞口没有绝顶轻功只怕谁也上不去，牢门破后，这里面龙蛇混杂，几百人全部挤在一起，然后又一起死了。"

唐俪辞柔声道："不错……你聪明得很。"

听他此言，余负人反而一怔，渐渐不好意思再说下去，却又听唐俪辞问："你的伤势如何了？"

"走了这一段，真气已平，虽不是完全好，已不碍事。"余负人想起一事，反问道，"你可有受伤？"独战江湖四大绝顶高手，他却看似安然无恙。

唐俪辞微微一笑："没有。"余负人由衷佩服，至于他重伤余泣凤一事，已是毫不挂怀。两人走过那段囚人的洞穴，道路隐隐约约已经到头，尽头是一面凹凸不平的黑色石壁，石壁上金光隐隐，似乎有某种矿物的痕迹，洞穴在此转为向上拔高，不知通向何方，但茶花牢深处到此为止。

"没有人。"余负人喃喃地道，抬头看着头顶那黑黝黝的洞穴，"或者……人就躲在那里面。"但头顶的洞穴勉强只容一人进出，要藏身在那里面想必难受之极。刚才听闻的人声在此消失，唐俪辞右膝抬起，踏上一块岩石，垫起仰望。

几点流光在头顶的洞口微微一闪，余负人心中一动，那是蛛丝。转目看向面前这块黑色石壁，那石壁上金光闪闪的矿物脉络之上，到处都缠满了蛛丝，在火光之下，这蛛丝越发光彩闪烁，似乎有些与众不同。

"哈……"唐俪辞突然低声笑了一声，这一声的音调让余负人浑身一跳，抬头向唐俪辞仰望的方向看去，只见蛛丝闪烁，慢慢垂下，从那黑黝黝的洞穴之中，一张偌大的蜘蛛网慢慢下沉，刚开始只是露出丝丝缕缕的金色蛛丝，而后……慢慢地蛛网上露出了两只鞋子。

蛛网上粘着人。

这奇大无比的蛛网缓缓下沉，自洞穴垂下，先是露出了两只鞋子，而后露出了腿……而后是腰……腰上佩刀……

粘在蛛网上的人白衣佩刀，年纪很轻。

唐俪辞踏在岩石上的右足缓缓收了回来，那随网垂下的人，是池云。

但又不是池云。

池云随蛛网垂下，缓缓落地，一个转身，面对着唐俪辞。

他面无表情，衣着容貌都没有什么变化，似乎入牢之后并没有遭遇什么变故，但他那一双素来开朗豁达的眼睛却有些变了……黑瞳分外地黑，黑而无神，眼白布满血丝，有些地方因血管爆裂而淤血，导致眼白是一片血红。

一双血红的眼。

眼中没有丝毫自我，而是一片空茫。

余负人脸色微变:"池——"随即住口,唐俪辞没有叫人,这人是池云,却又不是池云。

头顶的洞穴里一物蠢蠢欲动,却是一只人头大小的蜘蛛,生得形状古怪,必定也不是什么好东西。它不住探头看着池云,又缩回少许,然后"吱吱"喷两口气,再探出头来。

池云右手持刀,左手握着一个金绿色的药瓶,那瓶口带着一片黄绿色,散发着一股刺鼻的气味。

"这洞里五百八十六条人命,都是你杀的?"唐俪辞面对池云,眼睫微垂,唇角上勾,说不上是关心还是含笑的表情,其中蕴含着冷冷的杀气,"你就是这牢中之王?自相残杀后留下来的最强者?"

池云并不说话,只一双眼睛阴森森地瞪视前方,他瞪得圆,隐约可见平日的潇洒豁达,他瞪得无情,却是说不出的诡异可怖。

"这就是所谓杀唐俪辞最好的人选……"唐俪辞真是笑了,"果然是好毒的计策、好狠的心。"他横袖拦住余负人,两人一起缓缓退步,边退他边柔声道,"你看到他面上隐约的红斑没有?"

余负人凝目望去,洞内光线昏暗,火光又在唐俪辞手上,委实辨认不清,距离如此之远,要能辨认池云脸上有没有红斑,需要极好的目力,他看了半晌,点了点头。

唐俪辞低柔地道:"毒死外面五百八十六人的毒药,就是九心丸,而化去尸体的药水,就握在池云左手。"

余负人大吃一惊:"什么……难道池云也中了九心丸之毒?那如何是好?"

唐俪辞秀丽的脸庞在火光下犹显得姣好,只听他道:"我猜他被迫跳进茶花牢,不想茶花牢下早就是一片混乱,有人给牢里众人下毒,众人互相传染,毒入骨髓,池云跳下之后,面临的就是九心丸之毒。"

余负人点了点头,想到当时情景,不免心酸,池云堂堂好汉,一身武功满心抱负,竟被困在这茶花牢中,被迫染上不可解的剧毒。

"为求生路——"唐俪辞低声道,声音很柔,听在余负人耳中却极冷,那柔和的声音不含情感,即使是说出如此残忍悲哀的话来,也听不出他有丝毫同情之意,"池云大开杀戒,一度画地为牢,逼迫众人远远避开他,团聚在茶花牢口,而他远避众人,深入洞内,希望彼此隔绝,能不受其害。然而——"他的语调变得有些奇怪,似乎是很欣赏这计谋,又似乎是怀着极其悲悯的心情,"然而在这洞穴深处,有着比九心丸更可怕的东西……"

余负人喉中一团苦涩:"就是这种蜘蛛?"

唐俪辞浅浅地笑:"据《往生谱》所载,这是蛊蛛的一种,蛊蛛并不生长在此,所以这么巨大的蛊蛛必定是有人从外面放进来的。"

"蛊蛛?"余负人低声问,"五毒之催。"

唐俪辞道:"不错,古人练蛊,将五毒放在缸内,等自相残杀之后取其胜者而成。蛊蛛之毒,正是让五毒相残的催化物。有人故意把蛊蛛放进茶花牢内,然后把池云逼落其中,这整个地底充满了蛊蛛之气,池云中了蛊蛛之毒后,从洞里出来,对聚成一团的众人狂下杀手,这就是那些碎骨的来历。牢里五百多人自相残杀,剧毒相互传染,其他人死光之后,最后得胜的一人就是蛊人。"他低声道,"这就是以人练蛊之法。"

余负人听得冷汗盈头,池云在这里杀一人,身上的蛊术就强一分,外面的人死一个，他的煞气就多一分，此时此刻，对面的池云早已迷失本性，完全成为杀人的机器，并且——是中了九心丸剧毒之后功力倍增、被练成蛊人之后神秘莫测的池云！

"很残忍，是不是？"唐俪辞柔声问，不知是在问余负人，还是在问失去神志的池云。余负人看着池云，想到他平日风流倜傥、潇洒豁达，心中痛煞！不管是谁，能想出如此计策将池云害成如此模样，便是日后将他千刀万剐，也难以抵消对池云造成的伤害！世上怎会有人残忍恶毒至此？怎会有人阴险可怖至此？那……那还是人吗？

"很残忍……"唐俪辞的目光缓缓转向池云的眼睛，"对很少吃过苦头的人来说，真的很残忍……"洞穴中蛊蛛奇异的气味越来越浓，那只巨大的蜘蛛在池云的头顶不停地喷气，池云的眼神越来越疯狂，唐俪辞横臂一震，将余负人震退数步，他踏前数步，直面池云，浅笑微露，"你想怎样？"

池云手中的一环渡月缓缓举起，刀尖直对唐俪辞双目之间，唐俪辞再上一步，微笑道："你想把我一刀劈成两半？出刀吧。"

一声刀刃劈风之声传来，池云出刀快如闪电，他本来出手就快，中毒之后越发快得令人目眩，这一刀刚刚听到风声，已乍然到了眉目之间。唐俪辞仰身侧旋，翩然避开，一头银发飘起，身上飘红虫绫随之扬起，长长拂了一地。池云对飘荡的红绫视而不见，一环渡月紧握手中，刀刀紧逼，刀光越闪越亮，破空之声越来越强，回荡在深邃的洞穴之中，一声声犹如妖啼。

惊人的刀法，池云长袖引风，手中刀一刀出去，刀势被袖风所引，飘移不定，极难预测。余负人一边观战，唐俪辞身法飘忽，刀刀避开，但池云越打越狂，一旦他飞刀出手，这洞穴地方如此狭窄，以池云那等霸道的飞刀之势，几乎不可能全部避开。而洞穴之中，若要施展音杀之术，自己只怕要先死在音杀之下，余负人面带苦笑，他为何要跟来？唐俪辞叫他回去，果然是对的，他跟在身后徒然碍手碍脚而已。

正当余负人自怨自艾时，只听耳边"咿呀"一声古怪的啸声，池云手中的一环渡月果然出手了，这一刀刀光不住闪烁，被袖风所托，缓缓向唐俪辞面前飘来。

"渡命——"池云僵硬的唇齿之间突然生硬地吐出两个字，飘向唐俪辞的刀光越闪越是灿烂，那说明刀身晃动得非常厉害。

唐俪辞负手而立，依然浅笑："还记得我说过的话吗？"池云沉默不答，也不知听进去没有，只听唐俪辞柔声道，"我是天下第一。"

此言一出，池云双目一瞪，刀光陡然爆开，只听"当"的一声震响，就如爆起了一团烟花，在余负人眼中只见刀刀如光似电，在这极黑的洞穴中引亮一团烟花似的绚烂。唐俪辞不持铜笛，欺身向前，竟是空手入白刃的功夫，只听"啪"的一声指掌相接，随之"当当当当"一连四声兵刃坠地之声，洞中忽而化为一片死寂。余负人心头狂跳，只见几点鲜血溅上山壁，有人受了轻伤，而池云双手都被唐俪辞牢牢制住——方才唐俪辞第一下夺刀掷地，池云立刻换刀出手，唐俪辞再夺刀，池云再换刀，如此一连四次，直至池云无刀可换，唐俪辞立刻制住他双手。

池云刀势霸道，要制他刀势，最好的办法就是不要让他发刀。唐俪辞出手制人，竟是出奇地顺利，手到擒来，短短一瞬，余负人却觉头昏眼花，背倚石壁，竟有些站立不稳之感。

胸口剑伤未愈，夜奔三十里，独战四大高手，杀一伤一，逼退两人，救自己之命，而后下茶花牢对战身为蛊人的池云，竟是数招制敌——这——这还算是人吗？

百年江湖，万千传说，还从未听说有人能如此悍勇，何况此人面貌温雅，丝毫不似亡命之徒。

唐俪辞的极限究竟在哪里？

世上有人能让他达到自己的极限吗？

"余负人，帮我用红绫把他绑起来。"唐俪辞柔声道，声音仍是一如既往地温和平静，甚至很从容，"小心不要碰到他的皮肤，池云身上的毒不强，但是仍要小心。"他双手扣住池云的手腕，池云提膝欲踢，却被他右足扣踝压膝抵住，剩余一腿尚要站立，顿时动弹不得。

余负人提起红绫，小心翼翼地将池云缚住，再用小桃红的剑鞘点住他数处大穴："你可以放手了。"

唐俪辞缓缓松手，池云咬牙切齿，怒目圆睁，他含笑看着，似乎看得很是有趣，伸手抚了抚池云的头："我们回去吧，今夜好云山多半会有变故。"

"变故？"余负人恍然大悟，"是了，有人将池云生擒，引你来救，是为调虎离山。"

唐俪辞点了点头："这就回去吧，善锋堂内有成缊袍、邵延屏和普珠在，就算有变故，应当都应付得了。"

余负人心情略松，淡淡一笑："你对成大侠很有信心。"

唐俪辞微微一笑："他是个谨慎的人，不像某些人毫无心机。"

余负人闻言汗颜："我……"

唐俪辞托住池云肋下:"走吧。"

两人折返洞口,仰头看那只透下一丝微光的洞口,这漏斗状的洞口扣住了洞下数百人命,不知要如何攀援。唐俪辞却是看了一眼洞口,自地上拾起一块石头,缚在红绫另一端,将石子掷了上去。余负人一怔,只听极远处"嗒"的一声闷响,石子穿洞而出,打在外边不知什么事物上,似乎射入甚深。

"上去吧。"这飘红虫绫有二三十丈长,即使缚住池云,所剩仍然足有二十来丈,用以做绳索是再好不过。余负人攀援而上,未过多时已到了洞口,登上外面的草地,深吸一口夜间清新的空气,只觉这一夜似乎过了很久很久,恍如隔世。

身后唐俪辞轻飘飘纵上,再把池云拉了上来,他仍旧将池云托住,三人展开轻功,折返好云山。

好云山上。

善锋堂内。

邵延屏面对黑衣黑帽不知名的高手,心中七上八下,丝毫无底。

那人动了一下,似乎在静听左右的动静,邵延屏心知他只要一确定左右无人,就会一招毙敌,而他这一招自己接不接得下来显然是个大问题。

敢在剑会中蒙面杀人,必定对自己的功力很有信心。想到此点,邵延屏心都凉了。

忽地黑衣人有了动静,浑身的杀气一闪而逝,突然之间往外飘退,眨眼之间就不见了踪迹。邵延屏心中大奇,这人明明占尽上风,为何会突然退走？正当惊诧之时，只听屋顶"咚"的一声响，他猛然抬头看去，只见清风明月，成缊袍一人挂剑，坐在唐俪辞的屋顶上，右手举着个酒葫芦，此时正拔了瓶塞，昂首喝酒。

一人一剑，一月一酒，冷厉霜寒，却又是豪气干云。

邵延屏大喜过望："成大侠！"

成缊袍冷冷地看着他："幸好我是明日才走。"言下又喝了口酒。

邵延屏跃上屋顶，眉开眼笑："若不是你及时出现，只怕老邵已经脑浆迸裂，化为一滩血肉模糊了，你怎知有人要杀我？"

"我只不过正巧路过，老实说他要是不怕惊动别人，冲上来动手，我可没有半点信心。"成缊袍冷冷地道，"我在堂门口就看见他的背影，结果他到这里这么久了，我才摸过来，其中差距可想而知。"

邵延屏干笑一声："你要是跟得太近，被他发现了一掌杀了你，只有更糟。"

成缊袍冷笑一声："要一掌杀成缊袍，只怕未必。"

邵延屏唯唯诺诺，心中却道就凭刚才那人的杀气，倒似世上不管是谁他都能一掌杀了。

便在此时，三道人影飘然而来。

成缊袍"咦"了一声："唐——"

唐俪辞三人已经回来，邵延屏看见池云被五花大绑，大吃一惊："怎么了？发生什么事？"

唐俪辞托住池云，快步往池云住所而去："没事，这几日不管是谁，不得和池云接触。"

余负人停下脚步，长长吐出一口气："池云被人生擒，中了九心丸之毒。"

成缊袍和邵延屏面面相觑,皆脸色一变,两人双双跃下:"究竟是怎么回事?"当下余负人把有人生擒池云,设下蛊人之局,连带调虎离山之计,如此等等一一说明。邵延屏越听越惊,成缊袍也是脸色渐变,这布局之人阴谋之深之远,实在令人心惊。

邵延屏变色道:"这样的大事,他怎可不和人商量,孤身前去救人?他明知是个陷阱,要是今夜救不出池云,反而死在那茶花牢中,他将江湖局势、天下苍生置于何地?真是……真是……"

余负人苦笑:"但……但他确实救出了池云。"邵延屏和成缊袍相视一眼,心中骇然——唐俪辞竟能独对林双双、余泣凤、韦悲吟和那黑衣人四人联手,杀一伤一,逼退两人还能毫发无伤,这种境界,实在已经像是神话了。

若唐俪辞在,方才那个黑衣人万万不敢在剑会游荡!邵延屏心下渐安,长长吐出一口气,苦笑道:"这位公子哥神通广大,独断专行,却偏偏做的都是对的,我真不知是要服他,还是要怕他。"

成缊袍淡淡地道:"你只需信他就好。"

信任?要信任一个神秘莫测、心思复杂、独断专行的人很难啊!邵延屏越发苦笑,望着唐俪辞离去的方向,信任啊……

池云房中。

唐俪辞点起一盏油灯,将池云牢牢缚在床上,池云满脸怨毒,看他眼神就知他很想挣扎,但挣扎不了。唐俪辞在他床边的椅子上坐下,支颐看着池云,池云越发愤怒,那眼神就如要沸腾一般。

"我要是杀了你,你醒了以后想必会很感激我……"唐俪辞看了池云许久,忽地缓缓柔声道,"但我要是杀了你,你又怎会醒过来?落到这一步,你不想活,我知道。"他的红唇在灯下分外地红润,池云瞪着他,只见他唇齿一张一合,"堂堂'天上云',生平从未做过比打劫骂人更大的坏事,却要落得这样的下场……你不想活,我不甘心啊……"他的语气很奇异,悠悠然地飘,却有一缕刻骨铭心的怨毒,听入耳中如针扎般难受,只见唐俪辞伸手又抚了抚池云的头,柔声道,"坚强点,失手没什么大不了,杀个几百人也没什么大不了,中点毒更不在话下,只有你活着,事情才会改变。就算十恶不赦又怎样?十恶不赦……也是人,也能活下去,何况你还不是十恶不赦,你只不过……"他的目光变得柔和,"你只不过顺从了本能罢了,到现在你还活着,你就没有输。"

床上的池云蓦地"啊——"一声惨叫。唐俪辞一手按腹部,一手轻轻拍了拍池云的面颊:"熬到我想到蛊蛛和九心丸解药的时候。"他一夜奔波,和强敌毒物为战,一直未显疲态,此时眉间微现痛楚之色,当下站了起来,"你好好休息……呃……"他蓦地掩口,弯腰呕吐起来,片刻之间,已把胃里的东西吐得干干净净。

床上的池云眼神一呆,未再惨叫,唐俪辞慢慢直起腰来,扶住桌子,只觉全身酸软,待要调匀真气,却是气息不顺,倚桌过了好半晌,他寻来抹布先把地上的秽物抹去清洗了,才转身离开。

池云目不转睛地看着他的行动,一双茫然无神的眼睛睁得很大,也不知是看进去了,还是根本没看进去。

唐俪辞回到自己屋里,沐浴更衣,热水氤氲,身上越觉得舒坦,头上越感眩晕。他的体质特异，几乎从不生病，就算受伤也能很快痊愈，胸口那道常人一两个月都未必能痊愈的剑伤，他在短短七八日内就已愈合，也曾经五日五夜不眠不休，丝毫不觉疲惫。但今夜连战数场，身体本也未在状态，真气耗损过大，被自己用内力护住的方周之心及其相连的血管便有些血流不顺了。

唐俪辞手按腹部，腹中方周的心脏仍在缓缓跳动，但他隐约感觉和以往有些不同，却也说不上哪里不同，在热水中越泡越晕，一贯思路清晰的头脑渐渐混沌，究竟是什么时候失去意识，他真的浑然不觉。

唐俪辞屋里的灯火亮了一夜。邵延屏担心那黑衣人再来，派人到处巡逻警戒，过了大半夜，有个弟子犹犹豫豫来报说唐公子让人送了热水进房，却始终没有让人送出来。邵延屏本来不在意，随口吩咐了个婢女前去探视。

天亮时分。

"唐公子？"婢女紫云敲了敲唐俪辞的房门。

房门上闩，门内毫无声息。

"唐公子？"紫云微觉诧异，唐俪辞对待婢女素来温文有礼，决计不会听到声音不回答，而她嗅到了房内皂荚的味道，他难道仍在沐浴？怎有人沐浴了一夜还在沐浴？他在洗什么？"唐公子？唐公子！你还在屋里吗？"

屋里依然毫无反应。

紫云绕到窗前，犹豫许久，轻轻敲了敲窗："唐公子？"

屋内依然没有回应，窗户却微微开了条缝，紫云大着胆子凑上去瞧了一眼。屋内烛火摇晃，她看到了浴盆，看到了衣裳，看到了一头银发尚垂在浴盆外,顿时吓了一跳:"邵先生、邵先生……"她匆匆奔向邵延屏的书房。

邵延屏正对着一屋子的书叹气,神秘的黑衣蒙面人在剑会中出没、夜行窃听,就算有唐俪辞在此镇住,让其不敢轻举妄动,那也不是治本之法。那人究竟是谁?是谁想要他邵延屏死?

"邵先生,邵先生,唐公子的门我敲不开,他……他好像不太对劲,人好像还在浴盆里。"紫云脸色苍白,"邵先生您快去看看,我觉得可能出事了。"

"嗯?"邵延屏大步向唐俪辞的厢房奔去,房门上闩,被他一掌震断,"哐当"一声,邵延屏推门而入。

而后不知过去了多少时间。

"唐公子?唐公子?"耳边有轻微的呼唤声,小心翼翼,唐俪辞心中微微一震,一点灵思突然被引起,而后如流光闪电,刹那之间,他已想到发生了什么事,睁开眼睛,只见邵延屏、余负人和成缊袍几人站在自己床沿,只得微微一笑:"失态了。"

床前几人都是一脸担忧,怔怔地看着他,从未见有人自昏迷中醒来能如此清醒,居然睁开眼睛,从容地道了一句"失态",却令人不知该说什么好。

顿了一顿,邵延屏才道:"唐公子,昨日沐浴之时,究竟发生了什么?你昏倒在浴盆之中,我等和大夫都为你把过脉,除了略有心律不齐,并未察觉有伤病,你自己可知问题究竟出在哪里?"唐俪辞脉搏稳定,并无异状,练武之人体格强壮,心律略有不齐十分正常,突如其来地昏厥,实在令人忧心如焚。

心律不齐那是因为体内有方周之心，双心齐跳，自然有时候未必全然合拍，至于为何会昏倒……唐俪辞探身坐了起来，余负人开口劝他躺下休息，唐俪辞静坐了一会儿，柔声道："昨日大概是有些疲劳，浴盆中水温太热，我一时忘形泡得太久，所以才突然昏倒。"三人面面相觑，以唐俪辞如此武功，说会因为水温太热泡澡泡到昏厥，实在令人难以置信。

唐俪辞只坐了那片刻，转头一看天色，微微一笑："便当我在浴盆里睡了一夜，不碍事的。"言罢起身下床，站了起来。

睡了一夜和昏了一夜差别甚大，但昨夜他刚刚奔波数十里地，连战四大高手，真气耗损过大导致体力不支也在情理之中。

邵延屏长长吁了口气："唐公子快些静坐调息，你一人之身，身系千千万万条人命，还请千万珍重，早晨真是把大家吓得不轻。"

唐俪辞颔首道谢："让各位牵挂，甚是抱歉。"三人又多关切了几句，一齐离去，带上房门让唐俪辞静养。

唐俪辞眼见三人离去，眉头蹙起，为何会昏倒在浴盆里，其实他自己也不明白，隐隐约约却能感觉到是因为压力……方周的死、柳眼的下落、池云的惨状、面前错综复杂的局面、潜伏背后的西方桃、远去洛阳的阿谁，甚至他那一封书信送去丞相府后京城的状态……一个一个难题，一个一个困境，层层叠叠，纠缠往复，加上他非胜不可的执念，给了自己巨大的压力，心智尚足，心理却已濒临极限，何况……方周的死，他至今不能释怀。

没有人逼他事事非赢不可，没有人逼他事事都必须占足上风，是他自己逼自己的。

倚门望远，远远的庭院那边，白雾缥缈之间，有个桃色的影子一闪，似是对他盈盈一笑。他报以一笑，七花云行客之一桃三色，是他有生以来遇见的最好的对手。

十八 ◆ 两处闲愁 ◆

也许我们相处久了，我就能从你身上多获得一些平静的感觉，也许相处久了，你会感觉到我其实……其实有很多苦衷。

所以不要爱上唐俪辞好吗？

东山。

书眉居。

几只仙鹤在池塘边漫步，夏尽秋初，草木仍旧繁茂，却已隐约带了秋色。林逋伤势痊愈，心情平静，一人在池边踱步。

"岸帻倚微风，柴篱春色中。草长团粉蝶，林暖坠青虫。载酒为谁子，移花独乃翁。于陵偕隐事，清尚未相同。"他随口吟了首诗，这是年初之作，自己并不见得满意，但既然想吟，他便随性吟一首。

"哎呀，大诗人在吟诗，我马上就走，对不住，我只是路过，你慢慢吟，吟不够或者不够吟的时候，可以叫我帮你吟，或者叫我帮你作诗也可以。"有人慢吞吞从背后踱过，黄衣红扇，轻轻挥摇，"不过，其实我是来告知你，今晚开饭了，如果你不想吃，我可以帮你吃，如果你吃不下，我可以帮你倒掉……"

"唉……"林逋叹了口气，虽然他无意讽刺，但方平斋实在是满口胡扯，没完没了，"今日炼药可有进步？"

方平斋"嗯"了一声:"你也很关心炼药嘛!其实炼药和你毫无关系,炼成炼不成死的又不是你,有进步没进步对你而言还不是废话一句,所以——我就不告诉你了,走吧,吃饭了。"

林逋轻轻叹了口气:"玉姑娘……"他欲言又止。

方平斋摇扇一笑:"如何?你对那位丑陋不堪的小姑娘难道存有什么其他居心?"

林逋道:"怎会?玉姑娘品性良善,我当然关心。"

方平斋往前而行:"世上品性良善的人千千万万,你关心得完吗?人总是要死的,早死晚死而已,难道你为她担心她就不会死了?难道她死过之后你就不会死了?等你变成万年不死的老妖怪再来关心别人吧。"

林逋淡然而笑:"方先生言论精辟,实在与众不同。"方平斋居然能说出这种有两三分道理的话,实在让他有些出乎意料。

两人走不多久,便回到林逋在东山的居处,名为书眉居。

柳眼的药房散发着一股奇异的气味,不知他每日都在房中捣鼓些什么,方平斋是非常好奇的,但一则柳眼不让他进房,二则有一次他趁柳眼不在偷偷进去,摸了一下房中瓶瓶罐罐里那些无色的药水,结果水干之后他的手指竟裂了一道如刀割般的伤口,却不流血,自此他再也不敢去探药房。柳眼住在药房中,除了吃饭洗漱,几乎足不出户,玉团儿却是进进出出,十分忙碌。

"你做的这是草汁还是菜糊?"饭桌之上,柳眼正冷冷地看着玉团儿。方平斋探头一看,只见桌上四菜一汤,其中那一碗汤颜色翠绿,里头有一团犹如菜泥一般不知是什么玩意儿的东西。

林逋看了一眼，唤道："如妈，这是……"

"这是玉姑娘自己做的，少爷。"一边伺候的如妈恭敬地道。

玉团儿本已端起碗筷，闻言放下："这是茶叶啊，那么多茶叶被你煮过以后就不要了，多可惜啊。茶叶又没有毒，闻着香，我把它打成糊放了盐，很好吃的。"

方平斋一掌拍在自己头上，摇头不语，林逋苦笑，柳眼冷冷地道："倒掉。"

玉团儿皱眉："你不吃别人也可以吃啊，为什么你不吃的东西就要倒掉？"

柳眼淡淡地道："不许吃。"

玉团儿道："你这人坏得很，我不听你的话。"她端起饭碗就吃，就着那碗古怪的茶叶糊，吃得津津有味。

"呃……小白，没有人告诉你，吃饭的时候要等长辈先坐、等长辈先吃，你才能吃吗？"方平斋红扇点到玉团儿头上，"虽然你现在是我未来师父的帮手，但是我年纪比你大，见识比你广，尤其对美味的品味比你高，所以——"

玉团儿皱眉道："你明明早就进来了，自己站在旁边不吃饭，为什么要我等你？你可以自己坐下来吃啊。"

方平斋摇头叹气："你实在让我很头痛，想我方平斋一生纵横江湖，未遇敌手，现在的处境真是好可怜、好令人悲叹感慨啊！"他言罢坐下，端起饭就吃，自然，他是不会去吃那碗茶叶糊的。

"你如果纵横江湖，未遇敌手，为什么要跟在柳大哥后面想学他的音杀？"玉团儿吃饭吃得不比他慢，"又在乱说了。"

方平斋道:"嗯……因为遇到的都是小角色,所以未遇敌手了,像我这般行走江湖好几年,所见所遇都是一招即杀的小角色,连不平事也没看到几件,真是练武人的悲哀啊——想我从东走到西,由南走到北,中原在我脚下,日月随行千里,自然称得上纵横江湖……"

玉团儿不耐烦地道:"你不要再说了,我不爱听,啰唆死了。"

柳眼冷眼看着那碗古怪的茶叶糊,慢慢端起碗,吃了一口白饭。

玉团儿忽地道:"你不是不吃吗?"

柳眼为之气结,端着饭碗放也不是,不放也不是,过了一阵,"哼"了一声放下碗筷,推着玉团儿给他做的轮椅,回他药房里去了。

林逋不禁好笑,在自己椅上坐了下来,端碗吃饭。这三人没有一个是克己能忍的人,三人凑在一处,真是时不时便会闹翻,看得久了,也就习惯了。

方平斋伸筷子将桌上菜肴的精华一一抢尽,吃了一个饱,跷起二郎腿:"其实——刚才你真的得罪他了。虽然他是我未来师父,我不该在背后说他坏话,但是他真爱面子。你说出来的话不是一般地难听,而是非常地难听,他能忍你到现在没有顺手把你害死,我觉得已经是奇迹了,所以你还是别再刺激他,以后说话小心一点,有好没坏。"

"他真的生气了吗?"玉团儿低声问。

方平斋"哈"的一声笑:"他不会真的和你生气,毕竟,你不是他想要生气的那个人。"

玉团儿皱起眉头:"那他想要生气的那个人是谁?"

方平斋红扇轻摇:"噫——这种事没得到我未来师父同意,在背后乱说很没道德,你如果想知道,不如自己去问他,最好顺便送饭进去给他吃，发誓再也不做这种奇怪的东西，他如果心情变好，说不定就会告诉你。"

玉团儿看了他一眼："你怎么会知道他想要生气的人是谁？"

方平斋咳嗽了一声："当然是因为我是他亲亲未来好弟子，交情自然非比寻常。"

玉团儿又瞪了他一眼，端起饭碗，夹了些剩菜放在白饭上，端进药房去了。

"方先生真是奇人。"林逋慢慢吃饭，"其实黑兄对玉姑娘真是不错。"

方平斋"哈哈"一笑："我对我那未来师父更是鞠躬尽瘁，但不知道什么时候才能打动他的铁石心肠，让我得偿所愿呢？真是好可怜的方平斋啊！"他以红扇盖头，深深摇头，"不过我的耐心一向非比寻常，哈哈！"林逋莞尔，虽然方平斋要从柳眼身上学什么他不懂，但这人并不真的讨厌。

药房中。

柳眼推着轮椅面对那一人来高的药缸，以及房中各种各样形状古怪的瓶瓶罐罐，闭目一言不发。玉团儿端着饭进房："真的生气了吗？"柳眼不答。

玉团儿将饭放在一旁桌上："都是这么大的人了，怎么还会为这样的事生气？你又不是小孩子。"

柳眼淡淡地道："出去！"

玉团儿偏偏不出去，在他轮椅面前坐下，托腮看着他："你是在生我的气，还是在生别人的气？"

柳眼冷冷地道："出去！"

"如果你一直在生别人的气，你就不该让我觉得都是我害你心情不好啊！虽然我是错了，煮了茶叶糊没和你说……"玉团儿捶了捶腿，"如果你心情不好，把心事告诉别人，就会觉得轻松一点。"

柳眼看她捶腿，眼眸微动："你的腿酸吗？"

玉团儿叹了口气："有一点，我没告诉你，对不起。"

柳眼道："裙子拉起来让我看一下。"

玉团儿犹豫了一会儿，把裙摆拉到膝盖，只见原本雪白细腻的小腿有些干枯瘦弱，皮肤上布满细纹，已有老相。

柳眼看过之后，让她放下裙摆，沉默良久，道："你快要死了。"

"我知道。"玉团儿坦然道，"也许等不到你炼成药，我就死了。"

柳眼顿了一顿，难得声音有些温柔："你……怕不怕？"

玉团儿看了他一眼："怕，有谁不怕死呢？但怕归怕，该死还是要死的。"

柳眼淡淡地问："你不觉得很冤吗？人生只此一遭，你却过得如此糟糕，小小年纪就要死了，什么都还没有尝试过。"

玉团儿叹了口气："是啦！我还没有嫁人，还没有生过孩子，却要死了。不过我没有觉得太糟糕，因为在死之前，还有你为我炼药，想救我的命。"她的眼睛一向直率，直率的目光一贯让人难以承受，所以柳眼避开了她的目光，只听她继续道，"我认识的人不多，只有你一个真的想救我，不但说了，也做了，我觉得……"她低声道，"我觉得是很难得的，活得再短，能认识一个真的对自己好的人，已经很值得，虽然你是个大恶人。"

"我只不过拿你来试药，又不是真的对你好。"柳眼冷冷地看着她，"何必说得这么让自己感动，那些明明是幻想。"

玉团儿耸了耸肩："你就是喜欢把自己说得很坏。"

柳眼再度闭上眼睛："小小年纪，想得很多。"

玉团儿道："我……"

柳眼忽地推动轮椅，从巨大的陶罐底下取出一茶杯淡绿色的汁液，那其中不止有茶，还有别的许多不知什么东西，他将茶杯递给玉团儿："来不及完全炼成，是死是活就看你的运气，敢不敢喝？"

玉团儿吃了一惊，将茶杯接了过来："这就是药？"

"这是未完成的药，"柳眼的手掌盖住茶杯口，低沉地道，"你要想清楚，也许你还能活几个月，也许你还能活几天；但是这杯药喝下去，说不定你马上就死。"他阴森森地问，"你是要毫无希望地再活几天、几个月，还是现在就死？"

玉团儿睁着眼睛看他，似乎觉得很诧异："也许我喝下去不但不会死，病还会好呢？你炼药不就是为了治病吗？你这么有信心，怎么会失败呢？"

柳眼放手，转过头去："那就喝下去。"

玉团儿端着茶杯："在我喝下去之前，可不可以告诉我，你到底在生谁的气？"

柳眼微微一震："什么……"

玉团儿目不转睛地看着他："我很好奇，如果我喝下去就死了，不就永远也听不到了？"

柳眼又沉默良久，不耐地道："我没有生气。"

玉团儿"哎呀"一声:"你骗人!不生气为什么不吃饭?"

"我没有生气,"柳眼淡淡地道,"我只是……突然想起一个人。"

玉团儿好奇地道:"谁?"

柳眼慢慢地道:"伺候我的奴才。"

玉团儿怔了一怔,突然也沉默了下来,过了好一阵子,她轻轻地问:"是你的婢子吗?"

柳眼点了点头。玉团儿低声道:"她……她一定……"她突然觉得委屈,能让柳眼想起的婢女,究竟是什么样的人?"一定比我漂亮。"

"她的确比你美貌得多,"柳眼冷冷地道,"并且温柔体贴,逆来顺受,我要打她耳光便打她耳光,我要她活就活,要她死就死,绝对不像你这么惹人讨厌。"

玉团儿却道:"我也想对你好,但我一对你好,你就要生气。"

柳眼道:"她是聪明的女人,不像你头脑空空,奇笨无比,冥顽不灵。"

玉团儿又问:"你有教过她武功吗?"

柳眼一怔:"没有!"

她喜滋滋地道:"但你教过我武功!你对我也是很好的。"

柳眼不耐地道:"她又不会武功……"忽地发觉已和玉团儿扯到完全不相干的话题上去,顿时喝道,"喝下去!"

玉团儿端起茶杯,却是犹豫着没有马上喝。柳眼冷笑道:"怕了?"

玉团儿摇了摇头:"我在想死了以后能不能见到我娘。"

柳眼道:"死了便是死了,你什么也不会见到,不必痴心妄想了。"

玉团儿幽幽叹了口气,将那杯汁液喝了下去。柳眼目不转睛地看着她,只见玉团儿的脸色并没有什么变化,喝过之后坐在地上,两人四目相对,过了半晌,却是什么事也未发生。

"看来这药喝下去不会死人。"柳眼冷冷地道,"很好。"

玉团儿伸手在自己脸上、身上摸了摸:"我……我什么都没有感觉到。"柳眼从怀里摸出一块手帕,再从陶罐下取出一杯汁液,浸透手帕,缓缓弯腰,将浸透汁液的手帕按在她脸上。

"不要动。"他道。

"可是……你还没有吃饭,要很久吗?"她一动不动,关心的却是别的事。

他突然觉得有些好笑,有些气恼,还有些心烦意乱:"喝下去毒不死你不表示你一定能好,关心你自己吧。"

"哦。"玉团儿安静坐着,柳眼修长雪白、少有褶皱的手指捂在她脸上,她从手帕的边缘看得见他的手腕,他的手腕腕骨秀气,手臂硬瘦而长,是一只精美绝伦的手,可惜她看不见他容貌被毁前的样子,不知道他的脸是不是也和他的手一样漂亮。不过这只手虽然漂亮,却带着一种阴沉抑郁的白,就像烧坏了的白瓷一般。

脸颊渐渐被他的手温焐热,她眨了眨眼睛,他把她的眼睛按住,不让她睁眼,很快她连眼睑都热了起来。她幻想着明天自己究竟是会死还是会活着,脸上手指的温热,让她觉得其实柳眼是个很温柔的人……他其实并不是太坏,只是很想变得很坏而已,一定有什么理由。

过了半炷香的时间,柳眼将手帕收了起来,玉团儿那张老太婆的面孔并没有什么改变,他冷冷地看着她,她还不睁眼:"做什么梦?你还是老样子。"

玉团儿睁开眼睛，爬起来对着铜镜照了照，镜中还是一张老妪面孔，她却并没有显得很失望，拍了拍脸颊，突然道："其实我觉得你不坏的，不像沈大哥说的那样是一个十恶不赦的大恶人。"

柳眼推动轮椅，面对着墙壁，冷冷地道："出去吧，明天早上自己带手帕过来敷脸，如果嫌药太难喝，就叫方平斋给你买糖吃。"

玉团儿应了一声，突然道："我要你给我买糖吃。"

柳眼微微一怔，并不回答："出去吧。"

玉团儿关上药房的门，心情大好，脸上不禁笑盈盈的。方平斋站在门口，身影徘徊，红扇挥舞："嗯……"

她回过头来，笑盈盈地看着他："喂，我觉得他现在心情不坏。"

方平斋摸了摸头："呃……这个……算了，方平斋啊方平斋，想你横行天下未遇敌手，拜师又不是什么见不得人的事，怎么会在此时此刻退缩呢？真是好奇怪的心理——"说着，他迈进药房，"黑兄，想我方平斋一生潇洒，现今为你做牛做马甚久，是无怨无悔又心甘情愿，不知黑兄何时教我音杀之术呢？"

柳眼面对墙壁，似乎是笑了一笑，方平斋认识这人也有一段时日，却从来没有见过他笑，心中大奇，想绕到前面去看一眼，柳眼面前却是墙壁，何况一个满脸血肉模糊的人笑不笑估计也分辨不怎么清楚，于是背手一扇："黑兄——盼你看在我拜师之心感天动地，求知之欲山高水长的份上，就教了我吧！"

柳眼低沉地道："哈哈，音杀并非人人可学，你只是为了杀人而学，永远也学不会。"

方平斋笑道："哦？那要为了什么而学，才能达到黑兄的境界？"

柳眼淡淡地道:"不为什么。"

"不为什么?"方平斋走到柳眼身边,"真是好奇妙的境界,咿呀,真的不能让我一试?说不定——我会是百年难遇的奇才哦!"

柳眼推动轮椅,缓缓转过身来:"要学音杀……首先至少要会一样乐器,你可会乐器?"

"乐器?"方平斋眼眸转动,"我会……哎呀,我什么也不会。"

柳眼闭目:"那就不必说了。"

方平斋在药房内徘徊几步:"但是我会唱歌哦!"

柳眼眼帘微挑:"哦?唱来听下。"

方平斋放声而歌:"小铜锣、小木鼓,小鸡、小鸭、小木屋,水上莲花开日暮,屋后还有一只猪……"歌声粗俗,直上云霄,震得屋外落叶四下,犹在吃饭的林遢吃了一惊,玉团儿"哎呀"一声,真是吓了一跳。

不过片刻,方平斋已把那首乱七八糟的儿歌唱完了,红扇一指:"如何?"

柳眼淡淡地道:"不差。"

方平斋"嗯"了一声,似乎连他自己都吃了一惊:"你不是在说笑?"

柳眼道:"不是。"他第一次正面看着方平斋的眼睛,目光很淡,"也许……你真的是百年难遇的奇才。"

方平斋张口结舌,多日来的希冀突然实现,似乎连他自己都有些难以接受:"难道我刚才的歌真的唱得很好?哎呀!我还以为,世上只有石头才肯听我唱歌,因为——它们没脚,跑不了。"

"唱得很投入,很大方。"柳眼低沉地道,"虽然有很多缺点,却不是改不了……哈哈,教你音杀,也许,有一天你能帮我杀了那个人。"

他的眼眸深处突然热了起来，"半年之后，你要练成一样乐器，如若不能，不要怪我对你失去耐心。"

方平斋哈哈一笑："半年之后？你对我的期待真是不低，不过我还不知道你到底要我练哪一种乐器？事先说明，我可是弹琴弹到鬼会哭，吹箫吹得神上吊，一曲琵琶沉鱼落雁，害死不少小动物的人哦。"

"乐器不成，音便不准，音不准则不成曲。"柳眼淡淡地道，"以你的条件，可以尝试击鼓。"

方平斋踉跄倒退几步，手捂心口："击……鼓？"

柳眼闭眼："鼓也是乐器，并且不好练。"

方平斋负扇转身："你要教我击鼓？"

柳眼淡淡地道："如果你要学，我会教。"

方平斋"嗯"了一声："击鼓，没试过，也许——真的很好玩，我学。"

柳眼举袖一挥："那么你先去寻一面鼓来，一个月后，我们开始。"

方平斋喜滋滋地迈出药房，林逋已吩咐如妈将碗筷收拾好，见玉团儿和方平斋都是满面欢喜，心里不由得觉着黑兄果然非寻常人也。毁容残废之身，武功全失，身上没有盘缠，既无功名也无家业，孤身一人，却总能让他人为他欢喜悲哀，他心情略好，大家便笑逐颜开，不仅是方平斋、玉团儿如此，连自己也是如此。

药房内。

柳眼面壁而坐，门外一片欢愉，门内一片寂静。

他静静地看着一片空白的墙壁，杂乱的心事，在此时有一瞬的空白。他并不算是一个聪明和有主见的人。他会受身边人的影响，他既容易相信别人，又容易纠结于细节，总是在一厢情愿。这些缺点，他自己也很清楚。

但是改不了。

就像现在他答应了教方平斋音杀，而方平斋究竟是怎么样一个人，他其实并不清楚。就像为何要救玉团儿，他至今回答不出真正的原因。一定要追根究底的话，只能说……他仍然是个滥好人，他无法坚定地拒绝别人，别人对他有所求，他能做到却拒绝别人，在心底深处就好像有愧一样。

他就是这样的人，他和唐俪辞完全相反。

柳眼长长地吐出一口气，炼药渐渐有成，答应了教方平斋音杀之后，他的心稍微有些平静了下来，无思无虑地看着一片雪白的墙壁，片刻之后一个念头涌上心头：她……她怎么样了？

他离开之后，她们一定不会放过她，他很清楚。但好云山之战的失利在他意料之外，此时此刻徒然有牵挂之心，却已无救人之力，但是——他相信唐俪辞会有所行动，因为阿谁是他的女人，因为唐俪辞收养了她的儿子，所以一定会救她。他却不知唐俪辞从不为了这种理由救人，这种救人的理由只是柳眼的，不是唐俪辞的。唐俪辞救了阿谁，在相当大的程度上来说，只是一种偶然。

但依然要说柳眼的直觉很准，虽然他无法分析真正的原因，却预知了结果。

她被唐俪辞所救之后，一定很感激他，而招惹女人，那是唐俪辞一贯的伎俩。柳眼坐在那里面对墙壁，突然又愤怒起来，她……她现在还记得他吗？是不是心里只剩下唐俪辞的风流倜傥、温柔体贴，是不是只记得自己对她呼喝打骂，操纵控制，从而对他满心怨恨？说不定她会以为，把她抛弃在总舵，让那些女人们欺凌，全部都是他的主意，又是他折磨她的一种手段，然后更加恨他……

柳眼的手掌慢慢握成了拳，阿谁……

我其实……其实……并不是故意折磨你，折磨你我并不快乐，当初把你从冰豫侯府带走，故意让你母子分离，也并不是因为你天生内媚、秀骨无双，不是因为你是百世罕见的美人，而是因为……

是因为你是我当初努力想做却做不了的那种人。

你温和从容，能忍让、不怨恨，对任何人都心存善意，但又能抽身旁观，纵然受到伤害也能处理得很好，虽然你的力量微薄，却让我非常羡慕——羡慕到妒忌，因为我妒忌，我不知道怎么办才好，所以折磨你。

也许我们相处久了，我就能从你身上多获得一些平静的感觉，也许相处久了，你会感觉到我其实……其实有很多苦衷。

所以不要爱上唐俪辞好吗？

碧落宫。

午后，碧霄阁。

宛郁月旦近来养了一只兔子，雪白的小兔子，眼睛却是黑的，耳朵垂了下来，和寻常的小白兔有些不同，但宛郁月旦看不见，他只抚摸得到它细软温暖的毛，和它不过巴掌大的小小身躯。他一度想喂它吃肉，但可惜这只兔子只会吃草，并且怕猫怕得要死，和他想象的兔子相去甚远。

"启禀宫主，近日那两人每况愈下，如果再找不到方法，只怕……"

铁静缓步走近宛郁月旦的房间，"已经试过种种惯用的方法，都不见效果。"

宛郁月旦怀抱兔子，摸了摸它的头，提起后颈，把兔子放在地上："还是不会说话？"

"不会说话，不但不会说话，也不会吃饭，甚至不会睡觉。"铁静眉头紧皱，"我还从未见过被控制得如此彻底的人，这几天每一口粮食和清水，都要女婢一口一口喂。"

宛郁月旦道："唐公子说这两人受引弦摄命之术控制，只有当初设术之人才解得开，必须听完当初设下控制之时所听的那首曲子。一旦猜测失误，曲子有错，这两人会当场气血逆流，经脉寸断而亡。"

铁静眉头越发紧锁："但是根据闻人师叔检查，这两人并不只是中了引弦摄命之术，早在身中引弦摄命之前，他们就身中奇毒，是一种令人失去神志，连睡觉都不会的奇毒。这两人失去神志之后，再中引弦摄命，乐曲深入意识深处，后果才会如此严重。"

"引弦摄命之术，红姑娘或者可解，就算红姑娘不能，在寻获柳眼之后，必然能解。"宛郁月旦眉头微扬，"我本来对引弦摄命并不担心，这两个人不能清醒，果然另有原因。他们现在还在客房？"

铁静点头："宫主要去看看？"

宛郁月旦微笑道："七花云行客，传说中的人物，今日有空，为何不看？一旦他们清醒过来，我便看不着了。"铁静轻咳一声，有些不解，宛郁月旦双目失明，他要看什么？宛郁月旦却是兴致勃勃，迈步出门，往客房走去。

铁静跟在他身后，这位宫主记性真是好，碧落宫只是初成规模，许多地方刚刚建成，但宛郁月旦只要走过一次便会记住，很少需要人扶。两人绕过几处回廊，步入碧落宫初建的那一列客房中的一间。

梅花易数和狂兰无行两人直挺挺地站在房中，脸色苍白，神色憔悴，那衣着和姿态都和在青山崖上一模一样。时日已久，如果再无法解开他们两人所中的毒药和术法，纵然是武功盖世，也要疲惫至死了。宛郁月旦踏入房中，右手前伸，缓缓摸到梅花易数脸上，细抚他眉目，只觉手下肌肤冰冷僵硬，若非还有一口气在，简直不似活人。

铁静看宛郁月旦摸得甚是仔细，原来他说要看，就是这般看法，如果不是这两人神志不清，倒也不能让他这样细看。

"原来梅花易数、狂兰无行长得这种样子。"宛郁月旦将两人的脸细细摸过之后，后退几步坐在榻上，"铁静你先出去，让我仔细想想。"铁静答应了，关上门出去，心里不免诧异，但宛郁月旦自任宫主以来，决策之事样样精明细致，从无差错，他既然要闭门思索，想必是有了什么对策。

宛郁月旦后仰躺在客房的床榻上，静听着梅花易数和狂兰无行的呼吸声，这两人的呼吸一快一慢，一深一浅，显然两人所练的内功心法全然不同。究竟是什么样的毒药，能让人在极度疲乏之时，仍然无法放松关节，不能闭上眼睛，甚至不能清醒思索，也不能昏厥？也许……他坐了起来，撩起梅花易数的衣裳，往他全身关节摸去。梅花易数年过三旬，已不算少年，但肌肤骨骼仍然柔软，宛郁月旦目不能视，手指的感觉却比常人更加敏锐，用力揉捏之下，只觉在他手臂关节深处，似乎有一枚不似骨骼的东西刺入其中。

那是什么？一枚长刺？一根小针？或者是错觉？宛郁月旦从怀里取

出一块磁石，按在梅花易数关节之处，片刻之后并无反应，那枚东西并非铁质。究竟是什么？他拉起狂兰无行的衣袖，同样在他关节之处摸到一枚细刺，心念一动，伸手往他眼角摸去。

眼角……眼窝之侧，依稀也有一枚什么东西插入其间，插得不算太深。宛郁月旦收回手，手指轻弹，右手拇指、食指指尖乍然出现两枚紧紧套在指上的钢制指环，指环之上各有纤长的钢针。左手轻抚狂兰无行的右眼，宛郁月旦指上两枚钢针刺入他眼窝之旁，轻轻一夹，那细刺既短且小，宛郁月旦对这指上钢针运用自如，一夹一拔之下，一枚淡黄色犹如竹丝一般的小刺自狂兰无行眼角被取了出来。指下顿觉狂兰无行眼球转动，闭上了眼睛，宛郁月旦温和地微笑，笑意温暖，令人心安："听得到我说话吗？如果听得到，眨一下眼睛。"狂兰无行的眼睛却是紧紧闭着，并不再睁开。

"铁静。"宛郁月旦拈着那枚小刺。

铁静闪身而入："宫主。"

宛郁月旦递过那枚小刺："这是什么东西？"

铁静接过那细小得几乎看不到的淡黄色小刺："这似乎是一种树木，或者是昆虫的小刺。"

宛郁月旦颔首："请闻人叔叔看下，这两人各处关节，甚至眼窝都被人以这种小刺钉住，导致不能活动，这东西想必非比寻常。"

铁静皱起眉头："不知宫主是如何发现这枚细刺？"

宛郁月旦轻咳一声："这个……暂且按下，这若是一种毒刺，只要查明是什么毒物，这两个人就有获救的希望。"他把梅花易数从头到脚都摸了一遍，若是让这位横行江湖的逸客醒来知晓，未免尴尬，说

237

不定还会记仇，不说也罢。

铁静奉令离去，宛郁月旦的手搭在狂兰无行身上，又迅速将他全身关节摸索了一遍，心下微觉诧异，狂兰无行身上的细刺要比梅花易数多得多，有时同一个关节下了两枚，甚至三枚细刺，这是故意折磨他，还是另有原因？人的关节长期遭受如此摧残破坏，要恢复如初只怕不易。这小小的细刺，能钉住人的关节甚至眼球，但为何在特定的时候，这两人能浑若无事一样和人动手？难道动手之前会将他们身上细刺一一取出，任务完成之后再一一钉回？不大可能……

除非——引弦摄命之术发动的时候，能令这两个人浑然忘记桎梏，令他们对痛苦失去感觉，从而就能若无其事地出手。而这种方法只会让他们的关节受损更加严重，要医治更难，就算救了回来，说不定也会让他们失去行动的能力，终身残废。

好毒辣的手段！

宛郁月旦整理好狂兰无行的衣裳，坐回床榻，以手支颐，静静地思索。过了一会儿，他对门外微微一笑："红姑娘，请进。"

门外雪白的影子微微一晃，一人走了进来，正是红姑娘。眼见站得笔直的梅花易数和狂兰无行两人，红姑娘的眼睛微微一亮，眼见两人气色憔悴，奄奄一息，眼睛随即黯淡："他们如何了？"

"他们还好，也许会好，也许会死。"宛郁月旦微笑道，"不知红姑娘能不能解开他们身上所中的引弦摄命之术？"

红姑娘目不转睛地看着梅花易数和狂兰无行："他们身上的引弦摄命术不是我所下，但我的确知道是哪一首曲子。不过……"她幽幽叹了口气，"他们未中引弦摄命之前就已经神志失常，而且不知道谁在他们身上下了什么东西，这两人终日哀号，满地打滚，就像疯子一样。是主人看他们在地牢里实在生不如死，所以才以引弦摄命让他们彻底失去理智。现在解开引弦摄命之术，只会让他们痛苦至死。"她目不转睛地看着宛郁月旦，"你当真要我解开引弦摄命之术？"

"嗯。"宛郁月旦坐在床上，背靠崭新的被褥，姿态显得他靠得很舒服，"红姑娘请坐。"

红姑娘嫣然一笑："你是要我像你一样坐在床上，还是坐在椅子上？"

宛郁月旦眼角温柔的褶皱轻轻舒开："你想坐在哪里就坐在哪里，我有时候，并不怎么喜欢太有礼貌的女人。"

红姑娘轻轻一叹，在椅上坐下："这句话耐人寻味，惹人深思啊。"

宛郁月旦一双黑白分明、清澈好看的眼睛向她望来："你真的不知谁在他们身上下了什么东西吗？你若说知道，也许……我能告诉你最近关于柳眼的消息。"

红姑娘蓦然站起："你已得到主人的消息？"

宛郁月旦双足踏上床榻，双手环膝，坐得越发舒适："嗯。"

红姑娘看他穿着鞋子踏上被褥，不禁微微一怔，虽然他的鞋子并不脏，但身为一宫之主，名声传遍江湖，做出这种举动，简直匪夷所思，呆了一呆之后，她微微咬唇："我……我虽然不知道如何解毒，但是我听说，梅花易数和狂兰无行身上中了一种毒刺，是一种竹子的小刺，那种古怪的竹子，叫作明黄竹。"

"明黄竹？"宛郁月旦沉吟，"它生长在什么地方？"

红姑娘摇了摇头:"我不知道。"她睁大眼睛看着宛郁月旦,"主人的下落呢?"

宛郁月旦道:"最近关于柳眼的消息……嗯……就是……"

红姑娘问道:"就是什么?"

宛郁月旦一挥袖:"就是……没有。"

红姑娘一怔:"什么没有?"

宛郁月旦柔声道:"最近没有关于柳眼的消息。"

红姑娘白皙的脸上泛起一片红晕:"你——"

宛郁月旦闭目靠着被子,全身散发着惬意和自在。她再度幽幽叹了口气:"明黄竹早已绝种,谁也不知它究竟生长在哪里,但听说皇帝所戴的金冠之上,有许多明珠,其中有一颗名为'绿魅',在月明之夜掷于水井之中会发出幽幽绿光,绿魅的粉末能解明黄竹之毒。"

"这段话如果是真,红姑娘的出身来历,我已猜到五分。"宛郁月旦柔声道,"最近关于柳眼确实没有消息,但在不久之前,有人传出消息,只要有人能令少林寺新任掌门方丈对他磕三个响头,并为他作诗一首,他就告诉那人柳眼的下落。"

"依照这段话算来,这传话的人应当很清楚主人现在的状况,说不定主人就落在他手中,说不定正在遭受折磨……"红姑娘咬住下唇,脸色微现苍白,"传话的人是谁?"

宛郁月旦摇了摇头:"这只是一种流言,未必能尽信,究竟起源于何处,谁也不知道。但是……"他柔声道,"柳眼的状况必定很不好。"

红姑娘点了点头,若非不好,柳眼不会销声匿迹,更不会任这种流言四处流传,她问道:"你有什么打算?"

宛郁月旦慢慢地道："要找柳眼，自然要从沈郎魂下手，沈郎魂不会轻易放弃复仇的机会，除非柳眼已死，否则他必定不会放手。沈郎魂面上带有红蛇印记，被找到只是迟早的事。"

红姑娘长长舒了口气："传出话来的人难道不可能是沈郎魂？"

宛郁月旦抬头望着床榻顶上的垂幔，虽然他什么都看不见，却如能看见一般神态安然："想要受少林方丈三个响头的人，不会是沈郎魂，你以为呢？"

红姑娘眼眸微动："一个妄自尊大、狂傲、喜好名利的男人。"

宛郁月旦微笑："为何不能是一个异想天开、好战又自我倾慕的女人呢？"

红姑娘嫣然一笑："那就看未来出现的人，是中我之言，还是你之言了。"

宛郁月旦从床榻上下来，红姑娘站起身来，伸手相扶，纤纤素手伸出去的时候，五指指甲红光微闪，那是"胭脂醉"，自从踏入碧落宫，她每日都在指甲上涂上这种剧毒，此毒一经接触便传入体内，一天之内便会发作，死得毫无痛苦。

宛郁月旦衣袖略挥，自己站好，并不需要她扶，微笑道："多谢红姑娘好意，我自己能走。"衣袖一挥之间，红姑娘鼻尖隐约嗅到一股极淡极淡的树木气味，心中一凛，五指极快地收了回来。他身上带着"参向杉"，也许是擦有参向杉的粉末，这种粉末能和多种毒物结合，化为新的毒物，一旦胭脂醉和参向杉接触，后果不堪设想。

好一个宛郁月旦。她望着宛郁月旦含笑走出门去，淡蓝的衣裳，稚弱温柔的面容，随性自在的举止，却在身上带着两败俱伤的毒物。好心

241

机、好定力、好雅兴、好勇气,她不禁淡淡一笑,好像她自己……参向杉,她探手入怀握住怀中一个瓷瓶,她自己身上也有,但就算是她也不敢把这东西涂在身上。

如果不曾遇到柳眼,也许……她所追随的人,会不一样。红姑娘静静地看着宛郁月旦的背影,他把梅花易数和狂兰无行留在屋里,是笃定她不敢在这两人身上做手脚吗?那么——她到底是做,还是不做?她转过身来眼望两人,沉吟片刻,决心已下。

闻人壑房中。

宛郁月旦缓缓踏进这间房屋,这里并不是从前闻人壑住的那一间,但他的脚步仍然顿了一顿,过了一会儿,露出微笑:"闻人叔叔,对那枚小刺,看法如何?"

闻人壑正在日光下细看那枚小刺:"这刺中中空,里面似乎曾经蕴含汁液,我生平见过无数奇毒,却还没有见过这种毒刺。"

宛郁月旦站在他身后:"听说这是明黄竹的刺,以绿魅珠可解。"

闻人壑讶然道:"绿魅?绿魅是传说之物,是深海之中特异品种的蚌,受一种水藻侵入,经数十年后形成的一种珍珠,能解极热之毒。"

宛郁月旦眨了眨眼睛:"那就是说世上真有此物了?听说当朝皇帝的金冠之上,就有一颗绿魅。"

闻人壑皱眉,转过身来:"这种事你是从何处听说?就算皇宫大内中有,难道你要派人闯宫取珠不成?"言下,他将宛郁月旦按在椅上坐下,翻开他的眼睑,细看他的眼睛,"眼前还是一片血红?"

"嗯……"宛郁月旦微微仰身后闪,"我早已习惯了,闻人叔叔不必再为我费心。"

闻人壑放手，颇现老迈的一张脸上起了一阵轻微的抽搐："其实你的眼睛并非无药可救，只是你——"

宛郁月旦道："我这样很好。"

闻人壑沉声道："虽然你当了宫主，我也很是服你，但在我心里你和当年一样，始终是个孩子。你不愿治好眼睛，是因为你觉得阿暖和小重的死——"

"是我的错。"宛郁月旦低声接了下去，随后微微一笑，"也许她们本都不应该死，是我当年太不懂事，将事情做得一团糟，所以……"

闻人壑重重一拍他的肩："你已经做得很好，谁也不会以为是你的错，更加不必用眼睛惩罚自己，你的眼睛能治好，虽然很困难，但是并非没有希望。孩子，你若真的能够担起一宫之主的重担，就应该有勇气把自己治好，不要给自己留下难以弥补的弱点。"

"我……"宛郁月旦的声音很温和，甚至很平静，"我却觉得，看不见，会让我的心更平静。"

闻人壑眉头耸动，厉声道："那要是有贼人闯进宫来，设下陷阱要杀你呢？你看不见——你总不能要人日日夜夜不眠不休地保护你！万一要是喝下一杯有毒的茶水，或者踏上一枚有毒的钢针，你要满宫上下如何是好？身为一宫之主，岂能如此任性？"

宛郁月旦抬起手来，在空中摸索，握住了闻人壑的手，柔声道："不会的。"

闻人壑余怒未消："你要怎么保证不会？你不会武功，双目失明，你要如何保证不会？"

宛郁月旦慢慢地道："我说不会，就是不会……闻人叔叔，你信不信我？"

闻人壑瞪着他那双清澈好看的眼睛，过了良久，长长叹了口气，颓然道："信你，当然信你。"

宛郁月旦脸上仍保持着温柔的微笑："这就是了。"短短四字，宛郁月旦神色未变，闻人壑已从他身上感受到了威势，这四个字是以宫主的身份在说话，是脾性温和的王者在纵容不听号令的下属。他沮丧良久，改了话题："关于绿魅珠，难道你真的要派人闯宫？"

"不，"宛郁月旦柔声道，"既然它是珠宝，万窍斋或许会有，如果用钱买不到，入宫之事自然也轮不到我们平民百姓，梅花易数和狂兰无行的性命，也不只有碧落宫关心，不是吗？"

闻人壑松了口气："你是说——这件事该换人处理？"

宛郁月旦微笑："绿魅之事，暂且放在一边，要操心的另有其人，闻人叔叔不必担心。"

闻人壑点了点头，回身倒了两杯茶："宫主喝茶。"

宛郁月旦举杯浅呷了一口："等碧落宫建好之后，我会派人将阿暖和小重姐的墓迁回宫中，到时候要劳烦闻人叔叔了。"

闻人壑闻言，心神大震，手握茶杯不住发抖，悲喜交集："当……当真？"

宛郁月旦点了点头，两人相对而立，虽然不能相视，心境却是相同。闻人壑老泪夺眶而出，宛郁月旦眼眸微闭，眼角的褶皱紧紧皱起，嘴边却仍是微笑："我……我走了。"他转身出门，慢慢走远。闻人壑望着他的背影，这其中的辛酸痛苦，其中的风霜凄凉，旁人焉能明了？苦……苦了这孩子……

门外，云淡风轻，景致清朗，和门内人的心情截然不同。

"云行风应动，因云而动，天蓝碧落影空。行何踪，欲行何踪，问君何去从？山河间，罪怨万千，一从步，随眼所见。须问天，心可在从前，莫问，尘世烟。人无念，身为剑，血海中，杀人无间……"幽幽的歌声自客房传来，宛郁月旦从闻人墼房中出来，听闻歌声，"嗯"了一声。

铁静和何檐儿已双双站在客房前，两双眼睛俱是有些紧张，房内红姑娘低声而歌，手掌轻拍桌面，以"咚、咚"之声为伴，正在唱一首歌。这首歌的曲调清脆跳跃，音准甚高，句子很短，众人都从未听过，而歌曲之下，自到碧落宫从未说话的梅花易数和狂兰无行却开始颤抖，"啊——啊——"地低声呻吟起来。

她竟是选择解开引弦摄命之术，好一个聪明的女子。宛郁月旦面露微笑，侧耳静听，只听歌曲幽幽唱尽，梅花易数和狂兰无行开始倒地翻滚，嘶声惨叫，那两人四肢仍然不能动弹，如此僵直地翻滚惨叫，让人触目惊心。

铁静和何檐儿脸色一变，抢入房中，点住两人穴道，只是穴道受制，两人惨叫不出，脸色青铁冷汗淋淋而下，有苦说不出只是更加难当。宛郁月旦快步走入房中，伸手在梅花易数脸上摸了几下："解开他的穴道。"

"宫主，若是太过痛苦，只怕他咬舌自尽。"铁静低声道，脸上满是不忍。

宛郁月旦拍了拍他的肩："我只要问他几句话，片刻就好。"铁静只得拍开梅花易数的穴道，穴道一解，撕心裂肺的悲号立刻响起，让人实在不能想象，人要遭受到怎样的痛苦，才会发出这样的声音？

"梅先生,我只问一次,你身上所中的明黄竹刺,究竟是三十六枚,还是三十七枚?"宛郁月旦用力抓住他的手。

梅花易数的声音嘶哑难听:"三十……七……"宛郁月旦颔首,铁静立刻点了他的穴道。

宛郁月旦抓住梅花易数的手臂:"铁静,我告诉你他身上竹刺的位置,你用内力把刺逼出来,有些地方钉得太深,外力无法拔除。"他又对梅花易数道,"如果先生神志清醒,尚有余力,请尽力配合。"梅花易数穴道被点无法点头,宛郁月旦语气平静,"手臂关节正中,一寸两分下。"铁静双手紧紧握住梅花易数的手臂,大喝一声,奋力运功,只见梅花易数手臂顿时转为血红之色,肌肤上热气蒸蒸而出,片刻之后,一点血珠自肌肤深处透出,随血而出的是一枚极小的淡黄色小刺,正是明黄竹刺。

红姑娘站在一边,目不转睛地看着,心里一时间有些恍惚,又有些空白。梅花易数醒来之后,所吐露的秘密想必极大,而这两个人的存在必定为碧落宫带来灾祸,宛郁月旦何等人物,岂能不知?就算他知道救人之法——其实最好的做法,是把人送去好云山善锋堂,请唐俪辞出手救人,那样既成就碧落宫之名,又避免了后患之灾,他为何没有那样做?

没有移祸他人,是因为他真心想要救人吗?她从不知道,这些心机深沉、一步百计的男人们……这些逐鹿天下的王者、霸者、枭雄、英雄……居然还会有……真心这种东西。

两个时辰之后,梅花易数身上三十七枚毒刺被一一逼出。铁静已是全身大汗,到半途由何檐儿接手,两人一起累得瘫倒在地,方才功成圆满。狂兰无行身上却钉有一百零七枚毒刺,如此庞大的数目,非铁静和何檐儿所能及,必须有内力远胜他们的高手出手救人。红姑娘一直站着看着,他们忙得忘了进食,她也全然忘记,一直到掌灯时分,梅花易数身上的毒刺被逼出,婢女为她奉上一碗桂花莲子粥,她才突然惊醒。

她端着那碗粥,走向宛郁月旦,宛郁月旦忙得额角见汗,秀雅的脸颊泛上红晕,宛如醉酒一般,她看见,心中突然微微一软:"宛郁宫主,事情告一段落,喝碗粥吧。"宛郁月旦转过头来,接过粥碗,喝了一口,微笑道:"真是一碗好粥。"红姑娘秀眉微蹙,她实在应该在这碗粥里下上三五种剧毒,见他喝得如此愉快,心里又不免有些后悔,退开几步,默默转身离去。

梅花易数早已痛昏,狂兰无行被何檐儿一掌拍昏,两人横倒在地,丝毫看不出当年闯荡江湖的气度风采。铁静把两人搬到床上放好:"我和檐儿今夜在此留守,宫主先回去休息吧。"

宛郁月旦颔首:"梅花易数如果醒来,铁静随时上报。"铁静领命,宛郁月旦正要离去,门外碧影一闪,碧涟漪人在门外:"宫主。"

"今日你到哪里去了?"宛郁月旦迈出房门,碧涟漪微一鞠身,跟在他身后。

"我在红姑娘客房之中。"

宛郁月旦笑了起来:"发现什么了?"

碧涟漪道:"毒针、毒粉、袖刀、匕首、小型机关等,无所不有。"

宛郁月旦眉眼弯起,笑得越发稚弱可爱:"她真是有备而来。"

碧涟漪点了点头,跟着宛郁月旦往碧霄阁走去:"她还收了一瓶'万年红'。"

宛郁月旦眉头扬起:"碧大哥,这位姑娘身上尚有不少隐秘,她身份特殊,不能让她死在宫里,拜托你暂时看住。"碧涟漪抱拳领命。

"万年红"是一种气味强烈、颜色鲜红的剧毒,入口封喉,死得毫无痛苦,能保尸身不坏。这种毒药很少用来杀人,却是自杀的圣药,红姑娘随身带着它,也就是说在踏入碧落宫之后,无论她所图谋之事成与不成,都有自尽之心。

碧涟漪将宛郁月旦送回卧房,安排好了夜间护卫之事,折返红姑娘的客房,继续监视她的一举一动。

但见她早早熄灭了灯火,一个人默默坐在窗前,望着窗外一片新栽的竹林,手指磨蹭着那万年红的瓶子,过了许久,幽幽一叹。恍若这一叹之间,窗外竹海都泛起了一层忧郁之色,风吹竹叶,只闻声声凄凉。碧涟漪人在屋顶,透过瓦片的缝隙仔细地看着她,她在窗前坐了一会儿,解开外衣上了床榻,却是翻来覆去,睡不着。

她究竟是什么人?宫主说她身份特殊,不能让她死在宫中,那必定是很特殊的身份了。碧涟漪看着她一夜翻身,忽地想起那日在碧霄阁外的一眼惊艳,这女子生得很美、身份特殊,并且才智出众,像这样的人究竟要傻到什么程度,才会为了柳眼做出这许多大事来?甚至也许——是要杀宛郁月旦?他并没有觉得愤怒或者怨恨,只是觉得诧异,甚至有些惋惜。

如此美丽痴情的女子,一身才华满心玲珑,应当有如诗如画的人生,为何要涉入江湖血腥,学做那操纵白骨血肉的魔头?

"柳……柳……你为什么总是看着那死丫头,为什么从来都——"屋下那好不容易入睡的女子蓦然坐起,双手紧紧握住被褥,呆了好一阵子,眼中的泪水滑落面颊。

"为什么从来都——"

那下面的话，显然是"不看我"。

你为什么总是看着那死丫头，为什么从来都不看我？红姑娘的泪水滴落到被褥上，无声地流泪，倔强而苍白的面颊，在月色下犹如冰玉一般。过了良久，她拥被搂紧自己的身体，低下头来，凄然望着满地月色。

"柳眼，我至少能为你死，她……她呢？"她抓起枕边一样东西摔了出去，"就算你死了，她也不会为你哭！你和她好什么？世上只有我，才是真心真意对你——你知道吗？你知道什么？你什么也不知道！什么也不懂！你……你是个……我出生至今见过的……最大的傻瓜！"

"啪"的一声，她枕边那样东西碎裂在地，她目不转睛地看着，一动不动。

碧涟漪伏在屋顶，自瓦缝中一眼瞥见，顿时吃了一惊，那是一块玉佩，玉佩上浮雕凤凰之形，上面雕刻"琅邪郡"三字，那是皇室之物。看红姑娘的年纪，她究竟是——

十九 ◆ 琅邪公主 ◆

"或许她并不想当个公主。"
"或许——是高傲的女人,一旦爱了,就很痴情。"

翌日,碧霄阁内。

宛郁月旦的指尖轻轻磨蹭着那破碎的玉佩,玉佩上"琅邪郡"三字清晰可辨。碧涟漪静立一旁,过了片刻,宛郁月旦托腮而笑:"你可知这是什么东西?"

碧涟漪轻咳一声:"凤凰玉佩。"

宛郁月旦摇了摇头:"这不是凤凰,这是雉鸟,这块玉可是青色?"

碧涟漪点头:"是十分通透的青翠之色,非常难得。"

宛郁月旦拾起一块碎玉,轻轻敲击桌面:"青色雉纹,你可知是什么的标志?"

碧涟漪微露讶异之色:"雉纹?为什么是雉纹?"他本以为是凤凰,民间女子不许佩戴凤凰图样的配饰,衣裳也不许绣有凤纹,那是因为凤纹是宫廷专用。但这块玉佩刻的是雉纹,雉纹嘛,倒是很少见。

"凤凰图样,虽然不传于民间,但是宫廷贵妇之中,凤鸟图样的配饰钗环并不罕见。"宛郁月旦微笑道,"但是雉纹……青色雉纹,自秦汉以来，唯有皇后与嫔妃在行礼仪大典之时，方会身着青色雉纹的袆衣。而当朝李皇后，两年前方立，这块玉佩边缘有所磨损，不是新近所造，所以——"

碧涟漪心中微微一震："所以？她是……"

"所以这枚玉佩不是李皇后的，也不是妃妃的，"宛郁月旦道，"玉佩上刻有'琅邪郡'三个字，周显德五年，太祖娶彰德军节度饶第三女为继室，周世宗赐冠帔，封其为琅邪郡夫人。这位琅邪郡夫人，于建隆元年八月，被太祖册封为皇后，在乾德元年十二月去世，享年二十二岁。"

碧涟漪皱眉："既然这位皇后已经去世，这块玉佩……"

宛郁月旦柔声道："虽然王皇后已经去世，她却为太祖生下子女三人。"

碧涟漪双眉一抬："难道红姑娘就是王皇后的……"

宛郁月旦轻轻叹了口气："根据年龄来看，多半是了，何况她自称小红。小红……总不是本名，她如此容貌气度，如此才学智谋，能知道皇帝冠上有绿魅珠，身怀青色雉纹玉，若非王皇后所生的公主，也是见得到皇帝、与公主有密切关系之人。"

碧涟漪沉默半晌："当朝公主，怎会隐姓埋名，涉入江湖？"

宛郁月旦手握碎玉，指尖按在那碎玉锋利之处，按得很用力："这个……若她自己不说，谁也不会知道……也许她有很多苦衷，也许只是为了柳眼。"他说这话的时候并没有笑，过了片刻，他道，"或许她并不想当个公主。"

"或许——是高傲的女人，一旦爱了，就很痴情。"碧涟漪淡淡地道。

宛郁月旦微微一怔，眉眼弯弯："很有道理呢，碧大哥，说不定……

你也是个痴情人。"

碧涟漪眉眼都未颤动一下，淡淡地道："碧涟漪此生只为碧落宫鞠躬尽瘁，绝无他念。"

宛郁月旦转过身来，伸出手欲拍他的肩，却是触及了他的脸，轻轻一叹："碧大哥，碧落宫并未要你鞠躬尽瘁，我只想要你自己愿意过什么样的日子就过什么样的日子。就算你……就算你对红姑娘心有好感，那也不妨事的，不必勉强自己克制，想对她好、想要怜惜她，那便动手去做，她并非十恶不赦，只是错爱了人而已。"他拍了拍他的肩，"不要自己骗自己，心里想做什么，就去做什么。"

碧涟漪不防他说出这番话，竟是呆了，怔忡了一会儿，道："我——"

宛郁月旦笑了起来："她是个公主，你就怕了吗？"

碧涟漪道："我不是怕她是个公主，我只是……"

宛郁月旦弯眉微笑："我从不怕爱人，我只怕无人可爱。"

碧涟漪又是一怔："她是潜伏宫中，想要杀你的杀手。"

宛郁月旦轻轻一笑，负袖转身："是啊，那又如何呢？她当真杀得了我吗？"

碧涟漪望着他的背影，唇齿微动："其实……宫主你不说，我根本没有这样的心思。"

宛郁月旦微笑："哦？我说了，你便发现有了？"

碧涟漪不答，过了好一阵子，微微一笑："宫主，我一向服你，如今更是服得五体投地。"

便在此时，铁静快步走进："启禀宫主，梅花易数醒了。"

宛郁月旦迎了上去："神志清醒吗？我去看看。"铁静和碧涟漪二人跟在他身后,匆匆往梅花易数和狂兰无行所住的客房而去。

客房里。

梅花易数换下了那满身红梅的红衣,穿了一身碧落宫的青袍,面色苍白,只双手手腕上所刺的红梅依然鲜艳刺眼。他端着一杯茶,坐在桌旁,桌上落着三两片梅花花瓣,他双目微闭,不知在想些什么。

宛郁月旦踏入房中,梅花易数右手微抬,沙哑地道:"三梅、五叶,取三火、五木之相,今日利见山林秀士,身有疾双目失明。"

宛郁月旦微微一笑:"梅花易数果然能通天地造化,不知梅先生还能测知什么?"

梅花易数收起桌上的梅瓣:"今日,你可是要以烤肉招待我?"

宛郁月旦道:"离卦三火,为饮食主热肉,煎烧炙烤之物,看来今日非吃烤肉不可了。"他挥了挥衣袖,对铁静道,"今日大伙一道吃烤肉,喝女儿红。"

"宛郁宫主,果然是妙人。"梅花易数看了他一眼,"今日你可是要和我喝酒?"

宛郁月旦在他桌旁坐下:"不知梅先生酒量如何?"

梅花易数冷眼看他:"至少比你好上三倍。"

宛郁月旦欣然道:"那便好了,你我边喝边聊如何?"

梅花易数手持茶杯,仰头将茶水一饮而尽:"想聊什么?"

"聊——先生身上的毒。"宛郁月旦的眼神很真挚,言语很温柔,"三年多前,是谁在二位身上施展如此狠辣的毒术?你可知道明黄竹之毒除了绿魅珠,还有什么方法可以解?"

梅花易数淡淡地道:"哈!很可惜,我不能回答你。"

宛郁月旦眼角的褶皱一张:"为什么?"

梅花易数给自己倒了一杯茶,再次仰头一饮而尽:"因为世道变化得太快,我还没有弄清楚当年究竟发生了什么事,贸然告诉你,也只是我片面之词,不足采信。"

宛郁月旦眼线弯起:"就算是片面之词,也可以说来听一听,我不会外传,也不会采信,如何?"

梅花易数摇头:"不行,我要亲自找到她本人,问一问,究竟发生什么事,究竟为什么她要这样做……没得到答案之前,恕我不能告诉你任何事。也许……所有的事并不如我想象的那样糟糕,也许……一切只是误会,只是意外。"

"原来如此,世道如梦,如横月盘沙。"宛郁月旦并不追问,微微叹息,"那就喝酒吧。"

铁静到厨房吩咐烤肉,提了一坛上好的女儿红,送入房中,梅花易数双目一睁:"碗呢?"宛郁月旦一横袖,只听叮叮当当之声,一桌茶杯茶壶被他横扫在地,碎成千千万万:"铁静,拿碗来。"

铁静脸上忽地微露笑意,自厨房取了两只大碗过来,一碗酒只怕有大半斤之多,一边一个,放在梅花易数和宛郁月旦面前。

梅花易数拍破坛口,先给自己倒满一碗,一口喝下:"到你了。"宛郁月旦并不示弱,取过酒坛,也是一碗下肚。

梅花易数再倒一碗,沙哑地道:"看来你酒量不错。"

宛郁月旦微笑道:"马马虎虎。"

梅花易数一碗再干:"喂,喝酒。"宛郁月旦依言喝酒,就此你一碗、我一碗,喝得痛快淋漓。

大半个时辰过后，梅花易数满脸通红，双眼茫然："你竟真的不醉……"他指着宛郁月旦，"你是个怪人……"

宛郁月旦和他一样已喝下十七八碗女儿红，女儿红虽不算烈酒，后劲却大，但他一张脸依然秀雅纤弱，不见丝毫酒意："我也很疑惑，我为何始终不醉？"

梅花易数沙哑地笑了起来："哈哈哈……我平生第一次……见到不会醉的人，不会醉……不会醉的人是个大傻瓜……哈哈哈哈……"他拍桌大笑，"你不会醉……你不会醉……"

宛郁月旦端起酒碗，仍浅呷了一口："当年……你可也是醉了？"

此言一出，梅花易数的眼睛立刻直了，蓦地"嘭"的一声重重拍了下桌子："我没醉！我只是多喝了两杯酒，就两杯……那酒里……酒里一定有问题！"

宛郁月旦一双清晰好看的眼睛对着酒渍遍布的桌面，耳中听着梅花易数炽热的呼吸声，问道："是谁让你喝的酒？"

"是我的好兄弟。"梅花易数喃喃地道，"是重华。"

宛郁月旦眉心微蹙："重华？他可是一桃三色？"

梅花易数猛然摇头："不是不是，当然不是，他是叠瓣重华，是我们的老四，小桃是老七。"他忽地絮絮叨叨起来，"重华最不会喝酒，一喝就醉，那天我故意和他多喝了两杯，谁知道突然天旋地转，就躺下了。"

宛郁月旦"嗒"的一声放下酒碗："然后呢？"

"然后王母娘娘就出来打玉皇大帝，吴广变成了一个女人……"梅花易数极认真地道，双眼发直，举起一根手指不住地看着，也不知在看什么,"太上老君和阎罗王打了起来,哈哈哈……到处都是血,满地都是血,我看到阎罗王死了……然后天变成黄色的,云是绿的,有人拿针刺我,还有人在唱歌……咿呀咿呀呀……"他突然手舞足蹈,又唱又跳起来。

铁静一挥手,点住他的穴道:"宫主。"

"看来他受到的刺激远在他自己想象之外,"宛郁月旦叹了口气,"引弦摄命必定伤了他头脑中的某些部分。"

铁静点了点头:"听他的说法,应当是当年受人暗算,喝了毒酒,七花云行客内部起了冲突,自相残杀。"

宛郁月旦道:"梅花易数、狂兰无行沦为杀人傀儡,一桃三色却能身居高位,这其中的原因耐人寻味。"他自椅子上站起来,悠悠转过身,"就是不知道身在好云山的人,究竟是如何想的了?"

"宫主不打算等他醒来再仔细问他?"铁静道,"七花云行客、破城怪客、龙潜鱼飞、一桃三色、梅花易数、狂兰无行,再加上今日他所说的叠瓣重华,已有六人,不知剩下的那人是谁?"

宛郁月旦道:"再问出一个名字来,也不知道那人究竟是谁。梅花易数脑中有伤,放过他吧,再说事实上他也不清楚究竟发生了什么事。也许等到狂兰无行清醒之后,会了解更多的细节。"言下他轻轻摆了摆衣袖,信步而去。

"云行风应动,因云而动,天蓝碧落影空。行何踪,欲行何踪,问君何去从?山河间,罪怨万千,一从步,随眼所见。须问天,心可在从前,莫问,尘世烟。人无念,身为剑,血海中,杀人无间……"红姑娘的客房里，弦声幽幽，客房中有琴，她抚琴而歌，音调平静，"意不乱心也难全，山海浅，不知云巅。千里仗剑千丈沉渊，持杯酒醉倒尊前，三问红颜，九问苍天。"

"好曲子，却不是好词。"房门打开，碧涟漪站在门前，手中握着一物。

"我却觉得，是好词，却不是好曲子。"红姑娘幽幽道，"你是谁？"

"碧落宫碧涟漪。"碧涟漪淡淡地道，"来还姑娘一样东西。"

红姑娘推开瑶琴："什么东西？"碧涟漪摊开手掌，手中握的，是一个锦囊。

她微微一怔："里面难道是穿肠毒药？"碧涟漪摇头，打开锦囊，锦囊中是那枚已经摔碎的玉佩，被不知什么事物粘起，虽然遍布裂痕，却是一块不缺。

红姑娘"啊"的一声低呼："原来是你将它拿走了。"她摔了这玉，心中便已后悔，白天下床去找，却怎么也找不到了。

碧涟漪一缩手："红姑娘，要取回你的玉佩，在下有一个条件。"

红姑娘眼波流动："什么条件？你可知那是什么东西？"

碧涟漪淡淡地道："知道，这虽然是王皇后之物，但'琅邪郡'三字是大周所封，姑娘留着这块玉佩，难道不是大罪一条？"

红姑娘"哼"了一声："你是什么人？满口胡说八道。把东西还给我！"

碧涟漪摇头，左手一伸："姑娘先把万年红交给在下，在下便把玉佩还你。"

红姑娘退后两步，脸色微变："你……你搜过我的房间！"

碧涟漪点了点头。红姑娘冷冷地道:"既然你搜过房间,想要万年红当时拿走就好,何必问我!"

碧涟漪平静地道:"万年红是姑娘所有,不告而取,非君子所为。"

红姑娘冷笑道:"那你趁我不在,查看我的东西就是君子所为了?此时拿着玉佩要挟我交出万年红就是君子所为了?"

碧涟漪并不生气:"那是形势所迫。"

红姑娘长长吐出一口气:"你既然知道我身带王皇后遗物,身份非比寻常,怎么还敢要挟我?你不怕犯上作乱吗?"

碧涟漪淡淡一笑:"我向姑娘要万年红,是为了姑娘好,若红姑娘贵为公主,在下更不能让公主将万年红带在身边。"

红姑娘一双明眸眨也不眨地看着他:"你既然搜过我的东西,想必知道我到碧落宫是为杀人而来,那么——"她转身负手,"我就是碧落宫的敌人,既然是敌人,我要死要活,与你何干?"

"我便是不想看见姑娘死。"碧涟漪道。

红姑娘一怔,秀眉微扬,心里顿时有十来条计策闪过:"我对你来说,可是与众不同?"她打开橱子,握住装有万年红的瓷瓶,回身看他。

碧涟漪望着她:"我觉得姑娘并不该死。"

"我对你来说,可是与众不同?"红姑娘拔开万年红的瓶塞,将瓶口凑近嘴唇,明眸若电,冷冷地看着他。

"不错。"碧涟漪顿了一顿,坦然承认。

红姑娘看了他一阵,缓缓将瓶塞塞回瓶口,将瓶子递给了碧涟漪:"玉佩还我。"

碧涟漪将锦囊递给她:"别再摔了。"

这个男人的眼神很干净,清澈坚定,很单纯。红姑娘看着碧涟漪交还玉佩,取走万年红之后转身就要离开的背影,忽地道:"是宛郁月旦让你来的?"

碧涟漪并没有回身,却颔首。

"他知道我要杀他?"红姑娘抚琴而立,"却让你来?"

碧涟漪颔首。

"如果我说,其实我欣赏宛郁月旦多于你十倍,你会怎样?"她淡淡地道,"你会妒忌吗?"

碧涟漪回过身来,红姑娘白衣如雪,抚琴而立的影子缥缈如仙,他淡淡地答:"不会。"

她面罩寒霜,冷冷地道:"既然不会,你何必来?"

"你爱慕柳眼多于宫主千万倍,"碧涟漪道,"我何必嫉妒宫主?"他缓缓地道,"我嫉妒柳眼。"

红姑娘咬住嘴唇,薄含怒意地看着碧涟漪,碧涟漪转身离开,竟连一步也未停留。她捽袖一拍琴弦,琴声一阵紊乱,一如她的心境,过了一会儿,琴声止息,她的头脑也渐渐清醒,一拂弦,掠出琴弦十三响,幽幽叹了口气。

碧涟漪是个好男人,可惜她从来爱不上好男人。

不过,遇见一个干干净净爱她的好男人,显然不是一件坏事。

东山。

书眉居。

方平斋摇头晃脑地走在书眉居外的树林里,这里并不偏僻,时常有人路过,他黄衣红扇,非常显眼,在树林里徘徊,不免引得有些人好奇窥看。他自然是不在乎,"唉"的一声红扇飘摇:"师父要我去找一面鼓,如今世道不好,征战未休,百姓哪里有闲情敲锣打鼓?我又不想和官府作对抢那衙门前的鸣冤鼓,又不想抢劫别人迎亲的花队,有钱也买不到一面鼓,唉……我真是越来越有良心,有良心到快要被狗咬了。"

树林中陡然有两匹马奔过,蹄声如雷,马匹很强壮。也许是看见了方平斋摇头晃脑的影子,那两匹马掉转马头奔了回来,一男一女翻身下马:"看阁下衣着,想必也是江湖中人,千里相逢就是有缘,敢问阁下灵源寺是要往哪个方向走?"

方平斋回过身来,面前两人劲装佩剑,是典型的江湖中人打扮:"灵源寺吗?好像是向东去。"

那两人跃身上马,抱拳道:"谢过了。"便要打马而去。

方平斋见这两人一跃的身法,心中一动,红扇一挥,拦住马头:"且慢,我帮了你们一个忙,你们也帮我一个忙好吗?"

那两人勒住马头:"不知兄台有何难题?"

"呃……我只是想知道,到何处可以买到一面鼓。"方平斋道,"不论大鼓小鼓、花鼓腰鼓、扁鼓胖鼓、高鼓瘦鼓,只要是鼓,统统都可以。"

那两人面面相觑,似是有些好笑,仿佛看到一个怪人:"阁下原来是需要一面鼓,片刻之后,我等让人给阁下送一面鼓来,如此可好?"

方平斋"哎呀"一声:"难道二位出门在外,随身携带一面大鼓吗?"

那两人微微一笑:"这个,阁下便不用多管了,总之,半个时辰之后,有人会送上一面鼓来。"

"哦……"方平斋红扇盖头，轻轻敲了敲自己的额头，"世事真是奇怪，半路也会掉下一面鼓，我本以为青山绿水、仙鹤栖息之处不是见仙就是见鬼，谁知道——人运气来了，连鼓也会半路捡到。"那两人提缰，一笑而去。

这两人不简单，武功不凡倒也罢了，能够在半个时辰之内弄出一面鼓来的人，非常不简单哦！方平斋眼看两人去得有段距离，红扇一背，沿着蹄印尾随而去，开始还见他徐步而行，却是越走越快，不过片刻，已如一道黄影掠过，快于奔马。

那一男一女两人驾马东去，在灵源寺外下马，进入方丈禅房。方平斋跃上屋顶，跷着二郎腿坐在天窗旁，只听底下那男子道："万方大师，别来无恙？"

灵源寺万方住持恭敬地道："小僧安好，不知大人前来灵源寺，是为礼佛还是品茶？"

方平斋听那和尚口称"小僧"，露齿一笑，红扇挥了两下。有两个和尚自厢房出来，一抬头瞧见他黄衣红扇坐在屋顶，一张嘴就要叫出来，突然气息一滞，只觉胸口一痛，全身僵硬，就此如木头人一般定在当场。

方平斋仍旧坐在屋顶，秋高气爽，黄叶萧萧，坐在屋顶但观灵源寺里外景色，令人心旷神怡，只听屋下人闲聊了几句，万方住持口气越发恭谦客气，这两人身份非常。

他听了一阵，原来这两人听说前几日灵源寺后山发生血案，一群盗贼死在后山，前来关心，并且向万方住持打听是否有一名单身女子，容貌美丽，神色郁郁寡欢，前来礼佛。

方平斋红扇一停，听这形容，莫非这两人是找人而来，找的是那位恩将仇报,刺了林逋一剑的紫衣少女?万方住持连连摇头,一再强调绝无如此女子前来礼佛,那两人看来失望得很,站起便要告辞。

"小僧不才,虽然不曾有女施主前来上香,但是前几日听弟子闲谈,却似乎有如此一名紫衣女施主往后山而去,大人如要寻人,或者可在附近山林中寻人打听,也许会有所收获。"万方住持合十道。那两人神色一喜,当下告辞。

方平斋听到此处,红扇一拂,那两名灵源寺弟子仰面倒下。

刚刚倒下,那一男一女已走出禅房,那女子眉头微蹙:"你可有听见什么声响?"

那男子道:"嗯?没有。唉,我心烦得很,每次快要有小妹的消息,却总是失之交臂。"

那女子安慰道:"莫急,既然已有人见到她的踪迹,总是会找到的。"

原来这两个人在寻亲。方平斋飘身而退,沿途折返书眉居外那片树林,未过多时,二十来匹骏马奔驰而来,马上骑士个个身强力壮,形貌威武,其中一人跃下马来:"敢问先生可是在此等候送鼓之人?"

方平斋"哎"了一声:"不错。"

那人自马上取下一面金漆描绘的大鼓:"鄙主人请先生笑纳。"

方平斋道:"呃……你把它放在地上,过会儿我慢慢拖回家去,真是要多谢你家主人,我想世上有困难之人千千万万,如果都能如我一般巧遇你家主人,如此有求必应,则世上再无饥荒贫病,人人各取所需,也就万万不会有战争了。"他说得舌灿莲花,那马上下来的汉子只是一笑,将金鼓放在地上,吆喝一声,领队纵马而去。

嗯——是官兵哦!这件事真是越来越有趣了。方平斋站在原地,看着马队远去,红扇一挥,并且——不是一般的官兵,更像是什么达官贵人的护卫。

"千里夕阳照大川,满江秋色,满山黄叶,满城风雨。"方平斋托起那面金漆大鼓,"哎呀,我真是越来越会作诗了。"

折返书眉居,一个紫色衣裙的女子打开房门,见他托着一面大鼓回来,先是一怔:"你去哪里弄了一面大鼓回来?"

方平斋红扇轻拂背后:"佛曰:不可说。"那女子乌发白面,眼角眉梢之处颇有细纹,嘴角的皮肤稍有松弛,然而明眸流转,五官端正,已俨然是一个年轻女子,虽然看起来比她实际年龄大了不少,却已不是满脸皱纹和斑点的怪脸。她自是玉团儿,这几日柳眼那药水的效果逐渐显现,她变化得很快,再也不是顶着一张老太婆面孔的丑女了。

"每次看到你,我就觉得我师父实在有夺天地造化之功,竟然能将你弄成如此模样,再变下去,说不定会变成美女,再说不定,就会有艳遇哦。"方平斋将大鼓放下,拨开玉团儿的一拳,"咦——不许对晚辈动手动脚,很没礼貌。"

玉团儿"哼"了一声:"你是越来越讨厌了。"

"我那阴沉可怕、神秘莫测、神通广大、心情永远差得像要去跳海的师父呢?"方平斋问。

玉团儿指指药房:"还在里面。"

方平斋道:"嗯,我有一件事要和我亲亲师父谈,你守在门口,可以偷听,但最好不要进来。"言下,他迈进药房,身影消失在药房阴暗的光线之中。

方平斋这人一点也不正经,他要谈的事,究竟是真的很重要,还是根本只是他胡说八道？玉团儿走到药房门口，放下了门口的垂帘。

柳眼仍然面对墙壁，静静地坐在药房阴影之中，一动不动。

"喂，可惜海离这里很远，你又走不了路，再怎么想也跳不进去的，放宽心吧。"方平斋走到他背后，"心情还是很差吗？其实人生就如一场戏，那出唱坏了就换这出，没有什么是看不开的，短短几十年的时光，你要永远这样阴沉下去吗？很没意思呢！"柳眼一言不发，闭着眼睛。

"喂！你是睡昏了过去是不是？"方平斋拍了拍柳眼的背，"我找到了鼓，你几时开始教我击鼓？"

柳眼淡淡地道："等我想教的时候。"

方平斋叹了口气："那就是说不是现在了，也罢。我刚才出去，遇见了一群人，其中一男女，身份奇特，带着二三十个身强体壮、武功不弱的随从，在方圆五六十里范围内走动。听他们的言语，是为找人而来，虽然——"他的红扇拍到柳眼身上，"他们找的是一个相貌美丽、气质忧郁的年轻女子，但很难说会不会搜到书眉居来，并且他们在调查灵源寺后山血案的真凶——也就是对你鞠躬尽瘁的好徒弟我——我觉得非常不妙。"

柳眼脸上微微一震："他们是什么人？"

方平斋道："看样子，很像是官兵，带头的一男一女，身份显赫，说不定就是王公贵族。"

柳眼沉吟了一阵："你的意思呢？"

方平斋道："最好你我离开书眉居，避其风头，你的相貌特殊，一旦引起注意，那就非常麻烦了。"

柳眼睁开眼睛："不行，药还没有炼成，现在就走，前功尽弃。"

方平斋道:"唉——我早就知道你会这么说,你一向偏心,如果这缸药治的是我,你的决定必定大不相同。"

柳眼"嘿"的一声:"说出你其他计划。"

方平斋"嗯"了一声:"师父真是了解我。如果不能离开此地,那么首先师父你要先寻个地方躲藏起来,以免被外人发现;然后弟子我出去将这群官兵引走。"

柳眼一挥衣袖,闭目道:"很好。"

"真正是很没良心,都不担心弟子我的安危,唉……我就是这么苦命,遇见一个没良心的人还将他当作宝。"方平斋红扇盖头,摇了摇头,"我走了,你躲好。千万别在我将人引走之前被人发现了。"

柳眼道:"不会。"

玉团儿听在耳中,看方平斋走了出来,忽地道:"喂!"

"怎么?"方平斋将那面金鼓放到一边去,"突然发现我很伟大、很善良、很舍己为人?"

玉团儿脸上微微一红:"以前我以为你是个坏人。"

方平斋哈哈一笑:"是吗?这句话还是平生第一次听到,也许是我生得太像坏人,面孔长得太不怀好意,从来没有人把我当成好人。"他拍了拍玉团儿的肩,"这句话听起来很新鲜。"言下,他施施然走了出去。

书眉居外,鹤鸣声声,夕阳西下,映得一切丹红如画。方平斋黄衣微飘,玉团儿只见他穿过树林,随即失去踪影。

灵源寺外,那二三十个大汉分成十组,两三个人一组,沿着乡间小路搜索而来,一路询问是否见过一位身着紫衣、美貌忧郁的单身女子。

方平斋展开轻功绕过这些官兵,果然落后搜索的官兵没多远,那一男一女将马匹系在树上,正坐在一棵大树下休息。方平斋从两人身后靠近,那棵大树枝叶繁茂,他悄无声息地掠上树梢,藏身枝叶之间,静听树下的谈话。

"小妹失踪多年,也许至今不知道自己的身世。"那女子道,"听说当年母后生产之时,小妹体弱,被太医当作死胎。下葬第三日,有盗墓高手入陵盗墓,发现小妹未死,把她抱走扶养,导致小妹流落民间。我追查多年,只知道当年盗墓的贼人已经病死,小妹曾被他送给左近有名的书香世家抚养,但究竟是哪家名门,至今不明。"

那男子道:"左近名门我已命本地知县暗中查过,并没有和小妹形貌相似的女子,你的调查只怕有错。"

那女子道:"大哥,我已反复查过几次,也许,是小妹虽然被送到此地抚养,却没有在此地待太久,早早离去了呢?"

那男子叹息:"如果真是这样,要找人就更加困难了。她……她怎知自己的身世?"

那女子道:"寻回小妹,是母后毕生心愿……"

那男子道:"小妹尚未出生,先皇曾经戏言,说母后嫁给先皇之时,受封'琅邪郡夫人',小妹可称'琅邪公主'。只可惜先皇和母后都已故去,小妹行踪成谜,琅邪公主之说,终究渺茫。"

方平斋眯着眼睛在树上听着,兹事体大,这两人竟是皇亲国戚,他们正在找寻的紫衣女子,竟然是先皇太祖的公主,琅邪公主!

千劫眉·第二部·神武衣冠 完 ^_^